大宋帝国 2

陈桥双耀

葛红兵 著

图书在版编目（CIP）数据

大宋帝国 . 2, 陈桥双辉 / 葛红兵著 . -- 上海：上海大学出版社, 2024. 11. -- ISBN 978-7-5671-5113-0

Ⅰ . I247.5

中国国家版本馆 CIP 数据核字第 2024DY9982 号

责任编辑　徐雁华
助理编辑　陈　荣
封面设计　倪天辰
技术编辑　金　鑫　钱宇坤

大宋帝国 2：陈桥双辉
葛红兵　著
上海大学出版社出版发行
（上海市上大路 99 号　邮政编码 200444）
（https://www.shupress.cn　发行热线 021-66135112）
出版人　余　洋
*
南京展望文化发展有限公司排版
江阴市机关印刷服务有限公司印刷　各地新华书店经销
开本 710mm×1000mm　1/16　印张 15　字数 167 千字
2025 年 1 月第 1 版　2025 年 1 月第 1 次印刷
ISBN 978-7-5671-5113-0/I・721　定价　78.00 元

版权所有　侵权必究
如发现本书有印装质量问题请与印刷厂质量科联系
联系电话：0510-86688678

目 录

一、登基大典 001
1. 收复三关 001
2. 病龙台 021
3. 退兵 034
4. 柴宗训登基 055

二、急迫兵变 065
1. 龙袍 065
2. 李重进 067
3. 急迫之间 074
4. 陈桥兵变 083

三、绝命讨伐 103
1. 无法安眠 103
2. 征讨李筠 108
3. 双面间谍 113

4. 扬州兵变　133

四、逼入迷局　137

1. 释兵权　137
2. 迷局　154
3. 哪个赵姓　164
4. 步步相逼　172

五、终成定局　183

1. 赵普罢相　183
2. 西巡洛阳　190
3. 高怀德府上　195
4. 夜深沉　200
5. 洛阳簪花节　221
6. 定局　226

一、登基大典

1. 收复三关

赵匡胤站在旗舰的舰首,他担心两岸的军民会认出他们,楚昭辅站在高高的吊楼上,负责瞭望。舰队离开汴梁之后,赵匡胤就让所有的舰船都撤掉旗帜,所有的将士只能躲在船舱里,不能出来活动。

整整一天,都是如此,不准停船上岸,不准开火造饭,大家都很憋屈。不知道赵匡胤到底要怎样,大家希望的是堂堂正正地和契丹干一仗,灭了契丹。

韩通也不理解,打仗,为什么要神神秘秘的,更何况是收复燕云十六州,这是好事,沿途的百姓应该是欢迎的,应该让他们知道,让他们来参战,说不定百姓会箪食壶浆,以迎王师。

舰队一路东行,已经越过了沧州,韩通有点儿忍不住了,心想:赵匡胤啊,你这是什么意思?皇上不是叫我们在这里等大队中军集结,然后一起出击的吗?我给旗舰发信号,要求停船靠岸,可是,旗舰毫无反应。更何况天色已经暗了,在黑夜中行船,尤其是前方已经进入契丹境内,河道的水文我们不熟悉,河道两侧的敌情我们

第二卷　陈桥双辉

更是不熟悉,如果被敌人在两岸埋伏,从陆上夹击,就会有全军覆没的危险。

韩通是真的急了,上了小船,在河中等着。赵匡胤的旗舰靠近了,他从小船登上旗舰,看见赵匡胤的两眼里充满了血丝,身边一排主将竟然都在,道:"赵将军,正好大家都在,我要求停船,如果现在继续进军,一是有违皇上军令,二是危险,如果遇到敌人两岸夹击,我们必死无疑!"

赵匡胤看看他,缓缓地打开了地图。韩通一看,赵匡胤在地图上标的竟然是乾宁军的详情:乾宁军一千二百人,守城的宁州刺史是汉人王洪。赵匡胤道:"将军,不必惊慌,长他人志气,灭我等威风。前方宁州敌将王洪,原也是我中原军人家庭出身,其父亲是石敬瑭时期的大将,曾经位居骁骑大将军。此次我们东征,如果他懂得道理,应该开城投降,这正是他建功立业、归我大周的好时机。"

韩通一听,就吓傻了,道:"赵将军,宁州是三关门户,守军虽说只有一千二百人,但城关坚不可摧。如果我们贸然上岸,和他们接战,当夜不能成功,第二日就有陷入重围的可能!"

赵匡胤摆摆手,道:"哎,将军,您不要再说了,我乃先锋官,皇上将军队交付给我,一切责任由我来承担。今晚就发动攻击,趁其不备,出其不意!"

辽朝宁州刺史王洪府上,王洪在议事厅里急得团团乱转,一会儿唉声叹气,一会儿搓手搓脚。手下几个将官,一个说:"大人,得立即上报朝廷,请朝廷派援兵来!"一个说:"大人,怎么出去?已经被赵匡胤给围住了!再说,就是出去了报上信,恐怕也是远水救不

一、登基大典

得近火!"再一个说:"大人,不如动员全城百姓上城参加作战,百姓参加护城者,一律免来年赋税,赏银十两!重赏之下必有勇夫!"大家正在议着,王洪的母亲李老夫人拄着拐杖走了出来。王洪是个孝子,立即走上前去施礼,李老夫人不紧不慢地坐下,道:"儿啊,我们是哪里人士?祖居何方?"王洪道:"我们乃山西洪洞人士,祖籍山西啊!"王母又问:"如今,你拿的是谁的俸禄?吃的又是谁家饭?"王洪道:"儿不孝,拿的是大辽的俸禄,吃的是大辽的饭!"王母高声断喝:"呸,亏你还知道惭愧,你要记得你是中原人,如今你带的也是中原的百姓,中原的皇帝无道,我们流落此处,无奈侍奉异族,就犹如儿女脱了父母,寄养在其他人家。现在中原出了明君,难道你还要这样继续侍奉异族不成?"王洪看看母亲,心下惊恐。这时,一个将官接口道:"令堂说得也对,我们都是中原汉人,大周朝如今兵强马壮,天子神明英武,我们为何不率军归降,重归中原,不仅可以免于战火涂炭,也是为宁州百姓重新找回了家国!"这时,另一个将官道:"大人,只要您决定,我们跟着您,绝无二志!"

王洪沉吟着,这时一个军士进来报告:"报!周军送来一封书信,是给刺史大人的。"王洪接过书信,原来是赵匡胤写的。赵匡胤说得非常清楚,只要王洪归降,周军确保宁州安全,军队将秋毫无犯,而王洪等一律升职留用。

赵匡胤的这封劝降信说得可有点儿过头,要知道,这些其实是只有皇上才能做主的事情,不过,将在外君命有所不受,紧急时刻,必须有紧急手段。

王洪看了,把信又交给大家。一个将官说道:"这些年,我们也看见了契丹国主昏庸无能,而契丹的大臣们又看不上我们中原人,视我们为奴隶,同样是子民,我们的税赋要比他们的牧民高一倍,

第二卷　陈桥双辉

这种不平等,实在是太欺辱人了。不如反了,投靠大周!"

赵匡胤来找韩通,要韩通进城纳降,而他自己则星夜兼程,要赶往益津关。韩通正在喝酒,他是饿坏了,让士兵做了两个小菜。韩通这人打仗有两下子,吃饭倒是真的为了打仗。他还安排了士兵轮岗,准备随赵匡胤夜战攻城。这会儿,赵匡胤走进他的帐篷,说让他代表周军纳降,他还不相信,这怎么可能?周军在这一带多少年没出现过,也没打过仗,更没有胜仗可言,这里的辽将们,怎么就一下子降了呢?便问道:"是不是你赵匡胤名头太大,或者,我的名头也不小,让他们怕了?"

赵匡胤嘱咐道:"他们投降了,就是我大周子民,不仅不能祸害他们,还要给他们粮草,周济他们度过春荒。他们一下子转到了我大周,失去了跟草原上的贸易和周济往来,恐怕会有难处,你要帮助他们解决!"

韩通点点头,道:"这个我晓得,尤其是他们刚刚投降我大周,心里自然有各种忐忑,我会安抚好他们。另外,粮草明日后日各有些到来,我先给他们拨付一些,尤其是军人,不能亏待了。"

赵匡胤一听,韩通也是个明白人,什么都能想到,也就放心了。

他又嘱咐道:"我连夜起航去益津关,你在这里纳降之后,一定要尽快写信给枢密院,让他们快快发粮草过来,无粮军心不稳。我们现在的情况是进军的速度的确太快,粮草跟不上,但是又不能像契丹军队那样到处打草谷,抢劫!"

韩通有点儿犹豫,怎么说这也是四万人的先头部队,而且已经深入敌境上百里,粮队无论走水路还是旱路,都要在敌境中穿过,那是相当危险的。如果粮道被截断,部队不但要饿肚子,还有被前

一、登基大典

后包抄的危险。"赵将军,是不是在这里等等,等待皇上中军集结,在皇上统一指挥下进军?"

赵匡胤摇摇头,一边往外走,一边道:"我们要替皇上分忧,不能把什么事都交给皇上,尤其是打仗,现在是争分夺秒的时候。我们先走一小步,先夺一座城,皇上来了,就能快走一大步,少冒险,皇上就能更加安全,在夏天到来之前,解决幽燕问题的可能性就越大。"

韩通也明白,赵匡胤的忧虑是对的,一旦契丹发现了他们的部队,派骑兵狙击,从契丹北方到南方,契丹骑兵只要三十天就能集结完毕。如果他们再从大后方包抄,断了周军粮道,那就更加可怕了。现在的确是争分夺秒的时候。

韩通点点头,跟从赵匡胤出来,又让士兵拿来一串饼子。赵匡胤一看是刚刚烙好的煎饼,里面还是热的,面上还撒了肉丁。韩通道:"赵将军,我明天安排好,就来为你断后。粮草你放心,有我韩通在,明天就不能让大家饿肚子!"赵匡胤接了饼子,心想这个韩通有两下子,他的军队在短短的时间里,就造好了饭,烙出这么好的饼子。这烙饼好,荤素都在里面了,不用杯盘筷子,就着水,站着走着都能吃,备战的当口,吃这种东西既上口快,又能充饥。

在舰队的第一艘船上,王彦升站在舰首,紧张地看着前方。可是,他眼睛瞪得越大,就越是看不清水面。他骂身边的军士:"奶奶的,你们说你们看不见?你们怎么能看不见?要是船碰上礁石,或者触堤搁浅,我杀了你们。"大家都有点儿怕王彦升,知道王彦升不要命,可是没法子,天太黑了,又不让点灯,水面上什么也看不见,这样行船,要是真的搁浅,还真是没法避免。

第二卷　陈桥双辉

王彦升急得满头大汗。突然,他想出了一个主意,让一排士兵拿着竹竿站到船头来,竹竿时刻探测前方和左右,勿使船撞上堤岸或者礁石。就这样,赵匡胤的舰队在河中悄无声息地向前行进着。

赵匡胤治军真是厉害啊,韩通在后面看着舰队没入黑夜,不由得由衷佩服他。韩通听说赵匡胤手上有一支由死士组成的神勇军,听说那神勇军是在滁州之战后组建起来的,每一个人都是经过和死神搏斗而留下来的勇士。他心里非常向往,什么人能建立这样一支完全忠于自己、不惜命的军队呢?他赵匡胤能,那是军事奇才。

他想,明天一定要赶上去,把粮草给他们送去,不能让这支军队出事。

赵匡胤到达益津关的时候,天刚蒙蒙亮。赵匡义一看,益津关和书中写的一样,面朝河岸和海岸,背靠大山,整个关隘依照山水的形势建造,巧妙地利用了地形,完全是一夫当关万夫莫开的格局。

这会儿天刚亮,关里关外的老百姓已经开始来来往往,赵匡胤命令王元功带领一支队伍,穿上老百姓的衣服,伪装成进关办事的当地农民,混进关。

赵匡胤不敢相信,这里的防守太松懈了,关内只有五百人,而且周军已经进入关内接近千人了,对方居然没有发现。

赵匡胤让王全斌列阵,准备攻城。没想到的是,守将姜勇府也是中原人,当他看到王全斌的一万人大军的时候,已经感到完全没有守城的希望了。如果这个时候关上大门,然后凭着关隘,据险自守,还有点儿机会,但是他知道自己太大意了。早晨巡城的士兵来

一、登基大典

报,说关里来了可疑的人,而且数量很多,他现在联系起来一想,周军的先头部队可能已经悉数进城,就等他出城迎战,这些先头部队可能会在他的后方放火,让他有去无回。

想来想去,姜勇府同样选择了投降。

赵匡胤的捷报传到沧州的时候是三月二十四日,李重进已经集结完毕,张永德也带着人马赶到了,可是,柴荣还没有到。柴荣是个急性子,这次却这样不急,让他们没想到。李重进很焦急,非常希望能尽快进军,打两个大胜仗,让侍卫司在皇上面前露个脸,当然他自己也好露个脸。等到赵匡胤的捷报传来的时候,李重进终于绝望了,这场战争是赵匡胤的战争,或者是张永德的战争,也许他这次根本没有什么机会了。

当柴荣终于到了沧州的时候,李重进明白了,这场战争的真正主角是皇上,在大周,只有一个主角,那就是皇上。这场战争的策略早在一年前就已经制定完毕,赵匡胤率军从水路进攻,一举拿下三关,然后再以大队人马进军,包围幽州,通过围困迫使幽州守将投降。

三月二十八日早晨,柴荣穿上了铠甲,那副甲是王公公专门请了当今最好的造甲师,用金铁和玄铜打造,许多地方用了金丝镶边,显得大气、华贵。头盔用的是铜包金,金子太软,做不了头盔,但是全部用铜,又不能体现皇上的高贵,于是,匠人发明了这种铜包金的工艺,此后这种工艺成为民间金银首饰的标准工艺。铠甲的里面穿着龙袍,王公公拿了镜子,让皇上前后照着看。皇上觉得不错,又觉得有些地方不对。他看看门廊里父亲郭威的那副铠甲,那才是真正的战甲,无论到哪里,都不会有人小瞧,那是身经百战

第二卷　陈桥双辉

的一位将军的铠甲。柴荣也是一位马上皇帝,当年也打过仗,冲过锋。他还是很想穿上当年冲锋陷阵时的那副铠甲,可是王公公说:"不行,那甲太差,不容易显出皇上您的身份。"他不知道,一个皇上在战场上要什么身份?一个皇上在战场上就是一个军官、一个战士,他还要什么身份?王公公拿来个小凳子,放在马肚子下面,柴荣一看就明白了,那是让他蹬着小凳子爬上马去!他摆摆手,示意王公公把那个凳子拿走,说:"我不用凳子,你真以为我出征是去做做样子?不是,我要率军打仗!我是一个真正的将军!我要和耶律璟戏于幽州,看看是我大周的皇帝厉害,还是他契丹皇帝厉害!"

比起十日前送赵匡胤的场面,今天的场面更加壮观宏伟,老百姓人山人海,夹道欢送。从皇宫出来,一直到南门,两边都是老百姓,走到南门口,守卫南门祇候班,带队的一个姓陆、一个姓乔,两个人带着守卫,在南门口轮值守班。今天因为皇上要从南门出征,大家也不轮班了,都来帮忙。大家穿上了新军装,一早就排练,叫作献壮行酒,由姓陆的举酒,姓乔的说话。

王审琦和石守信反复叮嘱不能出错,他们也反复演练,演练的时候,万无一失。

这时,柴荣的马队已经过来,等柴荣到了城门口,姓陆的领队举着托盘,托盘上放着酒杯,那酒杯是先前从宫里借来的,酒杯里的酒也由昨晚值班的太监亲自试过没有问题。这时,轮到姓乔的说话了,他要说一通祝贺大军凯旋的话,姓乔的背诵了无数遍,可是这个时候偏偏出了问题。这个姓乔的见到皇上,脑子里一片空白,什么都忘记了。

他只能讷讷地说:"皇上,有去无回!"有点儿像鬼附了体,真是让人着急啊。石守信就站在他身边,一听这话,立即一把拽住他,

一、登基大典

道:"找死,诅咒大周皇上,死罪!"

好在王审琦也在他身边蹲守着呢,一听他说话不对劲儿了,立即上前打圆场道:"祝皇上旗开得胜,马到成功,大周永昌。所有与大周为敌者,都有来无回!"

柴荣本来心里很高兴,可是被这个姓乔的头领弄得有点儿不快,不过,他还是大人大量,道:"对,让所有和我们敌对者,有来无回!"又低声道,"放了这头领,出征当日,杀人不吉利!"

柴荣脑子里有点儿乱了,怎么叫有去无回呢?难道这人话语中有什么蹊跷?

大军路过濮州,这是柴荣发迹之处。当年,太祖郭威还没有起事,任枢密使的时候,柴荣就在此任刺史。如今经过这里,再见当年的景象,柴荣发现,十年了,这里几乎没有任何变化,便问王公公:"朕当国几年了?"王公公道:"回皇上,皇上当国五年。""那么为何这里什么变化也没有?"王公公答不上来,觉得怎么答都答不好。

王公公一提马缰绳,思索片刻,然后道:"皇上得道圣君,体谅百姓疾苦,不做面子工程,这是百姓的洪福!"

柴荣点点头,又摇摇头,将信将疑,回道:"王公公,你安排一下,回来时,我要在这里住下,待两天,和这里的百姓唠唠家常,听听他们的呼声!"

王公公回禀道:"皇上体恤民情,明察秋毫,此乃万民福祉。老奴一定安排好,请皇上放心!"

柴荣达到沧州时,张永德和李重进已经早早到达,大军安营扎寨之后,两人一直在安排皇上的大帐、饮食以及仪仗队、殿值亲军、

第二卷　陈桥双辉

太监、宫女的住宿,等等,事无巨细,都要安排妥当。皇上亲征,对于出征的将士来说,是个考验,后勤保障要花去不少精力,护卫工作,更是要花精力。

中军大帐的辕门口,地上铺了红地毯,上面还撒了花。为了照顾好皇上,李重进还带上了自己的妻妾,这会儿先行而来的太监和宫女,正在李重进妻妾的带领下,紧张地忙碌着,这边搬桌椅,那边准备饭菜,而李重进则在考虑如何把军事会议开好,让皇上安心。关键是,赵匡胤已经拿下两座关卡,有两个捷报可以报给皇上,皇上应该会心情不错吧。现在赵匡胤又在第三座关下扎营,做好了进攻准备,只要皇上一到,那里就开始攻城,给皇上一个喜事连连。

唯一需要皇上协调的是粮饷,周军远征而来,粮道艰险且长,如今汴梁留守宣徽南院使吴廷祚,却发来密信,称京城无粮可调。近日接连发出十三道催粮令,多数空手而归,吴廷祚要他们沿途自行征集,说已经派出征粮官,照会沿途各个州府接济。张永德这个气啊,二十万大军,绵延六百里粮道,路上运粮民夫和车马的损耗是三分之一,明天需要一万担粮草、两万民夫,昼夜不停地运粮,而远征大军如果没有后续粮草支持,士兵带在身上的军粮,最多只能支撑九天。

李重进十分着急,水军已经开始告荒了。水军是在水上的,一旦没有补给,立即会失去战斗力。这情况要是发生,皇上怪罪下来,谁也逃不脱,赵匡胤的催粮口信已经来了两次,派来领粮的军士已经积了两批,那些军士都急了。

李重进让军需官把附近州县的官员名单摸清,看有没有自己的老部下或者旧好就在附近任职,如果有,就以自己的名义先去借粮。两人正商议着,军士来报,说赵匡胤的第三批军需官到了,一

一、登基大典

定要见李重进,挡都挡不住。

李重进让领头的进来,他不相信一向特别有办法的赵匡胤会这么缺粮,以前他打仗不都是号称不要给养的吗?这时,赵匡胤的军需官进来了,那是一年老男子,一看就是满脸沧桑,皱纹都深得像刀刻的。李重进一看这样的人,就不由得要尊重他一些,人家毕竟是老军士了,这么大年纪,还在为国打仗,怎么能不让人尊重呢?

那军需官一进来,跪倒后就哭着说:"将军,前天我们已经断粮,大军三天没吃的了!那些孩子,都已经开始吃野菜!"

李重进搀扶起那老军士问道:"老军士,为什么不就地征粮?买粮也行啊。"

"赵将军说,我们是孤军深入,如果这个时候放军队出去征粮,尤其是用武力征粮,我们和契丹的打草谷有什么区别?"老军士抹着泪道,"赵将军自己也饿了三天了,他和大家一起饿肚子!"

突然,看门军士跑进来报告:"大人,京城的军需官到了,带了粮草来!"

李重进立即对赵匡胤的军士说:"你放心!只要有粮草,我先给你!"

一会儿,果然进来一人,李重进不待他自报家门,便迫不及待地问:"你快说,你带来多少粮草?"

那人抹了一下汗,回禀道:"一万担!"

李重进一听就火了,大声质问:"从来没有说过一批一万担,至少也是三万担,你竟敢私自做主,简省了两万担?"

李重进一手下,拉拉李重进,道:"将军,别生气,先问清楚再说。"

那军需官下跪道:"属下鄂州知县胡良功,接到宣徽院文书之

第二卷 陈桥双辉

后,立即组织粮草,运了过来,路上已经走了一个月。我们那里去年遭灾,实在是筹集不到三万担,老百姓今春都在饿肚子,就这一万担,有一半还是富户凑钱一起从邻县买来的。"

李重进听了,感慨道:"你是个忠臣,你是第一个到达的军需官!但是,我不砍你的脑袋,我的脑袋就要搬家,只有杀了你,我才能让那些运粮官下定决心,不敢不带着十足的粮食来!"说着,他对着门口的军士吩咐道,"来人,把他拖出去斩首示众!然后传我号令,有延误军情、粮草不能足额限时送到者,斩首!"

两个军士搀着那可怜的胡良功出去了,没一刻,军士又进来了:"报告将军,那知县没等行刑,就死了!"

李重进不信,刚刚进来的时候还是好好的,难道这人胆子那么小,吓死了?那军士道:"他们一路没有休息,径直赶了两千八百里路到达这里,军医官说他是累死的!"

李重进听了,"哎呀"一声:"我愧对忠臣啊!"

那军士道:"那还斩首示众吗?他可是忠臣啊!"

李重进叹了口气道:"把他脑袋砍下,放在盒子里,让传令兵带着,四处传话,有不按时将粮草送到者,胡良功就是前车之鉴!"

大家听了都唏嘘不已,赵匡胤派来的水军军士哭着说:"将军,我们也知道您的难处,真是难为您了。"

李重进感到有些后悔,这场仗的确打得太急了点,这才想起王朴为什么要拼死抵制。不当家不知柴米贵,当家有当家的难处,他是真担心这个仗没打完,国家就已经被拖垮了。

可是李重进也知道,这话不能跟皇上说,皇上是听不进去的。事到如今,已经没有回头路,只能一往无前,大周太需要一场胜利来给自己充门面,连年战争国家没有休养生息,青壮年都在战场

一、登基大典

上,哪还有人生产。如今的农田里,只有妇孺小儿,他看看赵匡胤派来的老军士,内心充满了悲凉。如果有机会一定要劝劝皇上,暂时息兵,让百姓过几天好日子,让国家有个积累。

皇上的到来,让军营里充满了高昂的气势。皇上听说赵匡胤已经夺下两座关口,如今正在瓦桥关下,不日可以克服瓦桥关。皇上龙颜大悦,赵匡胤不愧是大周第一战神,他在哪里出现,哪里就一定有成功的把握。皇上也知道,现在的关键是速战速决,契丹在此地已经经营良久,为了统治汉人,契丹专门建立了南院,用汉人统治汉人,许多汉人已经契丹化,有些人本来就是为了逃避中原战火或者是中原统治者的横征暴敛而来到这里的。契丹人虽然也要他们交税,但草原民族的统治比较粗犷,那种为了战争反复加税、苛捐杂税多如牛毛的情况反而少了,有一部分人是真心拥戴契丹,想留在契丹的。这些人对战局构成不利因素,更重要的是大周立国以来,尤其是柴荣继位以来,战事不断,刚刚拿下南唐的江淮地区,那里生产水稻和小麦,稍稍富足一些,但国力未稳。

但愿这仗能解决大周生存的根本问题,解决了契丹之患,如果能得到二十年的和平,那么大周就能休养生息。

当张永德说赵匡胤已经挥师东去,目前正在瓦桥关下等待皇上的时候,柴荣已经迫不及待了。他说:"那就不在这里驻扎了,朕要去赵匡胤的先锋营,帮助赵将军立即发起进攻,拿下瓦桥关。"

李重进立即反对,他是中军主将之一,对皇上的安全负有主要责任。他说:"使不得,从沧州往瓦桥关,陆路需要一整天,夜里行军极不安全!"

没想到皇上却说:"朕可以坐船去,刚才张永德说,赵匡胤派来

第二卷　陈桥双辉

的运粮船正在上货,朕不如就坐运粮船去。"

张永德马上反对道:"护粮的船队力量没有那么大,皇上如果上船,我怕万一风声泄露,恐有不测之危险!"

柴荣笑道:"朕看,你们是把朕当成没用的摆设了,你们以为朕是手无缚鸡之力的文人? 朕也是武将,当年也是打过仗的,不碍事,朕这就出发,立即赶到前线!"

李重进还想劝阻,可是皇上就是不听。没办法,李重进主动道:"臣愿意陪皇上前往,张永德将军率军也立即出发,沿河跟进,只要我们互为掎角之势,相互支持,就没有什么大危险!"

柴荣点点头,举起手里的玉斧,猛地一挥,说:"怎么能被契丹人吓到? 走,看看去!"

王公公跟着皇上往外走,一边指挥其他太监赶快收拾东西,对皇上道:"老奴也是这样认为,那些食古不化的文臣和惧怕契丹的武将,应该好好教育教育。皇上英明神武,一定能手到擒来,战胜契丹应该是不在话下的。"

柴荣点点头,道:"李重进,你该听听王公公的话,他不是军人也不是文人,反而能看得更加清楚!"

柴荣的船乘着春汛,沿河东下。水流非常湍急,船本来就快,那些划桨的军士看见皇上,一个个像发了疯一样,纷纷使出了吃奶的力气,都想在皇上面前表现一把。柴荣来到舱室,看望大家的时候问道:"大家对战事有信心吗?"大家异口同声道:"有信心! 定要收复燕云十六州!"

契丹的确是不得人心啊,对于中原地方的人来说,是一大祸害。他们居住在草原上,平时放牧,是牧民。等到枯草季节,他们

一、登基大典

骑上马就是马军,像旋风一样,从草原上飞驰而来,见人抢人,见物抢物,无恶不作,简直就是土匪。大家都想一口气灭了契丹,或者给他们一个重重的教训,让他们以后再也不敢来犯。

次日天亮,柴荣被嘹亮的军号闹醒。他爬起来,站到舰桥上,突然发现战船已经停泊在岸边。岸上,大周的水军正在操演,军营里旗帜飘扬,巡逻的巡逻,遛马的遛马。近处,赵匡胤和将士们整齐列队,不知在晨露中站了多少时辰,那是在迎接他。

他大声喊王公公,王公公拖着鞋子跑了出来,道:"皇上,皇上,您醒了?老奴起迟了!"

柴荣道:"快快拿铠甲衣服来,朕要慰军。"

柴荣被赵匡胤接到先锋大营,路上他最关心的就是战况。赵匡胤说:"已经递过战书,就待皇上您一到,我们就叩关攻城了!"

身后,郑起问道:"赵将军,听说您把这次出征的水军都带来了,怎么没见到几艘战船?"

赵匡胤回道:"这个瓦桥关,建在一个半岛上,有两座关门,一南一北,水军主力已经绕道关北,堵住其退路,同时阻击可能来援之敌,我们将在南门发动正面攻击。"

柴荣登上高坡,查看整个战场,对面好一座雄关,城墙足足有十丈高,宽足足有五丈余,全部用山石垒成,坚不可摧。关前正面是护城河,护城河连着大河的地方用手臂粗的铁链连着一个一个大木桩。柴荣倒吸一口凉气,道:"匡胤,难为你们了,这座关不容易破,易守难攻!"赵匡胤一拱手,道:"皇上放心,我们已经想到了破敌之策!"柴荣感到惊奇,问:"如何破敌?""这城关虽然雄伟,但是只要我们掘断上游水道,等待水涨起来,然后放水淹它,它就跑不掉。如今正好是春汛期间,据赵普推算,不日之内,上游会有大

第二卷　陈桥双辉

雨,那时我们众志成城,一定能把它一举拿下!"

柴荣点点头,道:"时不我待,不能多等,匡胤,要力争尽快攻城!"

赵匡胤回道:"末将也很急,只是苦思无他良策。不过,臣请求皇上给臣特别的权力,臣要派人进关,游说姚内斌来降。"

"这姚内斌我倒也听说过,当年我在濮州任职的时候,就听说他是一员猛将,也是中原人,但不知如何才能说服他来投降我大周。像这样的人才,提出什么条件,你尽管答应他就是!"柴荣放下手里的马鞭,将自己身上的一只玉佩摘下来交给赵匡胤,"你就拿朕的玉佩去,玉佩犹如朕,只要姚内斌来降,朕定然待若上宾,不会亏待他!"

赵匡胤犹豫着,说道:"皇上,我只怕您不肯同意。有个条件您一定能做到,但是您不一定肯做!"

柴荣一夹马肚子,开始下山,道:"你说吧,金山银山,交给他都可以,只要他是大周子民,他要钱可以给钱,要地可以给地,要人也可以给人!"

赵匡胤道:"他要的是一个人!"

柴荣问道:"何人?"

"范质!想当年,姚内斌的父亲曾经和范质同殿称臣。但是,当年他父亲因为一桩冤案被牵连,死在狱中,而审查这个冤案的就是范质。听说范质狱中夜访姚内斌父亲,次日其父就自杀身亡了!"

王公公从山坡下气喘吁吁地上来,走到皇上跟前,禀告道:"范丞相他们赶来了!"柴荣道:"来得正好,有请范丞相!"

柴荣一扬马鞭,打马而去,后面的赵匡胤只听见皇上在前面大

一、登基大典

声道:"朕去跟范质谈谈,看看他有何良策。"

范质正领着一批文官上来。他是来诉苦的,国库空虚,这几年打仗年年超支。他看见皇上打马冲着他过来,吓了一跳,腿肚子都抽筋了,要不是对面是皇上,他早就撒腿跑了。皇上到了近前,不待皇上开口,他先就禀告道:"皇上,京城留守派人来禀告,征粮情况不理想,十有八九征不满额。昨天您到来之前,李重进、张永德已经杀了一名县令,但也解决不了问题啊,老臣建议,是否就地征粮?"

柴荣道:"就地征粮,要以打胜仗为前提。看见没有,前面的瓦桥关,只要能攻克,里面粮草有的是,现在的问题是,里面有员战将,叫姚内斌,你可知其人?"

范质被问得愣住了,敌方守城主将,他怎么会认识?他在脑子里转来转去地搜寻,仍然想不起来,便摇摇头,道:"老臣不认得什么姚内斌,不知皇上为何有此问?"

柴荣把赵匡胤的一番话转述给范质听。范质一听,也不顾什么老成持重的体面了,叫道:"老臣哪里害过什么人,老臣一生无愧于心,也无愧于国!"

柴荣忍不住要讥讽范质:"得了,你范质乃一代名相,著名的贤臣,谁不知道。我只想说,当时你是不是真的判过一个姚姓官员?是否和他有交情,了解一些内幕?我想让你去劝姚内斌来降!"

这个范质,是个标准的儒生,当听说要他去劝降,连连摇手道:"这事老臣干不了,您是要老臣的命啊。"

柴荣问:"你怎么就不能去了?你是不是当初的确对不起人家父亲?"

第二卷　陈桥双辉

范质道："非也,相反我是他父亲的好友,当初我劝他父亲自裁,是为了保护他父亲的名节,他父亲那一死,倒是让老臣佩服了。只是,他家怎么就出了这样一个不孝子,竟然投降了契丹？这种人我不去劝,劝也没有用!"

柴荣就用激将法,道："赵匡胤就说你不会去,也不敢去,怕丢脑袋。现在看来,你就是这种人,你就是不敢去! 人家是你的晚辈,你去说说,让他回到我中原来,他不愿意回来也可以,可以在这里自立为王,只要不挡道即可,朕可以封他为镇北王,永享瓦桥关主人的地位。他本是中原人,又何必侍奉契丹贼子?"

范质被皇上这样一激,不好再说不去,只得硬着头皮道："我去。"柴荣把手中的玉斧交给范质,道："这样吧,朕本想让赵匡胤带上我的信物去,好叫人家相信。现在朕把玉斧给你,这物件陪着朕已经有六七年了,你拿去交给他,朕愿与他结为金兰之好,只要他来降,朕绝无亏待他的道理。"

范质颤颤巍巍地接过玉斧,知道这东西皇上平常是不离手的,现在皇上把它交给自己,让他带给姚内斌,可见皇上对姚内斌的重视。他此行只能成功,不能失败。

不出赵匡胤所料,姚内斌并不想做契丹鹰犬,更重要的是当今契丹国主是个彻头彻尾的昏君,饮酒作乐,每每醉酒,必然滥杀无辜。想到自己祖上本也是忠臣良将,从来没有想过要侍奉异族,现在,终于有机会立功,回归中原,他还是愿意的。他又看到来和自己谈判的竟然是大周一等一的丞相,还带来了皇上的玉斧,这是大周皇帝神威的象征,这个面子可不小。

如此这般,柴荣到来,兵不血刃便拿下了瓦桥关。

一、登基大典

瓦桥关总兵府大厅,柴荣赐宴群臣并犒赏了姚内斌,姚内斌更是拿出了瓦桥关所有的好东西来招待大家。宴会上,姚内斌献上了一种美食,叫"林蛙"。当厨师端上来一盘清蒸的林蛙时,姚内斌介绍说,这是东北山林间的神物,女人吃了五十岁还能生育,男人吃了七十岁还能上阵。林蛙只在东北有,就在契丹人老巢上京附近的深山里。那山绵延八百里,山上有一汪湖泊,曰天池,这林蛙就产在那天池里,这东西一年只长三个月,其他时间都在冬眠。那里冷极了,这林蛙常年就躲在冰里面,接收了大自然的精气神,对人来说,是了不得的神物,要三年才成熟。

柴荣听了非常神往,说道:"一定要直捣天池,与众爱卿在天上游!"

这时,李重进的大队人马也到了,他让军队驻扎城外,自己进城。一看李重进到了,柴荣立即催促赵匡胤和张永德,要他们率领先锋部队马不停蹄地立即进军幽州。

可这时大家却发生了分歧,范质道:"汴梁已经没有米面卖,市面上的米面全部被京城留守送到前线来了,而各地的征粮官也纷纷告急,实在是无粮可征啊。"

李重进竟然也成了一个反对派,把他如何杀军需官,又有多么愧疚说了一遍,最后对皇上说:"此次东征,我们兵不血刃,拿下三关,已经是极大的胜利了。此次胜利,虽然拿下的地盘里没有幽燕,但契丹国主已经怕了,派来了大臣萧思温。萧思温是契丹一等一的大臣,和当今契丹国的伪太后有一等一的关系。如果能赐他们和平,订立盟约,他们一定愿意要和平,一定能确保边境长治久安,将来不会来骚扰我们了!"

柴荣冷笑道:"都点检,你是不是怕了?一个小小契丹,就让你

第二卷　陈桥双辉

怕了？你怕的话，先回去，朕不回去。"他又转向身边的其他人，说道，"你们有谁想回去就走吧。朕一个人也要去幽州，不拿下幽州，朕誓不还朝！"

听柴荣这么说，大家不敢再劝。这时，李重进道："臣愿为皇上出征，攻取幽州，皇上尽管在这里等臣下的好消息！"

柴荣又摇头，厉声回道："非也！我定要与那耶律小儿戏于草原之上，让他真正领略我大周文明！"

文人中赵普是最懂眼色的，知道阻止皇上亲征幽州已经是不可能的事了，皇上有他自己的情感和想法，皇上要的不是一纸合约，而是一场真正的光宗耀祖的胜利，臣子应该尊重皇上。赵普道："臣建议，由赵匡胤将军率部为左路军，乘战船逆流而上，退回益津关，从益津关出境，包抄幽州并切断幽州和北汉的联系，防止北汉来援。同时通知潞州李筠，让他向北汉方面佯动，放出风声，要攻击太原，让刘崇不敢出来捣乱。另外分兵一路，由韩通将军率领，为右路军，从东线沿海边进军，挡住渤海国来援之敌的同时，从东面包围幽州。皇上亲率主力，一路往北，从南面正面进攻，这样就对幽州形成了三面合围之势，让出北面，让他们逃跑，自古围城不围死！再说，我们并不是要杀光他们的人，只要夺回领土而已。"

赵普说完，柴荣连连点头道："赵先生说得对，但不必像你说的这样累。大军横扫六合，战无不胜，不如一鼓作气，一队前进！"

他安排李重进任先锋都指挥使，率中军先行进发。李重进率部赴瓦桥关北，急行军到固安县，一举攻占固安县。此时，李重进的先头部队离幽州只有一百二十里，也就是说只剩下一天的行程。李重进本不想打，现在皇上反而让他打头阵，这就是皇上的霸气。

然而，这也正是让赵匡胤担忧的地方，李重进本就有怯战之意,如今他做先锋,为皇上中军开路,很容易贻误战机,给皇上的中军造成压力。

2. 病龙台

五月初三,三军已经接近形成合围态势。柴荣兴致勃勃地前往固安县城视察,然后又前行到固安县城北的安阳水,在那里命令士兵架设桥梁,以待大军进军时通行。经过一天的奔波,柴荣于傍晚时分才回到瓦桥关,准备夜宿。

这天,风非常大,夹杂着小雨,赵匡胤回来时,头疼欲裂,连晚饭也没有吃,就躺下睡觉了。可是柴荣非常兴奋,薄暮时分,让王公公去找赵匡胤,要和赵匡胤等一起登城关外的小土山,观看三军军容。赵匡胤急忙起来,楚昭辅给他一件棉袄。他把棉袄披上,正要出门,又想起皇上是要看三军军容,那得赶快准备一下。他让楚昭辅把王元功喊来,让王元功去准备,说道:"皇上今天兴致好,要登上城北的小山,看三军军容,通知大家,单岗变双岗,巡逻加倍,所有人等全部出帐篷操练。"

他吩咐完,骑马来到皇上的大帐,发现皇上已经在等着了,边上还有张永德等人。几个人一起来到山上,张永德故意带着皇上来到山丘的北面,这里正好可以看到赵匡胤的军营。只见黑色"赵"字大旗迎风飘扬,在微冷的残阳中猎猎作响,一队队、一排排的士兵踏着整齐的正步往来有序地操练着。稍近处,是一队骑兵,正在练习冲杀。这些人都是黑衣黑甲,黑面具蒙面,柴荣觉得奇怪,转身问赵匡胤:"那可是你的骑军?听说你在滁州获胜之后,在六合打败李景达大军,当晚抓捕二百余名不战自退者,让他们自相残杀,最后才留下五十人。你就用这五十人组建了一支黑旗军,是

第二卷 陈桥双辉

否就是他们?"

赵匡胤点点头,道:"正是他们,末将是让他们知耻而后勇,现在这些人已是我大周最勇敢的战士了!他们个个可以以一当十。"

柴荣道:"匡胤你是治军有方啊,果然练出了一支英勇的赵家军!"

赵匡胤立即纠正皇上的话,他不敢让皇上觉得他在建立自己的私家军队:"皇上,我练的是大周的军队,他们都是皇上的健儿!"

皇上今天情绪好,并不跟赵匡胤计较,而是说:"罢罢,你不要担心,赵家军也是我大周的军队。朕就说你一定能练出一支新军,果然两年不到,你的军队已经成为可以藐视一切武装的铁军。大周有你这样的将领和这样的铁骑军,何愁天下不平?"

大家都很高兴,又说了一会儿闲话,都有点儿累了。王公公也看出来了,轻声在皇上的耳边提醒:"皇上,该回宫休息了,明天还有明天的事呢!"

柴荣听了,也觉得该休息了,就带着大家往下走,下边有人牵着马过来。柴荣正要上马,忽然,远处来了一群老百姓,手里拿着牛肉、酒等食物,原来是老百姓听说皇上来视察,就主动来献食了。柴荣高兴地接了牛肉、酒,和那些百姓一个个干杯喝酒,又唠起家常,问其中一位长者:"这些年,你们过得如何?可曾想念中原?"

那老者许是也喝了点酒的缘故,激动地告诉皇上:"皇上,我们老家原先也是河南的,我出来有四十年了。那个时候,我们在河南老家,还有祖父、祖母和很多亲戚。可是自从来到这里,我们就回不去了,边关阻隔,契丹不允许我们回去,回去的也不准再来,再来就当通敌论处,我们过得很艰难啊,有家不能回。现在,大周的军队来了,皇上您来了,还是您惦念我们啊,我们就像是孩儿找到了

一、登基大典

父母!"

柴荣听了心里喜滋滋的,回答说:"你们放心,朕一定要把和平带给你们,让你们活在自由和舒畅的家园里,也请你们监督我们,我们一定能做到。"

他转身对身边的书记官道:"记下此时此刻,记下这里的百姓对我们说的每一句话,也记下朕说的每一句话!"他又问那老者,"老人家,这里是什么地方?好让书记官记下我们的对话,让历史记住这一刻!"

老者不假思索道:"这里并没有什么正式的名字,当地人都管这里叫病龙台!"

柴荣一听,脸色就阴下来。王公公也感觉到了这个地名不妥,立即呼喝牵马的兵士:"快,把皇上的马牵过来,皇上累了,速速回宫休息!"

大家无话,一路回到大营。柴荣一个人回营休息了,也没跟大家招呼,这不符合他的性格。大家也分明感到了某种尴尬,所有人都知道,那是一个不好的兆头,但都不愿意挑明,不知该怎么化解。

赵匡胤也非常焦急,回到大帐没歇息就找来赵普商量,看看有没有什么法子化解。赵普脸色铁青道:"将军,我看星象,西边天子星垂落,暗示最近有天子要驾崩。原本我想应该是辽帝耶律璟来援幽州,我军一举将其击杀!可是,经您这样一说,我感觉这事就复杂了,辽帝并不关心这里的百姓,也不关心幽州以南这三关的归属。我们回来的细作汇报说,这个贼皇帝本就认为这三关是我们中原的,现在我们中原来取回就取回吧!看来他是不准备和我们决战了!"

赵匡胤原本是不怎么相信这些说法的,但赵普能说会算,说的常常都能应验,而如今,他说得有鼻子有眼的,让人不得不信。他问赵普:"有什么办法可以化解么?"

"天子星陨落在西,如果吾皇能够往东巡狩,也许是个法子。可是皇上一心要收复幽州,一定会亲临战场,肯定要往西的!"赵匡胤点点头,这个时候谁都不可能说服皇上不往幽州去。

战局依然在向着有利于大周的方向发展,五月初五,大周易武节度使孙行友攻下易州,活捉了辽易州刺史李在钦。孙行友亲自把战俘押来行宫,柴荣看了非常高兴,命人将俘虏押到集市上去,斩首示众。他下诏以瓦桥关为雄州,益津关为霸州,征发千余民夫修筑霸州城池。初六,他又命张永德、李重进率兵从土门出击北汉,用主动打击的方式,阻止北汉来援。

大家也放松了,觉得那个"病龙台"也许只是一个偶然事件,应该已经过去了。皇上如此年轻,大军又如此占据天时地利人和,病死的应该是辽朝的将官和皇帝。

可是,就在这个时候,柴荣突然病倒了。他的病来得如此猛烈,以至于谁都没想到,像柴荣这样年轻力壮的人会突然倒下,变成那样。当大家走进皇上大帐的时候,几乎所有人都吓得面无人色。皇上躺在床上,浑身如火炭一样,两眼赤红,眼窝深陷,身体上下起伏着,高喊着"别杀我!别杀我!"仿佛是在梦游。赵匡胤看看赵普,心里隐隐地担忧,会不会让赵普说中了?一个大夫拿着包了冰块的袋子,按住皇上的前胸,太监们则每人拿着一个小的冰袋,在皇上身上擦,想给皇上降温,可是谈何容易。王公公将赵匡胤拉到一边说:"现在李重进、张永德都不在皇上身边,皇上最信任的只有你和范质了,我已经通知魏仁浦、王溥、韩通迅速赶来。请您就

一、登基大典

在此等候,如果皇上醒来,就请将军劝谏皇上,请皇上退兵还京,医治身体要紧,这里乃蛮荒奇谲之地,不宜久留啊!"

赵匡胤点点头,说:"放心,我一定劝皇上,皇上龙体要紧,仗是永远也打不完的,但皇上是大周的柱石,这个柱石不能倒。"

赵匡胤就夜宿在皇上的大帐里,但并没有等来皇上的清醒。次日早晨,赵普来找他,把他请到僻静处,悄声说:"将军,我昨晚算了一卦,很不好,也许这次皇上缓不过来了!"

赵匡胤道:"你说,皇上一直没病,怎么突然就病了?真是可惜,眼看就要收复幽州,怎么就天公不作美,不让我大周成功呢!"

赵普抓住赵匡胤的手,说:"你信佛么?这两年,皇上毁了多少佛寺,大周境内大多数寺庙被毁,大多数铜菩萨像被熔化做了大周的钱币,大多数和尚尼姑被迫还俗结婚生子!"

赵匡胤道:"我不相信报应的说法,如果要有报应,还不如应验在我的身上,我杀人如麻,我……"说着,赵匡胤看看四周,"你回去吧,我去照顾皇上,你带好咱家的军队,要随时能出发!"

赵普点点头,道:"您放心,都是自己兄弟在带兵,赵家军不会乱!"但他还是拽住赵匡胤,继续道,"也许皇上不久就有性命之忧,将军要做好打算!"

赵匡胤惊得说不出话来,缓和后说道:"什么打算?尽忠报国是我们军人的分内事,哪里需要什么打算?"说着,他甩开赵普的手。

赵普追上他,一把重新抓着他的手说:"皇上年轻,没有成年皇储,也没有立皇储,符皇后只有十八岁,压不住群臣。群龙无首,将军,您该自觉担当大任!"

第二卷 陈桥双辉

赵匡胤摇摇头,说:"要有什么大任,也轮不到我,我只是一个殿前都指挥使,你这些话对张永德将军说,兴许还有点儿意思!"

赵普听赵匡胤这样说,急了,把赵匡胤紧紧地堵在角落里,不让他走,道:"张永德将军当然是个好人,也是您的上司,我们当然应该拥戴他。可是,我夜观星象,他不可能成,没这个命!"

"那我就有这个命了?"赵匡胤讥讽道,"你别说了,这可是要杀头的!"

赵普却依然不放弃,声音都大了起来:"将军,凡事预则立,不预则废,到时候恐怕来不及啊!"

赵匡胤不理他,径自走了。

柴荣大帐。早晨的阳光,虽然有些凛冽,但还是暖和的。赵匡胤掀起帘子,看看外面,是一个艳阳天。他回头拿了毛巾,在冷水里搓了一把,重新敷在皇上头上,这时,皇上突然醒来。他虚弱地问:"谁啊,挡住我晒太阳!"

"皇上,您醒了?"

"是啊,睡了一个好觉。昨天你在照顾我?王公公呢?"

这时,王公公正好拿了一个盖子来灭蜡烛,听到皇上在找他,高兴得立即奔了过来。他哑着嗓子,喊道:"皇上,您醒了,您醒了。"又转头喊众太监,"还不出来,灵醒着点儿,皇上醒了。"

柴荣轻声喝道:"别大呼小叫的,好像我怎么着了一样,不就是睡了一觉吗?"

王公公带着哭腔说:"皇上,您可吓死老奴了,昨天好几个太医没合眼,感谢上苍,天佑大周啊,皇上您没事了?"

柴荣声音大起来,道:"别婆婆妈妈的,哭什么?你嗓子哑了,

一、登基大典

是不是昨天哭过了？没用!"又转头问赵匡胤,"大军进军情况如何？李重进和张永德进军到哪里了？"

赵匡胤跪下道:"皇上恕罪。末将昨晚擅作主张,通知张将军、李将军速来瓦桥关议事,他们此刻应该就要到了。"

柴荣低下头,慢慢地躺平,叹口气,悄悄问赵匡胤:"昨天,朕是怎么了？让你们如此大骇?"

赵匡胤不知道说什么好,他只好说:"皇上您好些了就好,我这就去喊太医,赶快再来看看!"

柴荣道:"去喊吧,把他们都喊来,朕现在就要知道朕得的是什么病!"

赵普带着一个当地人,偷偷地进了赵匡胤的大帐,原来他请了当地的巫师来。赵匡胤觉得赵普实在太过分了,这可是死罪,皇上向来不相信这些。如果私自和巫师交流,妖言惑众,那是要掉脑袋的,难道赵普不知道？

赵普一屁股坐下来,喝了一口水,又拉那个巫师上前,巫师道:"将军,此地那座山,叫病龙台。当地有个传说,说那是皇上到了要立即病殁的地方,我们巫师常常到那座山上去祈灵,请神灵附体,增加法力。"

赵匡胤冷冷地道:"你们这些无稽之谈,我会相信?"

那巫师却不理他,而是翻着白眼,像得了癔症一样地颤抖并说道:"皇上,您才是真正的天子啊!"

赵普腾地站起来,道:"那么,生病的那个皇上又是怎么回事?"

"他是一条过路龙,注定要把皇位让给我们面前的这个真龙天子!"

第二卷　陈桥双辉

赵匡胤抓住他的衣领，道："你不要胡扯，我问你，有没有什么办法让他好起来？你要是有办法，我重重赏你，否则我要你命！"

那巫师浑身颤抖，突然口吐白沫，倒地而亡！

赵匡胤蹲在地上，看看那巫师，又看看赵普，大声呵斥道："怎么回事？赵普，是不是你带人来演这出戏给我看？"

赵普全身打颤，道："我也没想到啊，这是怎么回事？"

两个人稍稍冷静了一下，赵匡胤到门口跟护卫亲兵吩咐道："快去叫楚昭辅和王彦升速来。"

赵匡胤吩咐赵普："今天这事，对任何人都不能说，就是我们自己人也不能说！"

赵普点点头，道："那是当然，这事太奇怪了。"

赵匡胤松了一口气道："不是你导演的戏就好！让这事过去了吧！"

"皇上，"李重进轻轻地呼唤柴荣，他回来得非常快，"皇上，臣回来了！"

柴荣睁开眼，他的眼皮非常重，睁眼都非常费力，几乎看不清眼前这个人，也听不清他在说什么："你大声点！"

李重进靠在柴荣的耳边，道："皇上，我们不能退兵啊，如果退兵，就前功尽弃了，非但三关将得而复失，相反，让契丹得到报复的机会，我们的老百姓将会受到更加残暴的掠夺和屠杀。我们退了怎么对得起这些支持我们、欢迎我们的老百姓啊！"当初，李重进不想进兵，但是这会儿，他又不想退兵了。

柴荣似乎听明白了，点头道："李将军，你说得对啊！你怎么回来了？你应该在前线，应该继续进攻。"

一、登基大典

李重进道:"我接到赵匡胤的通知,让我即刻回来,他说皇上要召见我!"

柴荣闭上眼睛,仿佛陷入了沉思。这时王公公进来,给他端来药。他摆摆手,王公公就给李重进使眼色。李重进会意了,把药碗端在手上,道:"皇上,吃药吧!"李重进偷眼看看那药,问道,"王公公,这药是谁开的方子?"王公公一勺勺地给皇上喂药,低声说:"是几个太医一起诊断,最后集体开的方子,说是皇上进了邪气,必须用重药才能解除。"

这时,外面一阵响动,有战将的战甲鳞片碰擦的声音,那声音非常清脆,一听就知道那是高级将领,王公公猜那可能是张永德。王公公道:"李将军,我来照顾皇上,你们几个就在门外等候吧,让皇上歇会,一会儿等范质、魏仁浦、王溥等都到了,麻烦您召集大家一起进来议事。"

李重进起身,挡住了张永德。张永德看见李重进从皇上大帐里出来,非常惊讶道:"前线战情紧急啊,李将军,你怎么回来了?"李重进道:"皇上有恙,臣怎么能不回来?"张永德忙问:"皇上昨天还好好的,怎么就突然抱恙了?"他要进皇上大帐,李重进不让他进,道:"你就等等吧,让皇上歇会儿,等大家都到了再一起议事!"张永德心里生气:凭什么就你能进,不让我进?我担心皇上,得看看他。李重进道:"皇上没有宣,你进去干吗?"

张永德被噎住了,说不出话。他脸憋得通红,在帐外站着。好在这时赵匡胤、范质都走了过来,赵匡胤一看张永德回来了,走过来施礼,向大家说了情况。范质立即就急了,道:"我说我们应该退兵,你们偏偏不听,现在你赵匡胤应该负责皇上的安全,你是怎么负责的? 听说你把皇上带到了病龙台上,你安的什么心?"

第二卷　陈桥双辉

赵匡胤知道范质有意找碴，这时候，他也不想计较，关键是得有个主张。张永德替他解围道："情况紧急，前线战局瞬息万变，我们这些主将都不在营中，却还在这里争来争去，关键是得有个决议。大家议议吧，现在到底是进，还是退？还是不进不退？这都得赶快决定。"

赵普低声建议道："请都点检主持御前会议，最好让大家充分发表意见，卑职建议，把几个太医请来，一起商量。"

张永德点点头，正要发话，太监领着几个太医进来了。张永德道："你们几个先说说，皇上的身体到底是小恙还是大恙？到底还能不能向前？"

太医们互相看看，都不敢说话，张永德问："几位先生不要担心，现在是说实话的时候，你们不要互相商量，各自说真话！"

一个年长一点的太医字斟句酌地回道："回禀都点检，卑下认为皇上得的是风邪之症，一方面是皇上积劳成疾，更重要的是皇上在这边关之地，地气中有不利于皇上身体的烟瘴，皇上受了这烟瘴之气，急火攻心，不能扶正，故而……"

张永德道："请直说结论吧，你的意思是皇上必须迅速撤退回京？"

太医点点头，道："这里风露不定，水气难测，凶险之地也。稳妥起见，应该立即回京，着京中太医院立即会诊，这里医生不足，医药也不足，更重要的是不具备养病的条件。"

张永德又问另一个年轻一点的太医："你的观点呢？"

那太医深施一礼，缓缓道："皇上得的乃是绝症，如果处于绝地，又在大战之前的绝时，恐有不测！卑职建议，立即撤兵，即刻回京，可能还有一线生机。"

一、登基大典

张永德不信,一个大活人,前几天还披挂上阵,能吃能打,现在怎么就突然得绝症了?便问:"你说,是何绝症,万万不要危言耸听!"

"禀告都点检,此乃气绝之症,体热外化作邪气,烧灼其身!"

张永德看看那几个太医,问:"你们觉得他说得对吗?"

那几个太医不说话,张永德急了,道:"快快说话!赦免你们无罪!"

那年轻的太医看看大家,道:"你们又何故如此胆小?如果皇上有何不测,你们知情不报,罪加一等!"

一个太医站出来说:"昨天卑职们在讨论之时,的确有这个论断,因而也是按照这个路子开的方子,今天皇上已经醒来,看结果方子也是对的。不过,皇上年轻有为,乃真命天子,上有天星护佑,我等也拿不定,还是请各位大人定夺!"

张永德觉得好笑,随口说道:"皇上的身体到底得的什么病,难道要我们这些文臣武将去定?"

没想那太医却真的说道:"皇上的病,不是我们说了算的,皇上的病,只能由各位大臣说了算!"

赵匡胤看看那个太医,心里想:此人有政治才干啊,怎么就做了太医,太可惜了。

李重进已经听出了小九九,看来皇上病得不轻啊,这个时候如果自己坚持继续进攻,这进攻的任务肯定就落在了自己头上,而张永德正好护驾回京,伴在皇上身边,还不知道要说多少他的坏话。他缓缓道:"皇上得病的事情,要严格保密,大帐外布置殿前班值和侍卫军值,双岗,防止闲人入内,所有宫女太监,不得擅离岗位,更不得出帐。另外,缓缓退兵,由韩通负责向东佯攻,由赵匡胤负责

第二卷 陈桥双辉

向西佯攻,通过大规模军队调动,让契丹感觉我们正在准备发起主攻。我和张将军分头交叉撤军,先由我部撤退到雄州一线,然后皇上撤至我军中休养,接着张将军撤军,到濮州建立大营,皇上再撤至濮州,最后一站,回京!雄州、霸州的防守,由韩通职掌,不得后撤。三军的联络和支援,由赵匡胤部负责并断后接应。"

李重进有雄心,也有大才,是不可多得的军事将领,可惜此人太过小气,没有真正的盟友,甚至也没有真正的部下。这个时候,他的小九九打得不错,但赵匡胤也能看得出来的招就不算是高招。

赵匡胤道:"末将认为,还是请都点检统一号令!当下之计,军中不可一日无主,末将愿意听从都点检号令!"赵匡胤认为,这个时候应该由张永德来主持大局,李重进还不行,虽然现在是紧急时刻,但是方寸不能乱。

赵普也说:"对啊,还是请张将军主持大局!"

李重进听他们两个这样说,鼻子都气歪了。可是没办法,他在文人圈子里没有势力。另外,他的手下大将韩通又没有来,韩通也不知道到哪里去了,出了这么大的事,竟然不见人影。

不过,他也认了,这个时候还有什么可计较的呢!缓声道:"那就请张将军代表我们大家和皇上商量吧!"

一旁的赵匡胤听到李重进的退让,心里突然对李重进有了蔑视:这个人外强中干,不足以成大事!

李重进说完,站起来伸伸腰,踱起步来。那些文臣听了都有些不高兴,范质道:"李将军,还有我们这些文臣呢!我们都还没有发表意见,难道这件事就由你和张将军决断则可?倘若如此,又何故把我们叫来?"

李重进心里好笑,这些文人哪里有点儿忠臣的样子,都这个时

一、登基大典

候了,还要整个面子出来,便道:"好吧,好吧,你们议吧,你们决定了就通知我!"

张永德站起来,道:"各位有何高见,我一定转呈皇上。"

王溥道:"开战之前,我反对开战,就是担心今日之局面。但是,既然我们已经宣战,而且兵不血刃就拿下三关,又为何仓促退兵?皇上可以退至沧州疗养,也可以先行回京,各位将军就不能于此刻有所担当,继续作战?"

魏仁浦摇摇头,道:"王相,话不能这样说。皇上的身体是第一位的,我赞成退兵。但是,幽州乃契丹门户,是他们不得不举国防守的重镇,迄今为止,我们打的还是局部战争,一旦开始夺取幽州,就不再是局部战争,而是一场举国之战,这个仗不好打。契丹贼王耶律璟已经举国征兵,正在赶来,如果接战,恐不是一朝一夕能打完的。如今皇上身体有恙,如果变成持久战,我方粮草接济是个问题,而皇上的身体是否能坚持那么久,更是个问题。为今之计,应迅速退兵。"

范质道:"如果能有礼有节地退兵,跟契丹完成一次交割,我们也许可以保有三关,体面返回。因此,我们应该派人和契丹和谈,赐和于契丹。此时赐和,依我看,契丹会感恩不尽,也许可得边关数十年和平!"

魏仁浦道:"那个睡王耶律璟,我们能相信?"

范质道:"耶律璟不能相信,但太后述律平却是可信的。"

大家都把眼睛转向张永德,张永德看看赵匡胤,道:"匡胤,你怎么不说话?你说说。"

赵匡胤道:"当初出征,我们就说过,把它当作一场局部战争来看待,我们不是为了灭契丹,而是为了收回中原的东方门户,和契丹媾和。如今,我们的目的已经基本达到,此时和契丹和谈,也许正是时机。皇上应该尽快撤离此地,皇上的病在此地恐难恢复,如果有何不测,我们怎么担待得起?皇上肩负大周使命和国运,我们无论如何小心,都不为过!"

张永德点点头,道:"好吧,大家等我一会儿,我进去向皇上禀告!"

张永德正要进去,范质抢前一步,道:"微臣也愿意和将军一道担责,微臣和将军一起进去!"

张永德笑笑,道:"老丞相,您是不信任我,怕我传错了皇上的话吧?"

3. 退兵

瓦桥关留守的中军,大家都以为即将开拔去幽州,可传令兵传出来的号令却是撤退,有些人就传:"前线已经败了,这里保不住了!"一部分百姓听到风声后,竟然大车小车地拉着家当跟来了,要随队伍撤往中原。

姚内斌坐不住了,找到赵匡胤问:"赵将军,我既然已经降了大周,就会忠于大周,但你们突然撤兵得有个说法和安排!不然,我们这里人心惶惶,民保不住,兵也保不住,难道要我们重新投降契丹不成?"

赵匡胤理解姚内斌的担忧,说:"姚将军,你放心,御前会议上我已经为你提出了建议。一是擢升你为幽蓟节度使,总揽幽州、蓟州全局,我留殿前司三万兵马给你,如果北方有来犯之敌,可助你抵御之。二是韩通部三万兵马,暂留三关南,助你守卫三关。"他又把王彦升介绍给姚内斌:"我的人马留在这里,由王彦升将军带领,

一、登基大典

你们认识一下,交个朋友。"他转头对王彦升道,"彦升,姚将军乃我中原忠良之后,如今贵为幽蓟节度使,你一定要助他守好边关。"姚乃斌听了,心里有点儿底气了,道:"多谢将军提拔!王彦升将军和韩通将军的人马,我一定照顾好!"王彦升心里知道,让他留下来,是监视姚内斌,同时当然也是帮助他。他看姚内斌这个人有气势,有胆魄,应该可交。"希望他是条汉子!"他心里想,便道:"姚将军,我们明人不说暗话,今日将军可愿意与我结拜为异姓兄弟?如果能结拜,什么都好说,如果不能,嘿嘿,我可不敢助你!"姚内斌哪里不知道王彦升这话的意思,立即对着赵匡胤和王彦升道:"在下指天为誓,对大周绝无二心,王将军看得上我,我愿意和王将军结为兄弟!"赵匡胤道:"你们怎么忘记了我?"姚内斌道:"不敢高攀啊,如果将军看得起,末将愿为将军赴汤蹈火!"

三人正议论着,外面突然起了争执。原来是一群当地的民众来找赵匡胤,要赵匡胤带他们一起走!赵匡胤怎么也弄不明白,这些人怎么不找皇上或者张永德,而来找他呢?姚内斌道:"这些人听说你是大周第一的战将,都觉得找你放心!"他挡住赵匡胤,"将军,你不用出去,我去说服他们!"赵匡胤站起来:"我们一起去!"他俩肩并肩地往外走,路上赵匡胤对姚内斌道,"我们一走,这里就交给你了,切切注意,不可出战,应该死守,你的城后驻扎我大周六万人马,只要你拒不出战,守住一两个月,契丹定会退兵!"姚内斌道:"将军,我不怕战,怕的是没有希望。将军,如若回京之后,皇上身体好转,记得我们幽蓟军民都翘首盼望王师归来,一雪前耻啊!大家都不愿意为契丹奴隶,大家都愿意做大周子民!"

姚内斌说着,眼睛湿润了起来。赵匡胤也有点儿难过,这一走,也不知道何时能回来!不过,他还是安慰大家,大周不会忘记

第二卷　陈桥双辉

这里的百姓,一定会尽到保境安民的职责,让大家过上好日子。

大周的军队开始后撤,虽说这次打的都是胜仗,但大家看到队伍后撤,就都乱了神,各种谣言四起。中军队伍中有开小差逃跑的,也有不顾大队单独后撤的。好在赵匡胤的队伍断后,他沿途收拾掉队的老弱残兵,一步步布下细作和交通站,他不仅不能撤还要赶往固安县,摆出进攻态势。

他们要佯攻固安。队伍走到傍晚时分,来到了距离幽州一百二十里的固安县城附近,他让队伍摆开阵形,做好攻击准备。王全斌和高怀德已经知道他们是佯攻来了,但是他们都很年轻,年轻人就是好战,都想打一仗试试,所以阵势一摆开就开始叫阵。

按照王全斌的说法,打下固安县城是佯攻,叫阵然后撤退也是佯攻,不如打下来再说。

两个人在阵前一顿乱骂,正骂着,固安县里一阵号炮,城门缓缓打开,里面冲出一队人马,来将竟然是辽朝南院留守萧思温。这萧思温是个文人,两个妹妹都嫁给了耶律家,成了皇后。因此,人虽然没什么能耐,但官做得不小。

萧思温这会儿冲出城外,也是没有办法。他手下有个叫兴哥的将军,这人勇武有才,鼓动他一定要出战,而他就想守着,等耶律璟来救他。他一听说大周皇帝来攻,吓得要死,急忙给耶律璟写信求救。他哪里知道耶律璟根本就不来,也因此,周军才能大踏步地前进。如今,他的消息非常闭塞,并不知道柴荣生病的事,还在不断写信请求耶律璟增派兵马,请求他前来亲征。耶律璟不来,他是绝对不敢出战的。

兴哥看他猥琐,不敢出战,就来他面前闹:"我们契丹国,向来

一、登基大典

都是勇士当先的,你现在天天缩头乌龟似的,三关丢了,你也不救,就在这里等着,你等什么呢?再等,幽州也没了!"

萧思温并不生气,只是说:"周军来得急,去得也一定急,你不用担心,只要我们坚决不战,他们就胜不了,过不了几天,他们就得撤兵!"

萧思温的计策是对的,周军远道而来,战线太长,粮饷供给困难,的确急于决战。他这个策略是用空间换时间,换取最终的胜利,但他手下那些将士却并不理解,他们都是马上起家的,哪里懂什么中原的战术战法?"再这样,还要这些将士干吗?干脆都投降算了。"兴哥气愤地说。

萧思温没办法,只得出来做做样子。

高怀德是大周冉冉升起的将星,艺高人胆大,在跟赵匡胤西征和南征过程中成长很快。他一看萧思温出来了,觉得正好可以给他个下马威,要撤得有个大胜仗再撤,不然被人追着屁股跑,怎么行?

这时,兴哥不等萧思温吩咐,一马当先冲出阵营,对着高怀德道:"对方来将,通名受死!"

高怀德一看,兴哥人高马大,手中拿一根狼牙棒,高怀德使枪,枪法来自高家祖传,但是枪有个缺陷,就是自身重量轻,和狼牙棒对阵,有点儿吃亏。身后的王全斌道:"高兄,你且先休息一下,让我来会会这个无名小辈!"

兴哥听得懂汉话,听王全斌说自己是无名小辈,气得哇哇乱叫。

本来,王全斌也没有真想侮辱他,但被兴哥这样一叫唤,也烦了:"呸!哪个来送死?现在还不知道呢,那就来吧!"

第二卷 陈桥双辉

王全斌提马冲过去,二话不说,举刀就砍,高怀德看王全斌冲了过去,心想不能让王全斌吃亏,不如一起上,把兴哥撂翻。他举枪对着兴哥就刺过去,兴哥眼睛的余光看见高怀德的枪樱子,一闪腰要躲,可手上的狼牙棒已经和王全斌的大刀接上了。那王全斌力大无穷,又因为预感兴哥力气大,第一招就使出了全力。他几乎是立在了马上,把整个身子的重量都压在了刀上。刀和狼牙棒接触的瞬间,他又一催马,那马经过长久训练,知道怎么配合,前蹄往下一顿,整个马的重量也传递了过来,兴哥挡住了王全斌的刀,就躲不开高怀德的枪,那枪"噗嗤"一声就刺进了他的铠甲,接着高怀德一挑,枪的倒须勾住了兴哥的腰带,把他整个人拉下了马!

周军士兵一拥而上,把兴哥俘虏了。

萧思温一看这形势,本来就不想硬碰硬打仗的他,立即鸣金收兵。队伍"呼啦"一下,就往城里退。固安县城只是个小土城,城墙都是用土夯起来的,高不过一丈,宽不过数尺。高怀德和王全斌都侦察好了,看萧思温想跑,哪里会放他退回去,两人指挥大军就追。

萧思温胆子小,一路往回奔,也没安排将士分批撤。照理撤退时要安排弓箭手压住阵脚。如果敌人追来,弓箭手可以在两侧开弓放箭,把敌人挡回去。但萧思温跑得太快了,一路跑,还一路喊着让城上放吊桥,开门。这一开门,高怀德他们的机会来了。高怀德骑的是一匹西域快马,这种马有个外号,叫"骁踔豹",在西域能爬雪山,在雪山上能追上豹子。如今他一马当先,追上了萧思温的队伍,直接杀入契丹军阵,一路追着萧思温。萧思温没想到大周有这样的战将,猛得要吃人,他只好抱住马脖子狂跑。进了城,他就大喊"放城门,放城门",可是城门已经放不下来了,后面还有那么多兵马呢,而周军就跟在契丹军的后面,一步不落,真是兵败如山

一、登基大典

倒啊。照理说,契丹军都是草原上猎手出身,战斗力没得说,但是主将一逃,士兵们就没了主心骨,只能跟着逃,眼睁睁看着周军追上来,砍瓜切菜一样被收拾得没有还手之力。萧思温脑子挺灵活,看高怀德追得厉害,索性也不回府了,直接就从城的南门奔向了北门,然后穿城门而过,逃走了。

在城北的草原上,那里驻扎着一支刚刚从北院调来的契丹粮草部队,他奔向了那里。

高怀德和王全斌就这样占了固安县城。

赵匡胤知道,固安县城能占,也应该守,以攻为守,以进为退,才能确保大部队安全。再说,看萧思温这个样子,只要耶律璟不来追究,他是断然不会回来抢的,那就先占着。如果张永德安然撤退了,接下来的事再议了。

然而,赵普却不这么想。赵普觉得赵匡胤应该赶快伴驾,此乃极端重要之时刻,赵匡胤不能陪伴在皇上身边,将来危矣!

夜。北方的天空分外高远,北方的夜露也分外凉。赵普拉着赵匡胤来到草原上,两人并肩走着,赵普一路看天,似乎是在思考。他问赵匡胤:"将军,你说人活一世,究竟是为了什么?"

赵匡胤长长地叹口气,道:"男子汉生当建功立业,把公平带给天下,把安宁带给百姓!"

"那么,将军你做到了吗?你今天做的和你的理想是一致的吗?"

赵匡胤摇摇头,道:"去日苦多,来日无多,一事无成!天下分崩离析,百姓苦不堪言!"

赵普指着天,又指着地,严正地问赵匡胤:"将军,此刻只有天

第二卷 陈桥双辉

地你我,天知地知,你知我知,我想问你,当今的皇上是那个能把公平带给天下、把安宁带给百姓的皇上吗?我想问你,你觉得这样的皇上和国家,是你要的明君和乐土吗?"

赵匡胤看看天,看看地,想了又想,道:"皇上不信任我们,身边充满了小人;国家田地不均、税赋不均,百姓耕无田,如何是好?"

赵普领着他走到一处山坡高地,下面是如银的草场,月光如华。"将军,王侯将相宁有种乎,何不你来做皇上,建设你心中的王道乐土!"赵普道。

赵匡胤不说话。

赵普也不说话。

两个人就这样沉默着。

过了好一会儿,赵普道:"将军,你把我送给皇上吧,这样你安全些,否则,你总有一天要么反了,要么被皇上杀了!"

赵匡胤还是不说话。

赵普又道:"将军,你知道这里是什么地方吗?"

赵匡胤看看天,看看地,似乎没有听见赵普问话。

赵普道:"飞龙台!"

赵匡胤这回听到了,将信将疑地问:"这里真叫作飞龙台?"

赵普道:"是的!"

赵匡胤又不说话了,径直下了山坡,往回走。

赵普跟在他身后,道:"这是天意!"

大军静悄悄的,没有号角和声鼓,风起云不动,思归人未还。

沧州周军大营,柴荣躺在一张躺椅上,一动不动。他一个人待在大帐里,好几天不见人了。

一、登基大典

王公公劝道:"皇上,李重进求见。他已经求见您好几天了,您是不是该见见他?"

柴荣不耐烦地挥手道:"告诉他,一个躲在后方的将领和一个躲在后方的皇上,没有什么好见的,让他有什么事做什么事去!"

王公公低着腰给柴荣煎药,炉子里的火"哧哧"地冒了上来,烟熏着他的眼睛,疼得睁不开。柴荣扔了一块手帕给他,王公公拿了一把小凳子,移到皇上边上,一边给皇上捶腿,一边道:"皇上,老奴的意见,退兵也不见得就是失败,相反是胜利啊。两个月内我大周军队兵不血刃夺得三关之地,已经是重大胜利,夺下三关,我与辽的边界北移了八百里,开疆拓土不说,还获得了重大的战略纵深。即使是在此刻,赵匡胤部还攻占了契丹的固安县城,固安县城掌握在我军手上,而契丹大军却不敢来犯,经过此战,契丹再也不能小瞧我大周了。北方边境可以安宁了,这是了不起的成就啊!"

柴荣咳嗽起来,叫道:"把那什么玩意,弄走,弄走!"他的脾气明显变得暴躁了,也许病人都如此吧。王公公解释道:"皇上,这是宫里来的太医给您做的药引子,就是让您闻了病能好得快!"他给皇上递过一块毛巾道,"您用毛巾擦擦脸,要是受不了,就用毛巾捂住鼻子!"柴荣看看王公公,说:"你自己怎么不用毛巾捂住鼻子?"王公公笑着回答道:"皇上的药,我们做小的闻着也是福分呢。再说了,老奴要是不闻这药,万一太呛人了,老奴不是害了皇上么,老奴得留着鼻子闻药的味道!"柴荣笑了,说:"唉!你啊,你是又狡猾又老实!"王公公又递上一碗汤水,恭敬地说:"皇上,喝药吧。"柴荣接过药问:"王公公,要是朕不在了,你会不会念着朕?"王公公惊慌地道:"皇上,可不能这样说话,您是真龙天子,上天有好生之德,必会保佑您平安无事。您看,您不是好多了么?"柴荣喝了一口,又咳

第二卷 陈桥双辉

嗽起来:"你不要骗朕了,你觉得朕好起来了吗?你说说,除了你,还有谁会念着朕?这些大臣中哪些人值得信赖?"王公公不敢多说话,便回答道:"皇上,大周的臣子个个都忠诚,您尽可以信赖。只是,如今赵匡胤不在您身边,照应的人总少了一些!"他悄悄地提了一下赵匡胤,是因为昨晚赵匡胤派人来,特地给他送了一支千年辽参。今天早晨,张永德又拿了一支辽参来,他猜赵匡胤一共准备了两支,一支通过张永德送给皇上,而另一支竟然是给了他!赵匡胤是不想留在固安县城,是想来皇上身边啊。

"皇上,老奴有话,不知当说不当说?"王公公想了想,索性和皇上说说开,也许能帮上赵匡胤。柴荣喝了药,把碗给了王公公。王公公递上白水,让他漱漱嘴,然后道:"皇上,虽然皇子年幼,但是也该立为王储,以免国人虑念!"

柴荣点点头,道:"是啊,可符皇后如此年轻,而宗训又如此年幼,将来他们孤儿寡母,如何自处啊?朕真担心他们生在帝王之家,不但不是他们的福分,相反是他们的厄运啊。"他的话音里竟然有哭腔。

柴荣一世英雄,此刻却是如此无助。王公公非常无奈,不知道怎么安慰他。"皇上,老奴能做什么?也许老奴一个人做不到,但是全体大臣协力,一定能做到,皇上您吩咐吧!"

"先召范质、魏仁浦、王溥前来,次召张永德、李重进前来,让他们分头来觐见吧。你亲自去把皇后和皇子接来!"柴荣吩咐道。

王公公道:"老奴知道了,这就去办。只是皇上,大臣们都希望您回京,皇上还是回京吧,住在这里,缺医少药,怎么行啊?再说,京城不能一日无主啊。"

"朕就想看看,他们在没有朕的情况下,到底能不能活。没有

一、登基大典

朕,难道天地就停止运转了吗? 国家就不发展了吗?"王公公点点头,道:"那也不能在沧州啊,不如去濮州,那是您的发迹之地,恐怕也更安全些,离京城也近。"

柴荣点点头。

"皇上,可宣赵匡胤前来护驾。"王公公又悄声补充道。

柴荣叹气,然后躺下,闭上了眼睛。王公公给他盖上一条羊毛毯,轻轻地走了出去。

山的北面还有冰块,尤其是峡谷中的冰还没有化开,但是天气已经开始热了,走到太阳底下的时候,人就起汗,而一旦走到山阴里,人又冷得不行。

赵匡胤带着队伍,从固安县撤退,时值正午,大家都想休息,赵普却不同意。

"将军,我们应该尽快赶到沧州,如果让李重进先到,我们就没有机会了。"

赵匡胤不相信他们有什么机会,对赵普厉色说道:"在我们面前还有好几道沟坎,我们有什么机会? 顾命大臣? 托孤之臣? 我们都赶不上,无论如何赶,都赶不上那些位置早就排在我们前面的人。你以为我赶回去是要争你说的那些? 不是,我要是为皇上尽忠,保护皇上!"

赵普没什么好说的了,放松了马缰绳。赵匡胤见赵普似乎明白了过来,就不再搭理他,一扬鞭子,跑到队伍前头去了。

这时,王彦升、楚昭辅等赶了上来,王彦升问道:"先生,将军到底怎么说? 他骂你了?"

赵普点点头,王彦升道:"将军他就是这个样子,愚忠。皇上都要不在了,他还忠于谁啊,谁要他忠啊?你也别担心他,他现在就是脑子不开化,我们兄弟知道您的心思,您有什么事,就直接吩咐我们,我们直接做了得了,要是将来他怪罪下来,我顶着!我都是死过一回的人了,还怕什么。再说了,我们这是为他好,为大家好!"

赵普点点头,问道:"罗彦环可在?"

王彦升看看四周,用手上的刀背磕了一个士兵一下,道:"你去把罗彦环罗棒子找来,就说赵先生有事找他!"

那士兵"喏"了一声,拨转马头去了。王彦升凑到赵普跟前,问:"你是不是有什么计谋,要我做什么?"

赵普一边沉思,一边道:"回头你和罗棒子一起去,这事得小心着点!"

一会儿,罗彦环催马过来,跳下马对着赵普施礼道:"先生,我来了,你找我有事?"

王彦升叫道:"叫你肯定是有事了,不过你也不用这样大动干戈,每次都下马行礼,累得慌!"

罗彦环看看王彦升,也对他行礼道:"王将军,好啊!"

赵普把他们几个拉到路边,悄悄说:"我要你们骑上快马,马不停蹄赶往濮州。我预计皇上不日起驾,到了濮州会做停留,皇上会在那里接见各位大臣,安排身后事!"

罗彦环是第一次听说皇上要驾崩了,脑子"嗡"的一下,说:"先生,这可是杀头的话啊,您跟将军商量过了吗?再说,皇上真的要驾崩了?"

赵普道:"这个时候,只有赌一把了,我们赌赵匡胤将军成为顾命大臣!"

一、登基大典

王彦升听罗彦环这样说,非常不满,说道:"罗棒子,你是不是不想干?不想干就早说,我的刀可是不认人的!"他摆弄着手头的刀,罗彦环哪里真怕他,只是感到震惊,没有思想准备。"我不是这个意思,为兄弟我死一百次也不会眨眼睛,可这事太大了,咱们得谨慎啊!"

赵普道:"当前的形势是,几个文臣我们干预不了,但魏仁浦排进前三是没有问题的。关键是我们赵将军是否也能排进前三,关键是军权!"

罗彦环道:"李重进、张永德、李筠、慕容延钊……这些人排在将军的前面,的确是不好办啊!怎么才能让皇上想起将军呢?"

赵普道:"如何让皇上想起将军,我已经安排了。皇上身边有王公公在就好办,前时我让人带了两支辽参去沧州,一支通过张永德献给皇上,一支我特地偷偷送给了王公公,我想王公公一定能明白我们的心。我思来想去,皇上要安排顾命大臣有两种方法,一是安排李重进、张永德两位将军直接留京,拱卫新皇帝,一是把李重进和张永德外放,让他们一个守卫南边,一个守卫北边,而在京城建立一个以文官为核心、以年轻将官来辅佐的班底,这个框架里,如果有我们赵将军和韩通等人,就有机会了。"

罗彦环点点头说:"你这么一说,我就明白了,这次我们回师就是要让将军快快出现在皇上身边,影响皇上的决策?"

"对,不仅如此,我们还要促成第二方案,让第二方案在皇上心里扎根。"赵普道,"这就要我们有些谋划了!"

王彦升道:"赵先生,要比脑子,我们不行,要比行动,我们肯定行,你说吧,要我们做什么?"

赵普道:"你们真的什么都愿意做吗?你们敢吗?"

第二卷　陈桥双辉

王彦升瞪着眼睛道:"我们何时怂过！你放心吧,我们的命都是赵将军的,只要是为将军好,我们可以舍命！"

"舍命倒不用！"

赵普从马鞍袋里掏出一块木牌,打开让罗彦环看。罗彦环一看木牌上写着"都点检做天子",倒吸一口凉气,道:"先生,这可是对我们殿前司大不利啊！"此刻做殿前司都点检的是张永德！

赵普正色道:"殿前司只能有一个人出线,你希望这人是谁？如果张永德将军出线,那我们赵将军还有希望吗？"

罗彦环道:"这可能要出大事！"

赵普道:"放心,谁都不会相信这个牌子。只是皇上看到这个牌子,一定会受到影响,李重进和张永德将军不会死,但他们也许也不会进京。我们只是不希望他们进京,我们要的不过就是这个结果！"

王彦升道:"罗棒子,我们就听先生的,先生哪里会害将军。"

罗彦环拿了木板,放进自己的布袋里,对赵普深深一礼,道:"先生,这事就到你我他为止,你也别让他陪我了,我一个人去,如果出了事,你们就当不知道,我会自我了断,绝不会让你和将军牵连进来！"

王彦升拉住他说:"不行,我要陪你去,你一个人去,我不放心！"

罗彦环道:"有什么不放心的？这又不是去打仗、杀人、放火,两个人去,路上反而不安全！"

赵普道:"我反复想过,你此去危险重重,边关上到处都是巡查军士,你一路西行,要用上将军的令牌,但进入沧州之后,就不能用令牌了,万一被人搜身,搜出木牌就会非常危险！"

一、登基大典

王彦升道:"我来护送,远远地跟着,如果出现巡逻队纠缠,那就上去帮忙!"

罗彦环握了握手里的剑,问:"你是说,你来杀人?"

"对!我来杀人,你跑!"王彦升道。

濮州,柴荣大帐。一股股的药味弥漫着整个帐篷。范质、魏仁浦、王溥风尘仆仆地赶到,在大帐外扑打着身上的灰尘。王公公掀开大帐的帘子,他们立即闻到了一股说不清的味道,范质内心充满了不祥的预感,这多么像死神的味道啊。他想起当初,先皇郭威弥留之际,四周也是这种味道。"皇上,您还如此年轻,大周还完全离不开您,您怎么能撒手不管?唉,您早该听我的,不要出征,您不听。早该听我的,不要这样操劳,您不听。如今大周该何去何从?哪里是大周的未来啊?"范质不禁老泪纵横。王溥看见范质这样,心里也难过,他也已经听说皇帝不肯回京,要在这里养病,这个架势,是要做最后的打算啊。王溥道:"老丞相,你别这样,这样见皇上,不是让皇上更加难受吗?我们得高兴一点,千万不要这样!"他扯扯范质的衣袖。范质会意,用袖子擦擦自己的眼睛,他老眼昏花,胸前抱着一摞文书,正要进大帐,脚似乎跨出去了,却根本没跨进门槛,结果一个狗吃屎,跌进了大帐。魏仁浦心事重重,没有注意范质,但范质"扑通"跌进去,还是把他从沉思中惊醒了。他拉住范质,两个人搀扶着,走到皇上跟前。

皇上脸色蜡黄,皮肤呈现出一种亚麻色,血管和血液流动的样子都映出来了。

他半躺着,手指动一动,让三个大臣看他身后的符皇后和皇子柴宗训。他声音虚弱地问道:"你们见过皇后和皇子吧!"

第二卷　陈桥双辉

三个人见过了符皇后和皇子,皇后和皇子显得特别可怜,两个人一个十八岁,一个八岁,都还是孩子,毫无政治和军事经验,要在这虎狼之世让大周站住脚跟,在这虎狼之臣中立住身形,如何是好啊?

范质道:"皇上,微臣带来了一些奏章,请皇上定夺!"

范质其实也知道这话是说说的,皇上都这样了,还怎么定夺,只求皇上说一句"你们自处!"然后把自由裁夺的权力交给他们就好了。果然,皇上道:"就交给你们几位,由范先生您为首,枢密院自行裁处!"

魏仁浦道:"皇上,微臣还是请皇上摆驾回宫!这里缺医少药,不好将养;更重要的是,京城百姓、全国百姓都想念皇上,希望皇上回到宫中,执掌朝政啊!"

魏仁浦说着,声音就嘶哑了。

柴荣摆摆手,不让他们说话,让王公公拿来一件东西。王公公捧着一个盒子进来,盒子里是一块木牌,上面写着"都点检做天子"六个字。

王溥道:"皇上,这是有人故意作乱,要害大周啊!"

范质老成一些,沉吟着。魏仁浦则反复端详着那木牌,道:"皇上,这东西哪里来的?谁给您的?"

王公公道:"是夹在粮草中而来,一个军士发现,密报上来的!"

范质道:"皇上,此事不可全信,但也不可全盘忽略!坏就坏在他是假借天意,妖言惑众。一来此事说明张永德将军不是不可靠,而是更加可靠,但他留在京城是不可能了,会人心惶惶,甚至会有人鼓动他造反。可以撤他都点检之职,但也可以授他天下兵马都元帅的虚职,实领沧州节度使,驻守边疆,防止契丹和北汉侵扰,同

一、登基大典

时,皇上可授他密旨,给他生杀之权,如京城有不测,可以率兵回京勤王!为了限制他,同时可以授予李重进同样的权力和职位,让李重进实领扬州节度使之职,驻守南边,防止南唐作乱!"

魏仁浦听了点点头,已经接到赵普密信,要他排斥李重进和张永德,现在这个想法被范质说出来了,他有点儿高兴,自己不用直接说这番话了,他又有点儿疑惑,难道范质也被赵普策动了?他一边看着皇上的反应,一边接着范质的话,慢吞吞地说:"文官中,我们三人会料理一切,您放心。武官中,我觉得忠心耿耿,又稍稍年轻,且容易掌控的就是赵匡胤和韩通!可让他们一个挂副都点检职,一个挂侍卫司马步军副都指挥的头衔,让他们互相牵制,作为留京禁军和侍卫军的实际指挥。"

王溥道:"这样,实际上赵匡胤就是殿前司的总指挥了,因为张永德将军不再任都点检了,而韩通却是侍卫司的副职都指挥,地位低了,如何制衡赵匡胤啊?"

魏仁浦看看范质,希望范质能发表意见,但范质却不说话,他只好说:"殿前司有兵马不过二十二万,而侍卫司却有兵马三十万,两者本来就不平衡,侍卫司负责全城防御和野战,权限实在是太大了,而不是太小了!"

王公公看他们三人讨论有了争执,悄悄地递上茶水,想出了招数,说:"这水啊,要端平不容易。有的时候,你感觉面上平了,实际上里面很不平,关键是看人心,心平了,一切就都平了。"

范质道:"秦始皇时,世上有谶语,'楚虽三户,亡秦必楚'。可不?后来起兵闹事的是楚人,陈胜、吴广,是楚人,项羽也是楚人,由不得人不信,也不能全信。如今'都点检做天子'的谶语,已经在坊间流传了数代王朝,也应验过数回,到了我大周,由不得人不信,也不能全信。依老臣之见,将来都点检一职就空着,不要再任命他人了,副职作为过渡,慢慢地也去掉吧!"

"范老丞相老成持重,就按照范老丞相的意思办吧。"柴荣睁开眼睛,看看他们仨,又指指符皇后和柴宗训,"朕就把他们两个托付给你们了!"他又对符皇后和柴宗训道,"以后,有什么事情都要仰仗三位大臣。宗训,你要视三位丞相为父亲,以后要像尊重朕一样尊重他们!"柴宗训听懂了父皇的话,对着三位深深一揖道:"三位相父,以后要请你们多多关照了!军国大事都请三位做主!"三人立即明白了,这是皇上托孤啊,便立即跪了下来回答道:"皇子,我们都是您的臣子,做什么都是应该的,您有什么尽管吩咐,我们万死不辞!"

柴荣累了,但还有很多话要说,轻轻说道:"你们是老臣,恕朕直言,代表的是老臣的利益,你们中多少人是世袭,几代为官的?只有王溥,是贫寒人家考上来的。李重进、张永德呢?你们年事较高,身边利害关系复杂,大家族盘根错节,给赵匡胤和韩通一点儿机会,他们可以代表下层军官和民众,至少他们身边聚集着的是一批小人物,他们想向高层爬,积极性高一些。"

三人点头称是。柴荣又说:"另一方面,这也会有危险,他们太年轻,不守规矩,难免有不满和反骨。其实,等他们真做大了,就会知道做大的难处,朕为什么没有推进均田和均税?就是要平衡各方利益。如果这个国家没有那些贵族和大户,全部依靠贫民,那么国家就难以组织起来,出现危险的时候,就没有人真正站出来维护我们。如果全部站在大户的立场和利益上来考量,那么民众就会起来造反。如何把握这个度,赵匡胤和韩通还不够格!不过,朕走以后,你们一定要逐步放开,尝试均田和均税。另外,就是儒、道、

一、登基大典

佛三家,儒生不可全信,道家不可放任,佛家一定要限制!这是我大周既定国策,不得更改。朕走以后,大周要由文官主政,枢密院由文官执掌,万不得用武官,大周要用法治,《大周刑统》尽管还有弊端需要再改,但是朕时间不多了,要趁朕还在的时候颁布实施。朕说的是,三天内要颁布实施,由朕来颁布,对将来你们实施有好处,人人要守法,就是皇上,也要尊重法律。对官员的管理和惩戒,宗训,将来你也要依照刑统。当年大唐王朝为什么失去朝纲?就因为官员们可以不受法律的限制,他们超越法律之上,兼并土地,抢夺他人为奴,大唐才垮掉了。"

柴宗训道:"父皇的话,我记下了!以法为绳,可以正国!"

王公公看着柴宗训,觉得这孩子有一股子气场,将来不一般。他有点儿后悔当初自己没有亲自带这孩子,否则今日又何必如此惶惶地找人做靠山?这孩子就是个依托!

柴荣闭上眼睛,挥挥手。王公公道:"皇上,那我们这就出去了,您先歇着!"

赵匡胤命令军队停在沧州,他要好好想想,这个时候绝不能出错。京城里,石守信来了密信,告诉他到处都在流传"都点检做天子"的谶语,他知道,那是赵普的计谋成功了。这不是他想要的结果,张永德是他的大恩人,没有张永德,就没有他赵匡胤,如今他却要亲手葬送张永德的政治前途,关键是张永德被拉下马之后,李重进会不会同时被拉下马?

按照赵普的想法,如果张永德不能回京,皇上一定不会安排李重进回京,如果是这样,就该轮到他和韩通了。韩通不过武夫而已,不足挂虑,但皇上会不会把慕容延钊、李筠这样的人安排进军

第二卷　陈桥双辉

队高层,让他们进京呢?

此刻,赵匡胤到底该干什么呢?

他大声喊军士:"来人,叫赵普来见!"

他的声音还没有落下,赵普就掀起门帘进来了,忙说道:"将军,我就等在门外呢,不敢走开,就知道你要叫我!"

"你来得正好,立即下我的命令,让潘美和萧思温交换战俘,不得和萧思温接战,写战报给皇上,萧思温代表契丹求和,北境已经无忧,让皇上放心。同时也请示皇上和谈的条件,双边开埠,互利互惠开放贸易,我国每年提供五十万两白银给契丹作为货币使用,而契丹提供三十万张狐皮,或者十万匹马作为交换!写得越细越好,立即起草双方盟约!"

赵普道:"我已经找好了班底,今晚就动手,一定要让皇上相信北方战事已经结束,您可以回去了。一定要让皇上相信,北方契丹怕您,只要您主事,他们就不会再来闹事,而您有能力处理两国事务!"

赵匡胤看看赵普说:"赵先生,好好做事,不要多想。自作聪明,往往被聪明耽误!"

赵普蹙眉道:"知道。这个时刻,谁都不能自作聪明!"

"撤下我军营的旗号,所有的人都不能出营。就地休整,等待皇上命令。"赵匡胤道。

王公公蹑手蹑脚地进来,把皇上的被子拉了拉。皇上睁开眼睛:"是你啊?什么时辰了?"王公公被吓了一跳,恭敬地问道:"皇上,您没睡啊?""睡不着,一睡觉,脑子里就是先皇和当初被汉主冤杀的那些亲戚们,难道是他们来找朕去了吗?"柴荣想翻个身,伸手

一、登基大典

给王公公,王公公托起他的屁股,慢慢地给他翻。他转了一半,髋骨靠在了床垫上,疼痛难忍。"皇上,您太瘦了,都是骨头,您该多吃点儿!"王公公道。说着,王公公俯身到皇上的耳边,"皇上,人奶最有营养,老奴找了个奶娘,刚刚生娃不过三天,而且是头生娃,奶水好,让人试过了,健康着呢。老奴让她挤了奶,放在暖壶里,现在还暖着呢,您喝口尝尝? 如果觉得胃口不好,老奴让人做成酸奶,这样更好吃些,也卫生。"柴荣点点头,他有强大的求生意志,要一统江山做天下共主,要让大周成为万世敬仰的太平盛世、天上国家。可是,天不假我以年! 他喝了一口奶,味道很腥,但还是坚持着喝了两口,"这样吧,还是做成酸奶吧!"这些天已经好几次了,他想吃,可等御膳房做好后,他却又不想吃了。酸奶会不会也是如此? "王公公,李重进、张永德到了吗?"

王公公愣了一下,一边思忖一边说:"扬州那里出事了,南唐有个叫李博闻的人,带着一万人马来犯我境,事情紧急,李重进赶去扬州处理去了。张永德和赵匡胤正在北境,契丹来使求和。皇上,他们来了奏章,想问您是否准其求和?"他真佩服赵普,早早就预见到了今天,而赵普给他的说辞,这会儿都派上了用场!

"张永德和赵匡胤,他们还是有能耐啊,只要有他们,北境就可保无虞。那个南唐,难道真的还有异心? 难为李重进了,没有他扬州不安全,我大周南方不安全啊!"柴荣忧心忡忡道,"请张永德进来吧!"

大帐之外,李重进和张永德垂首立着,李重进焦急地搓着手,看见王公公出来,连忙走上前问:"王公公,皇上身体怎么样? 能见我们吗?"

第二卷　陈桥双辉

王公公道:"皇上身体好些了,只是还有些累,皇上口谕,请李重进李将军急速回扬州驻扎,防止南唐作乱,命张永德将军速速赶回瓦桥关,主持和谈!"

李重进脸上流露出失望的神情,张永德也焦急地说:"还是让我们见见皇上吧,我们不放心啊,王公公,帮忙通报一下!"

王公公轻声说:"皇上反复说了他无妨,要两位将军回去,尽好两位的本分则可!"

李重进一跺脚,道:"唉!大周就要败在你们这些人的手里!"说完便转身走了。

张永德被李重进的态度弄得有点儿摸不着头脑,愣在那里。看着李重进走远,王公公悄声对张永德道:"到处都在传都点检做天子的谶语,都点检,您可得聪明着点儿啊!"

张永德一拱手,问道:"王公公,还请王公公示下,我到底该如何?"

王公公道:"大周正缺您这样的人守护边疆,尤其是沧州地界不平静,如果将军这个时候要求辞去都点检的职位,到沧州任节度使,皇上一定能感受到将军的忠心!"

张永德点点头道:"王公公,我知道了,多谢公公提醒。"他给王公公施了个礼,转身走了。王公公看着张永德的背影,摇摇头。

王公公回到大帐内,皇上闭着眼睛,想是睡着了,他在皇上身边轻轻地走动,又搬动东西,轻轻地弄出一些声响,果然,皇上被吵醒了。"王公公,现在又是什么时辰了?我刚才睡了多久?"

王公公道:"皇上,这已经是酉时了,您已经睡了两个时辰了,该吃药了!"王公公又端起药,一口一口地喂给皇上,"皇上,赵匡胤派人来报,契丹求和,请示谈判的法度。他起草了一个和约,想让您过目!"

柴荣点点头,道:"朕最担心的就是契丹,这次能和谈,有个一二十年的和平,那就是我大周万民的福祉啊!"

王公公道:"这事重大,是皇上此次亲征的重大胜利,应该让他亲自来汇报一下,也许可以搞一个庆贺仪式,冲冲喜气!"

柴荣摇摇头,回答道:"仪式也许朕看不到了,你让赵匡胤来吧!对了,李重进和张永德怎么还没来?"

4. 柴宗训登基

符皇后给柴宗训正了正帽子,然后戴上流苏冠,流苏冠许是太重,或者是不合头型,戴完,柴宗训的脖子就梗住了,前后左右都不敢动,像是怕帽子掉下来。王公公也给柴宗训整理了一下,重新解开帽子的扣,放松了一点,再系上。这会儿柴宗训更是不敢动了,一个小太监安慰柴宗训道:"皇上,您不用怕帽子掉下来,掉不下来,系得妥妥的,放心好了!"那是跟着柴宗训一路长大的太监小安子,王公公听了小安子的话,瞪了他一眼,厉声道:"小安子,你是找死,你胡扯什么掉不掉帽子的,皇上的帽子是能掉的吗?这话也是你能说的?"小安子立即低眉道:"皇上,小安子该死,小安子该死,小安子说错了!"柴宗训看看小安子,不知道他到底说错在哪里,不明白小安子干吗那么怕王公公,道:"小安子,你不用道歉!"小安子更加紧张了,忙说:"皇上,是小安子错了!"柴宗训皱皱眉,转身走到勤政殿前的台阶边,那里有几只鸽子正在嬉戏,道:"小安子,拿点儿食来,帮我喂喂它们!"小安子听了,像是解脱了一样,一溜烟地跑了。

太阳还没出来,那些鸽子怎么这么早就起身来这里觅食了呢?

第二卷　陈桥双辉

柴宗训细看着,才发现那些鸽子脚上都系着绳子,绳子很细,不细看很难发现所有的鸽子都用一根绳子系在一起。"这些鸽子是用来干吗的？放了它们吧！"柴宗训道。王公公答："皇上,这些鸽子是用来庆贺大典的,一会儿登基大典完成就会放了它们,让它们把新皇登基的消息传遍五湖四海,也把皇上的恩德传遍五湖四海！"

这时,范质气喘吁吁地走来,到了柴宗训跟前,跪下道："老臣叩见皇上！"柴宗训扶起范质道："枢密使大人,请起！"范质颤颤巍巍地道："皇上,登基大典开始,请皇上上殿！"柴宗训一看,天色微明,太阳还没有出来,他想不通为什么不等天亮了再登基。黑灯瞎火的,这也由不得他了,前导的太监打着灯笼,他跟着那个太监一路走,到了丹陛下,那个小太监退到他身后,用灯给他照着台阶,让他上丹陛,登龙椅。他回头看看符太后说："母后,您站在那里？"柴宗训不是符太后所生,然而此时,他感到最亲近的人只有符太后了。符太后道："您是皇上,母后也得祝贺您啊！"

柴宗训又是皱眉,一个人登上龙椅,龙椅上摆着金黄绸缎缝制的垫子。他坐在垫子上,发现脚够不着地,这些太监竟连这个都没注意到,心想有朝一日,他要把这些太监全部都换掉,让小安子各打他们五十大板！

门外"嘭"的一声,接着又是一声,礼炮响起,然后是各色人等鱼贯而入,柴宗训坐得太高了,离那些人又太远,根本看不清楚那些人的面貌。然而,在所有人中间,有一个人却入了他的脑子,那就是赵匡胤。他长得太高了,比常人高了一个头,还是个红脸。这个赵匡胤,他在父亲的房间见过,父亲让他拜赵匡胤为义父,要赵匡胤照顾他,然而柴宗训从内心里却非常怕赵匡胤,他想不出赵匡胤有什么特别可怕的地方,可就是怕。

一、登基大典

有太监高声喊:"殿前司都点检赵匡胤觐见!……"

柴荣还是让赵匡胤做了新都点检,赵匡胤取代了张永德!

"都点检做天子。"

大街上,屋子里,灶膛间,寺庙里,军营里……到处都在流传着"都点检做天子"的谶语。

范质忧心得睡不着觉。

这谶语先皇在世的时候不是已经处理过了吗?现在怎么又来了?这是在妖言惑众啊。是不是有人在捣鬼?要么是赵匡胤的人在捣鬼,试探民心,要么是赵匡胤的反对者在捣鬼,要害赵匡胤?

范质是个史学家,熟读史书,又历经数朝,知道各种掌故。

当年,郭威大军反叛后汉隐帝刘承祐,带兵进京,按照当时的规矩,要士兵们支持他叛变当皇上,他就得允许士兵叛乱后抢劫剽掠一把。郭威进京,杀了刘承祐之后,自然也是如此,纵兵大掠三天。京城的百姓对此早有预料,多数都默默地忍了。可是,有个叫赵童子的人,知书达理,善于骑射,看到郭威大军到处抢掠,愤愤不平地对大家说:"枢密使郭太尉,志在杀贪官污吏,杀奸臣,他发的是义兵,军队当然也是义军,如今这帮宵小之辈到处烧杀抢掠,是强盗不是义军,他们的做法肯定也不是郭太尉的意思,他们一定是瞒着郭太尉在做,我们应该反抗。如果有谁来抢劫,我们就杀了他们。"这个赵童子就带着一些乡亲在巷子口筑起了工事,张弓搭箭,所有试图来抢劫的军人,要么被他射死,要么跑开了,就这样他保住了一方平安。更重要的是,乡亲们为了感谢他的恩德,纷纷主动拿来各种东西给他,回报他的东西堆得像座小山一样,他却说:"请大家不要侮辱我,我这样做岂是为了这点儿利益?我不是利令智

第二卷　陈桥双辉

昏的人,东西你们还是拿回去吧!"这事传到了郭威的耳朵里,他感到很震惊,私底下对柴荣说:"我曾经听到一个谶语,说'赵氏合当为天子',这个人如此收买人心,又击我痛处,才略和度量都不是一般人物,很可能就是找来应验谶语的人,不早早除去他,我们的地位恐怕迟早有一天保不住!"后来郭威让人诬告他,最后将其斩首了。

而如今,"都点检做天子"的谶语又起,联想起太祖郭威在世时的这段故事,范质心里特别不踏实。如果柴宗训有什么意外,他这个当老师的恐怕是要跟着完蛋的。

然而这又是莫须有的事,拿不到台面上来说,他想来想去,还得和几个枢密使密商才行。

他来找魏仁浦,想跟魏仁浦商量此事。

魏仁浦的家,他还从没来过,做了那么多年同僚,竟然没有走动过,他也觉得有点儿奇怪。

魏仁浦的宅子在鸿菊巷,他让轿子到鸿菊巷门口停下,然后走进去没几步,就看到一高大门楼,上面写着"魏府"。这宅门,可比他家的大多了,这魏仁浦平时挺低调,家宅可不低调,他心里说。他上前敲门,一个家仆开了门,看看他,冷冷地问:"你找谁?"范质问:"这是不是魏仁浦魏大人的家宅啊?我是范质,特来访他,请通禀一声!"那人上下打量着他,那眼神真让人不舒服。他今天穿的是便服,掸掸身上的灰尘,道:"麻烦您通报一声,在下范质!"那人不乐意了,说:"这是宰相府,不是什么人都能来的,要是什么人都来敲门,每个人我都要通报一声,我不忙死了?"范质耐住性子说:"我是范质,烦请您通报一声,你家主人一定会愿意见我的。"那人

一、登基大典

根本不理他:"什么'饭质',我还粥质呢。你该哪儿去哪儿去！你要我通报,我跑腿不累吗?"范质一听,这是索要钱财啊,他摸了一下,平时也不带钱,有点儿尴尬,道:"您只要通报了,我回头一定给你赏银,我的轿子在巷口,没有进来,怕打搅了你家大人,一会儿我就让他们进来给你送钱!"那人更加不乐意了,说:"你以为我是要你钱呢? 我是不会要钱的,但也不会让你这种人混进相府!"说着,"嘭"的一声,门关上了。

范质心里憋屈极了,闷闷地出了巷子,管家惊讶道:"主公,您不是找魏大人谈话吗? 怎么这么快就出来了?"他气愤地说:"别提了,我连门都没有进,那个家仆根本不帮我通报,气死我了。"管家一听,道:"主公,这是我不好,我应该跟您进去的,这个时候,您拿点儿钱打点,他们来来回回通报,也要费腿脚,大家给点儿小费也是应该的。"他大吃一惊道:"你知道这个,你怎么不早说? 我们家是不是也这样,你们都管来访的人要小费,不给就不通报? 如果是这样,有多少穷人和乡亲会因为没有钱打点你们而见不上我?"管家道:"我们是不收钱的,但主公,我们也的确帮你挡掉了很多人,如果不是这样,您天天见人,分分秒秒见人,还见不过来呢!"那管家吩咐轿夫,抬上轿子进巷,进到魏府门口。那管家上去敲门,还是那个家仆开的门,管家大声吩咐道:"你快去通报,你家大人的顶头上司范大人到了,请他快快出来迎接!"那家仆一听:"什么范大人?"范质的管家喝道:"你还不去通报,误了事,拿你是问! 你只要说范大人到就可以了。告诉你,我们等不得,要是你家大人出来迎接迟了,我们就走了!"那家仆这才哈哈腰说:"您等会儿,我这就去通报!"

一会儿,魏仁浦小跑着出来,打开大门迎接范质。范质在魏府

第二卷　陈桥双辉

的轿厅下了轿子,这轿厅比他家的客厅还大,头顶的梁是金丝楠木的。"魏大人,您家的门槛高,进不来啊!"魏仁浦听范质这样说,脸上稍稍有点儿挂不住,忙说:"范大人,您看,我家的门槛再怎么高,也高不过您的啊,您是我们所有人的主心骨!"范质从鼻子里"哼"了一下,魏仁浦倒是谦恭,立即吩咐人准备花厅喝茶。两人走到花厅,这边已经布置好了,窗前是一丛松枝,外带一丛菊花,远处是一点山影,中间是一池塘,里面盛开着荷花,远近点缀着一些太湖石。花亭内里,是大红木的茶几和椅子。两人坐下了,魏仁浦递上茶,问道:"范相,您怎么亲自来了?有什么事,您吩咐一声,小弟来访您啊!"

"魏相,我是急啊。大街小巷都在传'都点检做天子',你可知道?"

魏仁浦哈哈笑起来,道:"这种无稽之谈,范相,您也相信?"

"不由得不信,京城里民众都在说,人人在嘀咕啊。你不觉得可怕?"

魏仁浦又哈哈两声,道:"我不觉得可怕,谣言止于智者!"

范质心里怀疑起来,这个魏仁浦怎么回事?难不成他已经被赵匡胤收买了?想到这里,范质不禁后悔起来:如果真是如此,那我不是成了他们砧板上的肉?于是,反问道:"魏相,听说你跟赵匡胤很私交甚好啊?"

魏仁浦道:"我跟赵匡胤这些武官能有什么来往?只是偶尔在皇上的要求下跟他们有一点点交游,私下是没有来往的,范相就不要怀疑我了!"

范质又道:"我观这座宅子,气象广大,内涵万千,恐怕所耗不菲吧?"

一、登基大典

魏仁浦道:"这宅子倒是花了些精力,是因为我的弟弟在经商,他为了孝敬父母,帮着置办起来的!"

魏仁浦的回复天衣无缝,范质找不到漏洞。他的态度不卑不亢,范质犹如碰到了一堵看不见的墙,这墙分明就挡在他俩之间,但就是推不倒,也不知从何处推。

范质还是有点儿不甘心,又问道:"魏相,你说说,这个赵匡胤,我们要不要提防一下?"

魏仁浦道:"如何提防?当初不就是因为一个'都点检做天子'害了张永德,结果才出的赵匡胤么!现在又因为这个原因把赵匡胤也撸掉,还会出下一个都点检、下一个赵匡胤的。恐怕还真不好预料,下一个都点检是什么样的!"

"总归还是要防范一下吧?"范质道。他有点儿失望,魏仁浦也是先皇的托孤之臣,他现在这样的态度,恐怕大周江山就要葬送在他的手里。

太后寝宫内,符太后正和几个宫女在插花,一个宫女拿了花进来,符太后帮着一起插,大家都说太后插得好看。

柴宗训从门外走进来,在符太后身后轻声道:"给母后请安!"

符太后没看见柴宗训进来,柴宗训声音太轻了,她也没有听见。

柴宗训的脸上透露着一个少年所没有的成熟和忧虑。他手里拿着一份奏章,是礼部侍郎郑起的,柴宗训虽年幼,但他知道这份奏折非同小可。郑起在奏章中称赵匡胤必起兵谋反,应该立即削夺其领军之权,移其官位,以观察动向。这封奏章是郑起实名呈报的,看来郑起是认真的,但郑起在奏章中又没有列出有力的证据。

第二卷 陈桥双辉

这时,王公公道:"太后,皇上来了,他给您请安呢!"

符太后这才转过身来。

柴宗训把奏章递给符太后,说道:"母后,您看看。"

符太后打开看后也忧虑起来,皱着眉头说道:"应该不会吧。听王公公说,赵匡胤可是一个忠臣!"她对着王公公道,"王公公,您伺候先皇,了解这些大臣们,您说说呢。"

王公公道:"老奴只懂得照顾皇上和太后娘娘,不懂政治,跟这些人也不认识,老奴只是觉得赵匡胤不像是要造反的样子!"

符太后想来想去,还是不放心,说:"知人知面不知心啊。王公公,招我妹妹进宫来,哀家想跟她聊聊,另外,也一起请王燕儿来吧,好久没聚聚了!"

王公公道:"娘娘,您可得留个心眼,虽说你们是姐妹,可现在您是太后,而您妹妹是赵匡义的夫人!大周一家,但符和赵可也是两家呢!"王公公心里想的是,平时他在太后身边说了太多赵匡胤的好话,此刻应该稍稍给自己留条后路。

符太后道:"放心,哀家不会那么笨!"

太后寝宫内,一众宫女们忙来忙去地端来各式菜品。符氏姐妹、王燕儿三人坐着。符太后道:"你们看,先皇在的时候,你们来得还多些,如今反而来得少了!"

王燕儿夹了一筷子菜,放在眼前的勺子里,便说:"太后娘娘,我们想您,也想得紧呢!只是怕打搅了您的清净,赵匡胤这几日也在说,要请您到我们家去看看,当初,要不是您赐婚,又来亲自主婚,我们可没有今日!"

符太后正色道:"你记着这些,哀家感到很欣慰,当年先皇在的

一、登基大典

时候,一直说将来真正的忠臣一定是你们赵家,他一直惦记着你,把你当亲妹妹。现在先皇不在了,你可不要忘了我们母子,要多来看看!"

王燕儿被太后说得有点不好意思了,道:"太后娘娘,您要多保重身体,您要我们多来,我们就一定多来,随时都可以来,住在宫里陪您都可以。我和都点检,我们大伙儿,只想大周平安,只想着太后您平安。"

赵匡义的夫人符小珍也道:"姐姐,你要是闷了,就来我们家里看看,家里可热闹了。天天一大早,匡义他们就打拳、出操,上午开课听讲,下午下棋,还经常出去骑马,这些男人玩的东西也不错。你看,我现在也会骑马了,还能射箭呢!"

符太后听了符小珍的话有些好奇,也有些警觉,便问:"你们在家里练兵?每天早晨出操,有多少人啊?"

符小珍没听出符太后话音里的疑问,凑到姐姐跟前道:"也不知道他哥是啥想法,一大家子,五六百人,男的天天早上都要出操,弄得家里也打打杀杀的,不过挺好玩的,我现在每天也参加出操!这些天,我们在练习阵法……"

王燕儿挡住符小珍,回道:"妹妹,你可是误会啦,那不是出操,那是家人的早课。匡胤他是军人,他觉得每天早晨统一吹号,让大家一起起床,可以让家里热闹些。每天一早大家早早起床,多做事情,主要是为了鼓励德昭、德芳两个孩子,要学好文武,将来报效国家呢!"

符小珍听王燕儿这样解释,马上改口道:"对,对。主要是为了德芳和德昭两个孩子,养成晨读、晨练的好习惯!"

符太后不再追问,换了个话题问:"妹妹,你什么时候给哀家添个小内侄?"

符小珍听了,脸一红,王燕儿道:"太后娘娘,小珍她已经怀上了,我看她特别喜欢吃酸的,说不定是个男孩呢!"

"姐,我生孩子,您可得来看我,我怕着呢!"符小珍道。

符太后笑道:"没事,到时候哀家派太医来,为你接生。你生的可是皇亲国戚,天上的众神也会保佑你呢!"

王燕儿道:"大周国运昌盛,小珍妹妹一定能生个儿子的!"

三个人正说着,王公公进来了,道:"太后娘娘,两位夫人,赵家的轿子到了,说是来接两位夫人的!"

符太后笑道:"你看,你们都还说要多陪陪哀家呢,现在你们的轿子都到了,都回去钻你们的暖被窝吧,哼,你们哪里是来真心陪我的?"

说着符太后吩咐王公公:"把哀家准备的礼物给她们搬上,南唐国主送来的香蕉,刚刚到的,你们拿去尝尝,还有吴越的钱氏送来的海鱼干,尤其是那个干贝,真是鲜着呢,你们拿去分分!"

符小珍听姐姐这么说,眼睛就红了,道:"姐,我今儿个不回去了,我陪你!"

王燕儿知道她们是亲姐妹,应该给她们两人单处的机会,就道:"这样吧,妹妹,你就留在宫里。回去我就替你跟匡义说说,我们两个轮着来陪太后,这样太后不寂寞了,我们家里也照顾到了。"

符太后拉着妹妹的手道:"放你们回去,只要你们多来看哀家,让哀家知道外面的情况,特别是要多支持两位将军为国效力!"

王燕儿和符小珍上了轿子往外走,远远地回头一看,符太后还站在宫门口,望着她们。

二、急迫兵变

1. 龙袍

宽窄巷,王公公的府内。屋里除了一桌一椅一橱,桌上有一面铜镜外,其他什么也没有。这里非常低调,甚至有点简陋。

王公公打开门看看,左右没人。他推开书桌边上的墙壁,原来里面有个隐藏的柜子,柜子里有两个盒子,王公公拿出上面的一盒子,里面是一堆金银珠宝。他拿出一串珍珠项链,挂在脖子上把玩一阵,又拿出一只戒指,戴在手上看了又看,然后合上盒子。他又打开了另一只盒子,里面是一件衣服,他把那件衣服穿在了身上,仔细看,原来是一件龙袍,前身绣着一条活灵活现的龙。王公公穿着龙袍,在屋里转了一圈,学着世宗的样子,敲敲书桌道:"赵匡胤啊,爱卿,你是忠臣还是奸臣?"

那龙袍套在王公公身上显得特别大,王公公晃来晃去,那龙在衣服上就像活了过来,游走一般。

王公公打眼正好看见镜子中的龙袍,把自己吓了一跳,立即对着镜子跪下道:"皇上,老奴伺候了您一辈子,你可得保佑老奴,老奴要是对不住您,您可得原谅老奴啊!"

第二卷 陈桥双辉

说着,王公公脱下龙袍,叠好,又放回了盒子。他把那只装了金银珠宝的盒子放进墙壁里的柜子,把墙又推上。

正在这时,走廊里传来脚步声,一个小太监小跑过来报告:"公公,赵普先生到了。"

王公公抱起衣盒,走出门来,转身把门小心翼翼地关上,落了锁。小太监想接过他手里的衣盒,他不让小太监搭手,忙说:"不用,我自己抱着就行!"

他们沿着门廊一路快走,院子里到处是两人走动的回声,穿过一个院门,进了前院,到了厅房,赵普坐在客座上正喝茶。见王公公进来,赵普站起来,施礼道:"王公公,赵普有礼了!"

王公公把盒子放在中间的茶几上,自己坐在另一侧说:"赵先生是都点检大人的文胆,将来也是国之文胆啊!光临寒舍,却不知道有何见教?"

王公公这是打一个防守反击,本来就是他约的赵匡胤,但是此刻,他却想试试赵匡胤的底线。

赵普道:"本来,应该是赵匡胤将军来的,只是考虑到要避嫌,赵将军托我前来。不知道王公公有何吩咐?"

王公公摇摇手,道:"我一个太监,有什么可吩咐的,只是想念赵将军了,想和赵将军聊聊天而已!"

赵普似有所悟,从身下拿出一个锦盒。他打开锦盒,里面是一颗夜明珠,在灯光下闪闪发光,整个屋子似乎都被照亮了。王公公摇摇手,道:"这些东西都是身外之物,你们赵将军视之为粪土,却不知我们这些太监也用不着,也是粪土罢了!"

赵普并不生气,把锦盒放在茶几另一端靠近王公公的地方。没想到王公公却是当真的,他把那盒子还给赵普说:"赵先生,这个

二、急迫兵变

盒子就请您还给将军,就说我老了,一个太监用不着这些,还是让那些用得着的人用吧。"

赵普也不再坚持,道:"王公公,目前形势逼人,将军非常为难,请公公教我们。"

王公公不紧不慢地道:"山雨欲来风满楼啊。"

"不知这山雨何时来,而这风又从何而来?"

"雨从南边来,而风从北边来。"

赵普点点头,道:"公公的意思是扬州和潞州?请公公明示!"

王公公不说话了,两人沉默了一会儿,王公公把那只小的锦盒拿起放在大的衣盒上,起身说:"您的礼物请带回,我倒是有一件礼物,要交给你家将军!"说着,王公公用手指在那两个盒子上点了一点,站起身出门去了。

门外那个小太监见王公公出来了,闪身躲在了墙后。赵普打开盒子看了一眼,一脸惊慌,立即合上盒子,抱起出门。

小太监跟在赵普身后道:"先生走好,不送。"

2. 李重进

扬州,北人都把这里当作江南,因为这里曾经是南唐国的地盘,现在经过三次战争,终于并入了大周的版图。

这是十月的秋季,汴梁的杨树已经早早地掉了叶子,而扬州的杨树却是倒垂着的,表皮上依然挂着青青的叶子,在扬州的日子总是这样,葱茏着呢!

李重进每日都来这瘦西湖边上的冶春园小憩,这里的三丁包子和蜀冈茶让他回味无穷,而冶春园里的头牌小姐胡四娘,那小馒头乳,那一声莺啼般的哃啾,那一汪湖水般的眼睛啊。他对谋事兰

第二卷　陈桥双辉

虎倩道:"女人的好,只有你用了才知道,你不用,不知道!"兰虎倩劝他:"她是妓女,咱们大周律法不让官员狎妓,不是有官妓么? 你随便挑啊,或者把胡四娘买了,充官妓也好,带回家也好,不都好吗?"兰虎倩是怕他有危险,这些妓女多数是当初南唐统治的时候,就在这里做生意的,她们和南唐方面的关系是说不清道不明的。万一她们是细作,把李重进劫持了,或者暗杀了,那么大家都得死。

李重进并不听劝,道:"告诉你们吧,我们不是那样死,就是这样死,如果被南唐杀了,那还有史书可以记载一下,大致也是为国而死。要是被赵匡胤杀了呢?"

兰虎倩道:"属下正是忧心此事!"

李重进不满兰虎倩,便说:"你忧心此事,我也没见你给我什么建议啊?"

这会儿,李重进正在冶春园喝茶,昨夜睡得晚,一夜痛饮,早晨实在起不来。但胡四娘偏偏喊他起床,说是城里的上春首饰店刚刚进来一对翡翠手镯,料子好,是老货,她要去看。

李重进就通知兰虎倩带着人,抬了轿子在外面等并嘱咐道:"一会儿去把那翡翠拿回来,让胡小姐看看。"

李重进喝一口茶,看看天,一对鸳鸯在湖面上悠悠地歇着,他瞄着胡四娘。这胡四娘真是美,身上没有一处不让人留恋的。胡四娘看他正盯着自己看,叫道:"该死的,乱看什么? 昨晚没看够吗?"

这时,兰虎倩摇着扇子迈着方步进来,施礼道:"李大人,我到了!"

李重进知道,兰虎倩不乐意给胡四娘施礼,打招呼也让他觉得丢了文人的面子,可他偏偏要捉弄一下兰虎倩,便打趣道:"跟胡小

二、急迫兵变

姐见个面,打个招呼吧!"

兰虎倩给胡四娘施了一礼,道:"胡四娘,好啊!"

胡四娘也知道兰虎倩的脾气,并不计较,道:"兰先生,难为您这么早赶来。我其实是可以走着去的,一会儿我要去看一对镯子,也麻烦您帮忙参谋参谋。"

兰虎倩道:"看翡翠我不在行啊。"

胡四娘就道:"那哪个方面在行啊?"

兰虎倩没好气地道:"我什么方面都不在行,只会写写字,作作画。"

李重进叫道:"行了行了,别酸了。一会儿我们陪小姐去弄翡翠来,快快回来喝酒,让胡四娘给你也找个妞。"他对胡四娘吩咐道,"快快,找个妞来,陪兰虎倩,咱们四个先看翡翠去!"

李重进一行四人,来到上春首饰店,店主看见他们进来,立即迎了出来。四人不说话,进到里间,店主往门外看看,远远地看到街角有个男人,影子一闪,就不见了。店主皱皱眉,回到店里,让伙计看着铺面,对李重进道:"李大人,您要看的货,得到里间,这里的货,都是给一般人看的。"李重进点点头,四个人来到里间,店主拿出一堆镯子道,"两位小姐,你们随便挑!"胡四娘和那姑娘高兴得立即翻弄试戴起来,李重进看看店主,又看看兰虎倩,他们三人悄悄地来到更深的房间,有一个穿着皮坎肩的人,一看就知道不是本地人。见李重进进来,那人起身给李重进行礼,那是军礼,标准的步兵军礼,李重进点点头,那人拿出一封信来。

李重进打开信纸,里面什么都没有,信纸上是白的。李重进把纸拿起来,对着窗外,纸上显出字来。原来,对方是用清水在宣纸

第二卷　陈桥双辉

上写字,水干了,字迹也就消失了,粗看还是一张白纸。但细看之下上面有水渍,这些水渍辨认起来也不难。

李重进看到的是"进京勤王"四个字,问道:"这是范相亲手交给你的?"

那人点点头。

李重进把那张纸放在蜡烛上点燃,对那人道:"这里不能久留,你今天就走,回去吧。"

"怎么回复范相?"那人追问道。

"不用回复。"李重进道。

陈觉拿着一把紫砂壶,对着壶嘴喝水,水在他的喉咙里咕噜咕噜地响着,另一只手拿着一支小的竹棍,在调教鹦鹉。那鹦鹉叫道:"陈大人饶命,陈大人饶命!"陈觉大笑起来,道:"你还真乖巧,饶你一命!"

刘承遇从外面进来,手上拿着一封书信,道:"大人,江北李重进来的密信,指明交给您!"

陈觉一愣,便说:"我跟这个李重进素无往来,和他有什么好说的?"

刘承遇把信交给他。陈觉拿着信,在蜡烛上烘了一烘,蜡封熔化了。"愿与江南交好,与陈兄悠游于淮北,于黄河品鲤鱼,于汴河看花灯!……"他把信交给刘承遇,道:"你预见到了吗? 大周恐怕要乱!"

刘承遇一听,道:"陈大人,上天赐我们良机啊,让我们南唐能重新崛起!"

陈觉不以为然地看看刘承遇说:"这是啥话,你真觉得这个李

二、急迫兵变

重进就能起事？就是他真敢起事,他又真能成事吗？"

陈觉在寿州曾经被李重进打败,如今,他已然忌讳李重进这个名字。刘承遇一听就叹起气来,唉,这个李重进,明珠暗投了。"大人,如果周世宗不死,我南唐必亡！如果柴宗训长大成人,坐稳了皇位,我南唐也必亡！如果柴宗训坐不稳皇位,让赵匡胤做了皇帝,我南唐更是必亡！当年李景达千岁,率领三十倍于赵匡胤的大军,可在六合被一举击败,将来我南唐可有多少军队能够经得起这样的失败？"

陈觉用竹棍戳了一下鹦鹉,鹦鹉立即叫起来:"大人饶命啊！"陈觉冷冷地说:"你说的是几十年以后的事了,那时候我们早就不在了,我们犯得着为那么远的事担心吗？我死后,南唐在不在和我有什么关系？"

刘承遇上前一步道:"不管如何,大人,这是一个机会。我们至少可以通过支持李重进,让他们自相残杀,他们内乱对我们有好处！"

陈觉不耐烦了,道:"目光短浅！你可知什么叫引火烧身？如果李重进失败,得罪了赵匡胤和张永德,我们还有机会偏安金陵过我们的好日子吗？"

刘承遇脸上露出痛苦的神色,哑着嗓子道:"大人,要不要把这封信给皇上看看？"

"不用。给皇上看,徒增皇上的烦恼,现在皇上烦恼的事还嫌不多啊？就让皇上安生安生吧。"

陈觉看着刘承遇,冷冷地没有说话。刘承遇转身离开之际,陈觉突然伸手,对着那只鹦鹉一戳,鹦鹉大叫起来:"大人饶命,大人饶命啊！"

第二卷 陈桥双辉

夜深了,深冬的扬州城上,挂着一轮明月。瘦西湖内,一个家仆提着灯笼,领着一个一个将领往后院的湖心亭而来,所有的人都不说话,一切都在沉默中进行着。沿途都有兵士站岗放哨,看样子,事态严重。

李重进坐在灯下,将领悄悄进来,分头坐在桌边,一会儿,人都坐满了。李重进道:"开会吧,大家放开了议,各抒己见吧!"

兰虎倩站起来一拱手道:"各位,京城到处在传言'都点检做天子'。经查,这是赵匡胤等故意放出来试探民心的谣言,京城如今被这谣言弄得人心惶惶,枢密使范质大人来密信,要我们进京勤王!请各位前来,就是商议此事!"

一员将领站起来,道:"太尉,我们都是您带出来的兵,跟您经历百战而不能弃,今天更是如此,只要您下命令,我们万死不辞。不过,枢密使大人的信里可曾提到赵匡胤等作乱的证据,比如,他们软禁了皇上、皇太后,或者拘杀了大臣?"

李重进道:"没有。但是事态严重,枢密使大人要我们先行一步,掌握主动。"

又一个将领站起来,道:"自从我们来到扬州之后,一天也没有放弃训练。我们把收缴盐税积攒起来的钱都用来造了兵器,从北方带来的老兵无时无刻不希望回乡。将军,就请下命令吧。"

一个书生站起来,道:"清君侧,必须得到地方大员们的理解,不知大人可曾联系潞州李筠将军和在西陲守边的向训将军等,这些人如果能支持大人,我们回军,自然可以不战而屈人之兵。"

李重进摇摇头,道:"已经联系了南唐,有南唐支持,我们就足够了。"

那书生大惊道:"将军,错矣。这是勤王,不是造反,如果我们

二、急迫兵变

引外援入室,就失去了正当性,不仅不能获胜,相反还要获咎啊。"

兰虎倩打断那书生的话,道:"胡扯什么?你哪里懂得将军的部署?有南唐支持我等勤王,有何不可。想当年周世宗在世时,与南唐国主结为异姓兄弟,南唐国主有难,世宗在世一定会义不容辞。如今,我皇上有难,南唐国主帮助匡扶,又有何不可?"

李重进摆摆手,道:"兰先生,让大家说话。"

兰虎倩道:"将军当断不断,必遭其殃!此刻不发兵,将来等赵匡胤打来,发兵就来不及了。"

李重进犹豫着,这时,李重进的儿子李理站起来道:"父亲大人,皇上没有发来圣旨,而京城也没有传来皇上遭难的消息,如果此刻我们贸然发兵,也许会给赵匡胤等留下把柄。"

兰虎倩道:"这个时候了,还怕赵匡胤抓我们的把柄?将来赵匡胤来抓我们的时候,可不会这样想,无论我们发不发兵,他都会说我们谋反,来剿灭我们!"

李理道:"父亲,我们有钱,也有朝中接应,但缺兵士,准备起来需要一年多,不如再择时机?也可以看看赵匡胤他们到底有何举动。"

兰虎倩顿足道:"你这样是害了你的父亲,将来你们会死无葬身之地!"

赵匡胤来到勤政殿上,大殿里空落落的,一个太监远远地看着赵匡胤,又一闪身走了。

黑暗中,走出一官员,赵匡胤上前道:"御史台李穀大人!"李穀点头道:"将军您来了,王公公正在等您呢。"

两人来到偏殿,王公公正在那里打扫。他手里拿着拂尘,正掸着花瓶上的灰。看赵匡胤和李榖进来,他迎上前去,恭敬地道:"小的给两位大人请安!"

王公公给他俩让座,又递上茶。赵匡胤请王公公也坐,王公公却道:"我还是站着。做事是我们的本分,做事舒服!"

赵匡胤问道:"王公公,李重进那里有什么动静?"

王公公手里活儿不停,边干活边说:"李重进派人给南唐的陈觉送去一封信,陈觉没有理他。有人动员李重进进京勤王,李重进左右犹豫,还没有主张。"

赵匡胤笑道:"李重进首鼠两端,成不了大事!"

王公公道:"他手下有个叫兰虎倩的谋事,力主进京,此人倒是有点胆略。"

"公公可有对付此人的办法,留着此人在李重进身边,迟早要惹祸。"李榖问道。

王公公转过身,拿了一只花瓶,看了又看,然后两手一松,花瓶落在了地上。"这个兰虎倩,明珠暗投,李重进哪里是扶得起来的主儿?再说了,他打碎了主子的花瓶,不是要惹得他主子不快吗?"

"可惜了,一个人才!"赵匡胤道。

3. 急迫之间

楚昭辅风尘仆仆地从大门口进来,绕过花园,转过小花厅,一路奔跑。赵匡胤和赵普正在花园里下棋,赵匡胤举起棋子,停滞在空中不动。楚昭辅俯身在赵匡胤的耳边道:"截到给李筠送信的人了!"赵匡胤点点头,楚昭辅拿出一封信给赵匡胤。赵匡胤轻轻落子,低声说:"不看了,烧了吧!"楚昭辅不解地问道:"没什么重要的事?"赵普接口道:"说重要也重要,只是我们已经知道内容了。"赵

二、急迫兵变

普也落下一子,问道:"人处理得干净吗?有没有留下什么话?"楚昭辅抹了一把汗,道:"没有。死活不说,没办法,只好就地处理了。"

赵匡胤叹口气道:"树欲静而风不止。如何?如何?"

赵普道:"这个时候,不能再犹豫了,如果你犹豫,将来就是李重进为王,而你为寇!你可知,李重进在等什么?他在等他自己的决心,一旦他下了决心,无论将军是否登基自立,他都会发兵。"

"先帝尸骨未寒,我又怎能夺其国、害其子?"赵匡胤仰头,看看天。

赵普道:"难道将军忘记了一统江山的志愿吗?你相信柴宗训能做到吗?等到柴宗训长大,你已经老了,那时,你就没有时日看到你的理想实现了。"

三人正说着,王彦升跑了进来,到赵匡胤的跟前,打开身上的包裹,里面是一颗人头,嘴里还衔着一张纸。赵匡胤道:"信你看了?"

王彦升道:"大哥,里面什么都没有,一张白纸!"

赵普拿出那张白纸,对着阳光一照,纸上显出四个字"进京勤王"。王彦升摸着头,不好意思地笑了,说:"你们这些文人有那么多鬼心眼,要我说,跑来跑去的干吗?吼一嗓子不就得了。"

赵普不满意地嘟囔道:"带个人头回来有什么用,又不会说话,将军要的是活口,留下证据!"

王彦升道:"这个我晓得的,先生不是吩咐过吗?这个家伙太倔,就是不让绑,他自己咬舌头死了。"

赵普转身对赵匡胤道:"事态已经不好控制了,再犹豫,恐怕就要错过时机了。"

第二卷　陈桥双辉

赵匡胤点点头道:"发信给姚内斌,让他给朝廷发求救奏折,就说契丹来犯,边境告急,请求朝廷派兵来救!"

赵普欣慰地笑了,兴奋地对楚昭辅道:"兄弟,可以大干了!"

皇宫后花园,符太后和王燕儿并肩走着,一路看着牡丹。符太后道:"今年也奇了,你看着牡丹,到这个时辰还开着呢,艳丽得不得了,许是今年会有什么好事,说不定你家将军又要建功立业了呢。你可知,契丹又来犯了,朝廷正在计议要不要你家将军出征。"

王燕儿蹲下闻了闻那些鲜花,道:"啥子我家将军,他是大周的将军,成天不着家,一听说契丹来犯,就吃不下睡不着的,这不正主动找枢密院的人商量去了。"

"他想要领兵出征?"

王燕儿摘了一朵花,道:"不,他不想出征,说自己老了,就想在京城享享福,该让年轻人去打仗了。他推荐韩通任征讨都指挥使,高怀德任副都指挥使让他俩东征呢。"

符太后有点放心地问:"他不想出征啊?"

王燕儿道:"他这一年变了,就喜欢女人,喜欢看戏,这不上个月还买了个女的回来,气死我了。打仗,他是再也不感兴趣了。"

符太后问:"那你觉得他还能打仗吗?"

王燕儿道:"那是肯定能打的,他不打仗可惜了。不过,您可不要让他去,他让我跟您说,他不想去。"

这时,柴宗训从花园对面的小道走来,身后跟着几个太监,走到近前,跟太后行了礼,又问候了王燕儿,道:"枢密院正商议事情,说是契丹来犯。唉,契丹人就是说话不算话,非得教训他们一下。"

二、急迫兵变

符太后和柴宗训一起走进勤政殿,范质、魏仁浦、王溥、郑起正在议事。郑起道:"京城到处都在传'都点检做天子',这个时候派都点检出征恐怕不妥!"

范质点点头,道:"应该另外选派干将出征。"

王溥道:"不如请韩通将军出征,他和契丹人打过仗,熟悉地形,了解契丹人的战法,有一定胜算!"

魏仁浦道:"两位都想防范赵匡胤,却不知如果把韩通将军外派去打契丹,京城空虚,是不是正好给赵匡胤制造了机会呢?"

郑起摇摇头,道:"不能让韩通将军走,相反,要调集周边的人马来京城交给韩通将军,让他势力更大!"

王溥道:"赵匡胤要谋反,韩通就不会谋反吗?如果韩通谋反,也许在座的各位都会没命,如果赵匡胤谋反,也许我们还有日子过。其实,这不是谁要不要谋反的问题,而是制度问题,如果只是依靠武人的良知和道德,那是远远不够的。国家是皇上的,军队忠于皇上就对了。皇上很重要,皇上能代表国家。可是,我们的皇上太小了,没有这样的威望。如果没有这种忠诚,我们就要在制度上确立分权,军人只能负责训练军队,而调动军队必须由文人集体决策。我的建议是,军队的调动权可收归枢密院,而训练要分门别类地授权,操练队列的,操练枪棍的,操练马术的,等等,各科目的教练团队都要分列并且互相制衡。军事将领平时应该没有权力,都只能在枢密院待职,只有在有战事时,才授予实际职务!"

范质毕竟老成持重,摇头道:"不可,现在收军权,等于向这些军人宣战,反而可能促发兵变!"

郑起站起来道:"各位大人,微臣有个计策,不知可否?赵匡胤可能起事的根本原因是他有人望,基础是有军权。我们可以分而

第二卷　陈桥双辉

弱之。乘着契丹来袭的当口,分他的兵,把他麾下的军队一分为四,四分之三调出京城,划归慕容延钊指挥,军官从各州府的团练使、刺史中调拨。这支军队出京作战之后,我们再从扬州、潞州、蓟州等调集新军拱卫京师。赵匡胤善于收买人心,据说他把许多年轻将官统合起来,成立了义社,骨干有十数人,这些人如果分而治之,各派往边远地方任职,可以分化他们。同时,要防止赵匡胤继续收买人心,索性把'都点检做天子'的传言放大,让大家认识到他的真面目。"

范质点点头道:"这个计策可行,立即执行之!"

大家议论着,没有注意到符太后和柴宗训的到来,等到太监们喊道"皇上、皇太后到!"时都吃了一惊,他们的这种讨论也太大意了。范质走到太后、皇上面前说:"皇上、太后,臣等正在议论出兵讨伐契丹之事,我们预备请慕容延钊挂帅出征,从全国征调将官二十名,随军出征。"

符太后道:"军队从殿前司抽调?那么赵匡胤不出征吗?"

范质道:"我们还没有跟都点检商议,京城的拱卫也很重要,我们希望他留在京城。"

符太后道:"哀家听说他也不想出京城,只是哀家担心,如果他不出征,会不会没有胜算?皇上刚刚继位,就犹如先皇当年刚刚继位一样。先皇继位,我们胜了高平之战,而今我们也同样需要一场胜利!"

王溥上前来,拱手问道:"太后的意思是让赵匡胤带兵出征?"

魏仁浦道:"太后所言甚是!"

符太后吩咐道:"令慕容延钊为先锋官,王溥为监军,由赵匡胤任都指挥使,赵匡胤殿前司军队和潞州、扬州侍卫司军队混编,此

二、急迫兵变

战必须胜,不胜可能亡国!其他一切,等跟契丹的仗打完再说吧。"太后又请过皇上,"皇上,请把你的佩剑赐给监军王溥,让他有先斩后奏之权。同时通知李筠率军至霸州、李重进率军至濮州策应赵匡胤。"

几位文臣听到太后如此吩咐,都倒吸一口凉气,大家苦苦思索而没有结论的事情,太后一念之间就解决了。用李重进和李筠作为后路军,一方面可以为赵匡胤殿后,另一方面可以作为对赵匡胤的监视。此战赵匡胤败了,回来自然当引咎辞职;胜了,可以任他为太尉,去掉实质军权,如此一来,主动权届时就全部掌握在皇上手里了。

范质点点头,觉得这是稳妥的做法。范质对郑起吩咐道:"就按照太后的意思拟旨。哦,再加上一句话,军情紧急,必须三日内起兵!"

郑起点点头道:"越快越好,以免日久生乱!"他们想的是如何把赵匡胤和他的军队尽快弄出京师。

郑起拟好旨读了一遍,范质又道:"等等,请太后授赵匡胤太尉衔吧,现在就授。"

太后点点头,并不反对。

郑起当即拟好了圣旨,交给王公公,让王公公立即送到都点检府上。范质对王公公作揖道:"王公公,请一定带上太后的口谕,请赵匡胤三日内起兵。前方军情紧急,还望赵将军为国立功,保社稷太平!"

王公公拿了圣旨,找人准备了轿子,去都点检府的路上,他在想如何提醒赵匡胤。

第二卷　陈桥双辉

到了赵匡胤府上,赵匡胤的军士一看是来下圣旨的,都觉得高兴,心想点检遇到什么好事了吧。可一听圣旨,是派他们出征,这些军人一方面有些担心战事,一方面也觉得高兴,养兵千日用兵一时,如今国家需要,正是他们建功立业的好时候。赵匡胤接了圣旨,问王公公可有什么要交代的,王公公用眼睛扫了一下赵匡胤,把圣旨卷起来,然后点点圣旨,把圣旨交到赵匡胤的手上。

赵匡胤领会了王公公的暗示,接住圣旨。王公公道:"老奴的任务完成了,老奴告退。预祝将军旗开得胜,凯歌而还!"

赵匡胤送王公公到门口,看着王公公离去,赶忙回到内室,慢慢地展开圣旨,这一看吓出一身冷汗,里面是这样几行字:我送给您的礼物,可以拿出来用了。少则三日,多则五日,按时使用,则可!

赵匡胤摸不着头脑,找来赵普。赵普一看,说:"将军,王公公有件礼物送给您,因为怕泄密,我一直收藏着,现在可以给您看了!"

赵普叫来赵府管家,吩咐道:"前时,我交给你保管的盒子呢?取来交给将军吧。"

管家道:"在小人的家里,我这就回去取。"

也就是一顿饭的工夫,管家夹着盒子回来了,赵普把它交给赵匡胤,赵匡胤打开一看,是一件龙袍!

赵匡胤道:"你们胆子不小!"

公元960年正月初一,这个年过得不安稳。赵匡胤下午接到圣旨,立即召开会议,各路将军急着赶来,大家商议来商议去,没有定论。李处耘道:"要等待扬州、潞州的将官,至少要半个月,哪里

二、急迫兵变

等得及?"

王彦升道:"不如让慕容延钊先出兵,挡一阵子。我们先把年过好,年后出兵,也不迟么!"

赵匡义也来了,道:"太晚出兵,拖延了时日,恐怕对皇太后不好交代吧?"

赵普点点头,道:"匡义说得是,救兵如救火。此刻,我们应该越快越好,不必等扬州和潞州的将官,应该明日就打点准备,后日一早即刻出兵!"

大家都说急了点,赵匡胤最后道:"大家不要争了,我赵家军向来以快著称,这次也当如此。后日一早,即刻出征,延误战机者,斩首!"

大家没话说了,只得同意。当赵普分配任务的时候,大家却发现他实际上安排绝大多数的部队次日就出城,而且都是在次日的凌晨出城,真正等到后日出城的就只有辎重了。大家知道,赵匡胤打仗历来讲究神速,都没有什么疑问,各自领了任务散去。

大家散去之后,赵普焦躁起来,在屋子里踱步,一会儿握拳,一会儿凝眉,最后对赵匡胤说:"将军,我还是担心。我们在明处,他们在暗处,怕对我们不利,请将军现在就出城,到城外驻扎!去李处耘部大营吧,他那里条件好一些。"

赵匡胤点点头,道:"这样也好,皇上如果来饯行,我可以立即回来。"

赵普摇摇头,道:"将军,再不可奉诏返还,你与皇上已不可再见。我们也须加快速度,不能让李重进、李筠抄了我们的后路,必

第二卷 陈桥双辉

须赶在他们出兵之前就解决所有的事,让他们不敢出来。"

赵匡胤真是久经阵仗的大将啊,说开拔就开拔,没多时他们已经到了南城门口。南城门口的两名校官认得赵匡胤,一名姓陆的军士长突然阻住他们,然后跑进值班房拿出一个酒坛子,又让每个值班军士拿碗出来,给他们每人斟上酒。"赵将军,你们就要出征了,我们没什么好送的,就送一碗酒吧,祝愿将军多杀敌,早日凯旋,等将军凯旋时,我们还在这里接将军。"

赵匡胤有些尴尬,接过酒喝了,道:"珍重,就此别过了。"

赵普和大家一样,都喝了酒,然后快马加鞭往李处耘的军营赶去。

大家刚刚出了南城门,城里就来了一队侍卫军将官。这些人把马抽得浑身是血,疯一样追来,追到南城门口,抓住那些值班的军士就问:"赵匡胤呢?他们是不是从这里出城了?"

守门的军士哪里见过这阵势,大家赶忙点头。那些追来的军士里有个领头的大呼:"不巧!不巧!天灭我大周也!"那姓陆的军士长糊涂了,忙说:"赵将军刚刚快马出门,是去为国打仗啊,这怎么叫天灭我大周了?"那领头的道:"唉!刚刚接到细作来报,前线根本没有看见契丹兵,楚州、霸州、定州都没有,是有人谎报军情。赵将军可能是要举兵造反!"那姓陆的军士长惊呆了,道:"这可如何是好?都点检手握兵权,他造反,谁挡得住他?"

那领头的道:"你们好自为之吧。"

"是我们的过错,请抓了我们去交差吧!"

"不知者无罪,是我们来得太晚了,也许是天意!"

"真是知人知面不知心啊,都点检果然要反!可我们绝不会答应他。这个城门,我们一定会守住!我们不会让他败坏军人的声誉。"

符太后寝宫内,范质痛哭流涕道:"太后,我们太大意了,让赵匡胤得了兵符。他已经连夜出城,此时已经到了李处耘的军营,京城里的老百姓开始出逃,殿前司军营的士兵们都在说'出兵之日,策点检为天子!'"

符太后哭着问:"难道你们这群男人中就没有人能阻止他吗?"

"已经来不及了,太后。殿前司的军队出城的有二十万兵力,而我城中的守军,现在不足两万人!"

"难道这些军人都会跟着赵匡胤走吗?就没有真正忠于周室的吗?范相,你还不快快发令,让韩通上城墙守城,让李重进、李筠,还有张永德,回来勤王!"

范质瑟瑟发抖,说不出话来。歇了一会儿,符太后似乎突然冷静了下来,问道:"范相,是不是你也怕赵匡胤?你觉得大周气数已尽,应该让位给他?"

范质突然声嘶力竭道:"太后,臣是大周的官,生是大周的人,死是大周的鬼,我要去赵匡胤营中质问他,你让我去吧!"

符太后问道:"李重进现在在哪里?叫韩通来,让他带我们母子去李重进军营!"

4. 陈桥兵变

陈桥驿,赵匡胤在酣睡中,不说前进,也不说后退。大家都不知道他在想什么。

大营的僻静处,王彦升跟一个军士聊着,那军士连连点头。

军士回到营中,对边上的人说:"皇上要撤了都点检,我们这些

第二卷　陈桥双辉

人没活路了！"

部队开始骚动，有人说："不如策动都点检当皇上，我们去打仗，给一个小孩子卖命，他能懂我们的辛苦和牺牲吗？我们要赵将军做皇上，否则不去！"

赵普找到楚昭辅说："我算下来，下午饭后天上会有两日的现象，你到时候带大家看这异象，说地上要出新的皇上了。"

大营门口，楚昭辅在地上放了一盆油，让大家来看。他看看天上，觉得不像是要出两个太阳的样子，可是赵普说的他相信。大家吃过饭，有的回营休息，有的在门口闲聊，有几个人凑过来，又有一些人凑过来，其中一个军士问："楚将军，您这是什么意思？"楚昭辅说："你们一起来见证一下，一会儿你们会看到天上有两个太阳，可别说是我瞎说的，大家一起看看！"一个军士好奇地问："天上有两个太阳？那可是稀罕了，另一个太阳从哪里来啊？从东边升起？还是直接就挂到天上？"楚昭辅被问得说不出话来了，转念一想便回答道："那是异象，解释不了！你什么时候见过两个太阳？这个世上，从来就只有一个太阳，就像地上只有一个皇上一样！"那军士不解地问道："照您这么说，天上出两个太阳，就等于地上出两个皇上？"楚昭辅大声说："地上出两个皇上？你觉得两个太阳是要出新皇上的兆头？"那军士怕了，连连摇手道："我可没说，这个可是要杀头的！"这个时候围拢过来的人更多了，楚昭辅有些担心，要是没两个太阳，这怎么收场？大家聚在一起，一边说话，一边等着，都在小声议论，觉得这事有点奇怪，多数人不敢相信又不得不信，楚昭辅在底层军人中人望高，大家都信他。

大家等着，影子拉长了，太阳逐渐偏西了，可天上还是没有两个太阳，有些老成一点的军士走开了。一个老军士走过来，在楚昭

二、急迫兵变

辅手上放了一根玉米,说:"楚将军,吃玉米吧。您别多说了,赶快回吧。天上要是出两日了,那不是好事,要是不出,对楚将军您,就更不是好事。老年头,这叫妖言惑众!"楚昭辅拉住那老军士,道:"你放心,这个天上两日一定得出,就是不出也得出!"老军士看看楚昭辅,有点儿惊讶地问:"楚将军,我跟随您和赵将军打仗有十年了,您得说清楚点,到底要我们干什么?我们都听您和赵将军的,就是天上没两日,赵将军叫我们干啥,我们还是干啥!"楚昭辅不好直说,只说:"老军士,您是西征时就跟着咱们的吧?"老军士道:"是的,我们都享受优待,每月的饷银都是三倍给的,家里也享受免赋税的优待呢。这些都是赵将军争取来的。"老军士压低了嗓音道:"楚将军,您说是不是赵将军要当皇上了?您直说,我们一定听赵将军的!"楚昭辅沉吟了一下,看看天,又看看周边那些正在散去的士兵,大家等不得了。"太阳什么时候出两个?得等到什么时候啊,楚将军?"有人问。楚昭辅小声跟那老军士道:"赵将军就是真龙天子,你回营跟老将士们说说,让大家都知道,皇上要削夺赵将军的军权,然后让我们去东边送死。他要把你们派给李重进、李筠,你们干吗?他们会给你们这么好的待遇吗?"那军士点点头道:"楚将军,您领着我们干吧。我们杀回京城去,让他皇帝小儿下台,赵将军做皇上!"

就在这时,有军士高呼起来:"天上有两个太阳了,天上有两个太阳了!"楚昭辅抬头,只见天上白光闪闪,刺眼得什么也看不见。他跑到油盆子边,朝盆子里看,里面果然有两个太阳。

众人对着楚昭辅喊:"楚将军,您说吧,这是上天给我们什么指示?是不是地上要出新皇上了?"

楚昭辅大声道:"就是这个意思,上天要我们赵将军当皇上,大

第二卷　陈桥双辉

家说好不好？"

众人齐声高呼："赵将军当皇上！赵将军当皇上！"

楚昭辅领着众将士，高呼着口号，沿着营中的巡查小道游行起来，沿途军营的军士纷纷前来参加，一时间整个军营炸了窝，都参加了游行。

楚昭辅引领将士游行到中军大帐，知道赵匡胤在里面，便问护卫军士："将军在吗？我们找将军说话！"

赵匡胤听到了外面的声音，听到领头的是楚昭辅。此时，他背对着门，稳稳地坐着，手里举着棋子，思考着，缓缓地落下一黑子，又拿起一白子，高高举起。一会儿外面的声音更响了，门口一个军士探头进来，似乎想要说什么。赵匡胤头也不回，手一甩，甩出一颗棋子，正中那个军士的脑门，那军士"哎哟"一声，缩回了头。

赵匡义也带着一队军士赶来了，绑来了一个便装打扮的人，那人喊着："军爷饶命，军爷饶命！"但没人理他，大家推搡着他，踉踉跄跄地到了帅帐门口。赵匡义站到旗杆石上，大声喊道："大家听听，这个人怎么说。他是去调兵来攻打我们的，他要去调外省的兵，来杀我们！"

军士们都怒喊道："为什么要杀我们？皇帝小儿，我们在前方杀敌，你在后面要捅我们刀子，我们不为你卖命了，我们杀回京城去，让赵将军做皇上！"

赵普帐中，赵普和罗彦环在桌子的两边站着，桌上画着一条线，罗彦环拿着纸条，赵普嘴里念念有词："侍卫马步军都指挥使李重进，放右边，侍卫马步军副都指挥使韩通，放右边，侍卫马军都指

二、急迫兵变

挥使高怀德,放中间。"

罗彦环道:"高怀德以前都是跟我们一起出征的,现在赵将军的妹妹又嫁给他了,他能骑墙? 他应该可以放我们这边吧?"

赵普摇摇头,道:"不能指望他,他身在对方阵营,如果能按兵不动,就已经很不错了。侍卫步军都指挥张令铎,放右边。"

"这是赵将军的义社兄弟啊,怎么就不把他放我们这边,这不生分了?"罗彦环嘟囔道。

"殿前副都点检慕容延钊,放中间。"赵普道。

"你都把我们的人放中间了,那我们还有什么人?"罗彦环抗议了,"你把我们的人都看成什么了? 墙头草? 他们都是兄弟,不会临阵背叛赵将军,不可能!"

"我只是体谅他们的难处而已,不是不相信他们!"赵普思考着,"殿前都指挥使石守信、殿前都虞候王审琦,放左边吧。"

"他们两个,那都是出生入死的兄弟!"罗彦环把他俩的名字放在左边,一看左边的人太少,"唉! 怎么将军不把他们带在身边? 我们这边人太少了!"罗彦环悄悄地把侍卫步军都指挥张令铎放到了左边,又移到了中间,道:"张令铎至少不会是他们的人,还是放中间吧?"

赵普看看罗彦环,问:"你敢为他担保? 这个玩笑开不得,要知道他一个人也许就能决定胜负! 他过来,我们多三万人,他过去,我们少三万人,一来一去,是六万的力量消长。"

罗彦环犹豫了一下,又立即点头道:"我用脑袋为他担保,他是咱们的人,不用担心! 而且他是出了名的仁厚,他就是实在不愿意支持我们,也不会反对,就是给他一百个胆子,他也不敢,我们这些义社兄弟,每个人一口唾沫都得把他淹死!"

第二卷　陈桥双辉

"你担保？"

"我担保。如果有问题，我提脑袋给你！"罗彦环瞪大了眼睛，重重地捏起写着张令铎名字的纸片，索性把它放到了左边，"这样，我这就派人去找他，让他表态！"

"不能！只能让他们自己选方向。现在，谁都不能去说！关键是，我们举事要一举成功，这些人只要坐着不动，就可以了。但是如果我们失败，没能控制住京城的局面，要他们主动出兵来帮助我们，那就难了！"

"那也无妨，真要他出兵，我去找他借兵，他不会不借！"罗彦环道。

赵普不语。

罗彦环又道："赵先生，你可能不了解情况。赵将军的兄弟们，保静军节度使杨光义，昭义军节度使李继勋，忠远军节度使刘庆义，彰德军节度使韩重赟，左骁卫上将军刘守忠，右骁卫上将军刘廷让，这些人你摆上不就得了？放进来。"

赵普道："这些人用得着摆吗？"

"那你心里，到底是把这些人放在中间，还是左边啊？这不是左边人太少，我着急吗？"罗彦环急道。说着，他把那些人的名字都摆上了。

这时，王彦升带着解州刺史王政忠、左骁卫上将军刘守忠、右骁卫上将军刘廷让，还有曹彬、潘美等也来了。他急吼吼地道："赵先生，我可是把人都喊来了。怎么这个时候了，你们还在这里纸上谈兵？""别担心了，都是我们的人。"罗彦环也有点儿急了，看看桌上还有陕州节度使袁彦、潞州节度使李筠这两个人的纸条没摆，他拿起来，直接摆到了右边，"就算这两个人在右边，又能怎样，让他

二、急迫兵变

们有来无回!"

赵普道:"你们可愿意听我的指挥?"

大家我看看你,你看看我,潘美道:"我们都愿意听令!"

屋子里人多,大家心神不定,议论纷纷,都在说:"怎么军士突然不听话了,游行起来了。这在赵家军身上是没有发生过的!"还有人说:"赵大哥怎么谁都不见,他怎么了?"更有人说:"听说皇上要撤了赵大哥,这个我们不答应。我们要让皇上给个说法!"

楚昭辅给赵普找来一张凳子,赵普站了上去。这个时候,赵匡义也来了,喊道:"赵先生,你得发话,这个时候不能群龙无首,你说说,我们到底怎么办?据说皇上有密诏,找李重进进京了,他是要对我们动手啊!"

赵普清清嗓子,对众人道:"各位,现在情况非常危急,外有契丹大举入境,内有奸臣当道,妄想撤了赵将军的职,你们说怎么办?"

罗彦环见大家不说话,大声喊道:"这个时候还能怎么办?有的选吗?我们反了,先回去杀了皇帝小儿,然后再打契丹。我们保家卫国,家国都被那些奸臣把持了,还有什么意思?不如先回去,我们要赵将军做皇上!皇上不过是个小儿,任人摆布,他能理解我们这些人的辛苦?我们不能为他卖命!不如让赵将军做皇上!赵将军做皇上!"

大家一听,这个口号从罗彦环嘴里出来,都有点儿明白过来了,这是早就计划好的啊。"可这到底是不是赵大哥本人的意思呢?"有人小声问。王彦升盯着大家看:"谁在问?这怎么不是赵大哥本人的意思?这就是赵大哥本人的意思!"

那人是刘廷让,他可不怕王彦升,索性扯开嗓子道:"要是赵大

第二卷 陈桥双辉

哥本人的意思,我们上刀山下火海,又有何妨?可是王彦升,我信不过你,你得让我们见了赵大哥,听赵大哥亲口说才行。要是那时候,谁不跟赵大哥,那就不是我兄弟,我只有一个字'杀',我先杀了他!"

大家齐声附和,情绪高昂得超乎想象,是时候让大家去见赵匡胤了。赵普喊道:"竖起大旗,我们找将军去!"

赵匡义身后几个人带着旗帜,一面旗子上写的是"清君侧",另一面旗子上写的是"斩奸臣",旗子竖起来,大家跟着旗子往赵匡胤大帐来。王彦升拿出了一件衣服,对大家伙儿喊道:"我给咱们大哥衣服都准备好了,你们看看!"

大家一看,那是龙袍,个个都心知肚明了。刘廷让问赵普,京城里的王审琦和石守信两人准备好了吗?

赵普点点头,道:"都安排好了,现在就是担心杜老夫人、嫂子她们,其他人不要紧。关键是,我们行动要快,在城里那帮文官们反应过来之前把一切搞定。"

大家一路走,后面跟的人越来越多,整个军营都沸腾了。没几步就到了赵匡胤大帐跟前,赵普和王彦升直接掀帘进去,王彦升道:"将军,皇上要撤你职,这个我们不答应,我们要推翻皇上小儿,请将军做皇上!"

赵匡胤摇摇头,说:"不可,现在我们面临契丹危险,就是皇上身边有奸臣,我们也要先对外,再对内!"

王彦升道:"大家不放心,都害怕你会被害,我们索性打回去,等你做了皇上,我们再去打契丹。否则,我们在前面打契丹,奸臣在后面算计我们,我们还能活命吗?我们不愿意为皇上小儿卖命,我们愿意为你出征!"

二、急迫兵变

赵匡胤还是摇头,道:"不行,世宗在世时,我保证过,要忠于大周!"

众将士听得不耐烦了,罗彦环道:"大哥,我们旗子都做好了,你到外面看看!"

赵匡胤问:"什么旗子?"

罗彦环拉起赵匡胤,道:"你来看看!"这个时候,王彦升一把扯开龙袍,给赵匡胤披上,道:"将军做皇上了,将军做皇上了!"

赵匡胤没留意王彦升会来这一手,龙袍披在身上,扯也扯不下来,就这么被大家推着往外走。等到了门外,赵普大声宣布:"我们请赵将军做皇上,我们回京城去,不能让那些人害了我们的家人!"

大家连声高呼:"皇上万岁,皇上万岁!"

赵匡胤被大家拥护着,赵普安排道:"起程,回京!"

赵匡胤挥手止住大家:"大家要我做皇上,可以。但是得答应我一个条件,进京之后,不能烧杀抢掠,必须秋毫无犯!今天凡是参加的各有封赏,但决不允许抢掠!"

赵普连忙让楚昭辅先行回京,安排杜老夫人等避难,同时和石守信、王审琦联系,让他们做好内应。

京城的老百姓已经开始出逃。大家都有了经验,每次禁军拥立新君主,都会纵容大军抢掠三天。这些禁军官兵,热衷于拥立新君,底层的多是为了这三天的大掠,中高层的除了得到大掠的好处,还有机会升官。

可是,赵匡胤让潘美做监军,所有抢掠者格杀勿论。赵匡胤要打破这个恶性循环,让士兵知道,他们回京不是抢,不是掠,是来勤王,做真正的治国平天下的大事。

第二卷　陈桥双辉

大家心里有点失望,但对赵匡胤是敬服的。

其实,中上层军官是不愿意抢掠的。抢掠之后,京城满目疮痍,恢复非常困难,更加加重了新政权的难处,更重要的是,人心弄散了,新皇上怎么当得好,军队还有什么威望?

赵匡胤派楚昭辅和王彦升先悄悄回京,让楚昭辅去通知王审琦和石守信,让他们保护好皇宫,同时开一条道让大军回京。王彦升回京后立即找王审琦,要逮捕范质、韩通等人,不让他们作乱。同时他还有一个使命,回京后,他要安民。这个差事不好做,他没有名目,名不正则言不顺,他代表谁安民呢?

赵普编了一些民谣,让他回去满大街张贴。

王彦升不识多少字,但那些民谣都还挺有意思:"天上两个太阳,地上两个皇上!""新皇上爱民如子,老皇上吃人不惜!""赵氏做皇上,安稳放心上!"王彦升道:"这些有用吗? 不如我让人到处喊话,'拥立赵匡胤当皇上的,不杀,反对新皇上的,一律杀掉!'这更管用!"赵普说:"千万别,你今天进城,就让人到处张贴,这样老百姓就不跑了。"

王彦升点点头,说:"放心吧,这事重要,我不会搞砸的!"

赵普又在王彦升耳边道:"进城后,第一件事,是韩通。"

王彦升道:"怎么对付他?"

赵普用手掌做了一个刀劈的动作,然后厉声说道:"从来就没有见过不流血的兵变!"

王彦升笑着说:"这个还不容易?"

赵普又叮嘱他:"其他人万万不能杀,切切要记住,一个都不能杀!"

王彦升说:"放心吧,只要他们不反抗,就不杀!"

二、急迫兵变

从来没有一支大军会这样雄赳赳气昂昂地归来,他们没有打胜仗,却比打了胜仗的士气更加高昂,他们沿途都在跟百姓说大周就要变天了,要有新皇上了,大家要过上好日子了。

老百姓早就有了心理准备,这回还真没多少人跑路,甚至还有很多人来迎接他们。

老百姓就是这样,希望有个新皇上,希望这个乱世有所改变。更重要的是,赵匡胤在军中的确有威望,派出去的细作回来报告,袁彦和李筠都没有动静,而李重进的兵马出来一天,到了六合就又回去了。

赵匡胤知道,现在的问题只有一个——韩通,如果他不反抗,就什么事也没有了,兵变成功了。

兵贵神速,初五的早晨,天还没有亮,赵匡胤的大军已经回到了京城外。

巍峨的城楼从薄雾中显现出来的时候,他们又回到京城了,这回他们是来当家做主人的,大家都非常兴奋。

赵普和赵匡义走在队伍的前面,到了城门边,他们看到城门上还留有给他们出征送行的标语:"除蛮夷,征必胜!"那是老百姓和看城楼的军士们合力用石灰水刷出来的大字,赵普有点不好意思,但这个时候也顾不得那么多了。

赵普想起出城的时候,他们和这里的军士还喝过酒,当班头领姓陆,便大声喊道:"陆头领,快来开门,赵将军回来了!"

一时城门楼上伸出几个脑袋来,都是守城的军士,那个陆头领也在当中。赵匡义也喊道:"陆头领,是我们,我们回来了!"

陆头领喊道:"你们为什么回来?是战契丹得胜还朝?还

第二卷 陈桥双辉

是……"

赵普听出这姓陆的头领是不想开门,心想:难道他们要跟我们兵戎相见?还是韩通已经做好了开战的准备?

这时,赵匡义又道:"契丹强大,而我大周却不能全力迎敌,皆因皇上幼小,不能直接当政。另外,皇上身边出了奸臣,必须清除奸臣,否则大周就危险了。现在,我们拥立都点检为皇上,你们速速开门,保证你们不仅不死,而且论功行赏!"

陆头领道:"将军,恕我们不能开门,我们是皇上的门卫,为皇上守门,你们没有皇上的手谕,我们是万难开门的!"

赵匡义听了,暗暗心惊,也有些无奈,随后大喊道:"你们这是愚忠,这样会害了我们的大事,也害了你们自己!"

陆头领对城下的大军喊道:"说一千道一万,我们万难开门!"喊完,他问那姓乔的小头领:"你说如何?"那姓乔的小头领也道:"你说得对,我们是大周的军人,当为大周尽忠,今天,我们这门是开不得的。但是,不开门肯定是死,你说吧,我们如何自处?"

陆头领掏出佩剑,对众人道:"我给大周的军旗磕个头吧!这个门不开,我们也是挡不住他们的,如今,我们大家已经是死路一条了,我用自杀谢罪,可保大家一条活路!"说完,他自杀而亡。在他之后,那姓乔的小头领也道:"我怕他一个人路上孤单,又怕他一个人顶不了在座各位的死罪,我也去陪他一遭。"说着,他也对着大周的军旗磕了个头,然后拔出剑来。众人抱住他,他冷静地说:"你们不用劝我了。我死后,你们割下我和陆军校的头,等赵匡胤将军派人来的时候,就交给来人,他们不仅不会杀你们,还会好好地安抚你们。拜托各位了,我们死后,麻烦照顾我们的老小,逢年过节,来我们的坟上上杯酒!"

二、急迫兵变

说话间,姓乔的小头领,手起刀落,自刎而亡。

城门下,赵匡胤的大军越聚越多,赵普道:"留一半在此驻扎等候,其他一半人往北城门去,王彦升在那里等我们!"

赵匡义等带着将士们往北城门而去。北城门口,王彦升和一队殿前司的亲兵已经等候多时,他们拿了赵匡胤的兵符,告诉那些守门军士这里换防了。那些人将信将疑,但是看到兵符都不敢不从。王彦升带队来到城门之上,远远地看见赵匡义带着大队人马过来,对众人说:"开门,接将军进城!"

大家七手八脚地卸了门栓,用绞车把大门放了下来。

王彦升指着两个军士道:"你们留在这儿接应大家,其余的人跟我去找韩通!"

韩通家里,一军士飞奔而来,道:"将军不好啦,不好啦,赵匡胤谋反了,赵家军已经到城下了!"

韩通大惊,忙起身穿衣服。混乱间,衣服穿反了他也顾不得,"备马,备马!"他奔到大门口,家将已经牵了马来。仓促间,韩通带着一群家将往皇宫奔来。

范质等已经在殿上了,符太后在哭,柴宗训看着大家,满脸忧色。范质问道:"韩通呢?韩通呢?这个混蛋他去哪里了?这个时候还不见人影!"

韩通急急忙忙地上殿,道:"范相,我在这里呢!赵匡胤这个反贼,他已经带兵到了城下!"

范质质问道:"你做的什么京畿护卫?你连自己都护卫不了!"

韩通一听,道:"范老丞相,这不是互相责怪的时候,谁知道他要造反啊,是谁把他仓促间派出去的?为今之计,是派人守住皇

第二卷 陈桥双辉

宫,不让他进宫,我带人去抓了他的家人来做人质!你们赶快派人带皇上的手谕出城,找李重进、张永德等来勤王!"

魏仁浦道:"你看看,这里有军人吗?还有谁能守皇宫?"

众臣都道:"是啊,人家有二十万大军,而韩将军你手里只有一万人不到!"

韩通跺跺脚,道:"你们这些人,我算看明白了!你们都要投奔赵匡胤!"他心里很绝望,感觉这些人并不是真想抵抗。他扔下众人,跑到外面,点了几个人,道:"你们跟我走,我们去赵匡胤家,把他母亲和妻儿抓来!"

韩通带人奔着赵匡胤家而去。刚进赵匡胤家的街口,猛然间,一阵箭雨袭来,韩通身边倒下去好几个人。原来楚昭辅带着赵匡胤的家将,大约有五百多人,在巷子口筑起了工事,早已埋伏多时,就等韩通来。韩通见状,立即调转马头奔逃,他要回家,带上家人、家丁撤离。

韩通狂奔回家,刚进他家那条巷子,就遇上了王彦升。王彦升道:"韩通,我是王彦升,在殿前司赵匡胤帐下效命,今天特地来捉拿你,只要你乖乖就擒,我保你性命无忧,不然的话,我的刀可是不留情面的!"

那韩通已经吓得有点傻了,哪里相信王彦升的话,只知道王彦升是杀人无数的魔王,于是二话不说,抱着马脖子就冲,一下子就冲进了自家的大门。那些家丁看韩通回来,纷纷上前打探。这时,王彦升带着人也跟了进来,此时他已经失去耐心,举刀就砍,大喊一声,"杀——"便举刀冲进人群,一阵砍杀,将韩通一家八十余口尽数杀绝,韩通更是被剁成了肉酱。王彦升还不放心,让大家清点人数,发现就是没见韩通的长子。韩通的长子叫韩守祯,是个矬

二、急迫兵变

子,长得矮小,但非常有智慧。当初,他就反复跟父亲说,一定要先下手为强,解决赵匡胤,否则将来不仅韩通自己没命,还会连累一家老小!赵普跟王彦升交代过,要找到韩守赟,但就是找不到。王彦升心里气得不得了,左思右想,让大伙儿又搜了一遍,但确实搜不到。

赵匡胤进城之后,直接回到殿前都点检衙门,石守信在那里守着。听说赵匡胤回来了,他立即率众将出来迎接,道:"将军,是否升帐?"

赵匡胤说:"升帐,我有话说!"

大家都觉得赵匡胤肯定有很重要的话要说,纷纷聚拢起来,结果他只是说:"少帝和皇太后,我曾经侍奉他们为君主,所有的公卿大臣都是我朝中的同僚,你们不得凌辱他们。近代以来,自立为帝王者,初入京城,都要纵兵大掠,抢劫国库和街市,你们在陈桥驿回师的时候,都许过愿,发过誓,不再如此。所以,我希望大家遵守。事情成功,我一定重赏大家,如若不然,我一定不会轻饶各位,犯禁者一定灭族!"

赵匡胤说完,回内屋去了。

大家愣住了。石守信当仁不让,一一安排军务,道:众将分头把守京城各重要关口和部门,不得抢掠,各大街市不得关门闭户,要开门营业,整个京城秩序井然!

剩下赵匡义等,大家摸不着头脑,赵匡胤到底在等什么?这个时候,王彦升回来了,道:"大哥做皇上了吗?大哥封了我什么官?"当得知赵匡胤在里屋睡觉,不让大家进去,就道,"我看啊,赵大哥是想要皇上来请他就任,我们请他做皇上不算数,要那些大臣们和皇上请他做,你们说是不是?我去找范质他们来,让他们来请大哥

第二卷　陈桥双辉

上任！"

赵普点点头，道："谁说王将军是粗人？王将军是一等一的精细人！"

王彦升马不停蹄，到了宫里，找到了范质、魏仁浦和王溥，让他们一起去都点检衙门。那范质气得浑身发抖，责问王彦升道："你们赵将军食大周俸禄，却干出这等不忠之事，为何还要来羞辱我们，不如杀了我们罢了！"王彦升哪里有空听他啰嗦，让两个军士一把架起他。那两军士一左一右，夹着他，边上又有人上来，七手八脚就剥了他的衣服，道："这是周朝的官服，你还想做周朝的官？现在改朝换代了！"有人看他还戴着帽子，一把便扯掉了。

王彦升又搜寻符太后和柴宗训，到处找不到，一问才知道，符太后和柴宗训已经到世宗的功德寺去了。柴宗训脱了龙袍，在那里待罪，等候赵匡胤发落。

王彦升道："走，去功德寺，把太后和小皇上请上，一起去都点检衙门！"

这个时候，魏仁浦拱手一礼，对王彦升道："王将军，太后和皇上毕竟是我们主上，还是我们先去都点检衙门和都点检商议以后，再去请太后出面吧！"

王彦升想想也对，毕竟是皇上和太后，他也有点儿发怵。

王彦升押着范质、魏仁浦、王溥等人来到都点检衙门，赵匡胤听说三位宰相来了，立即从里面迎了出来。范质一见赵匡胤，大声质问道："先帝待你如兄弟，如今先帝尸骨未寒，你却要取而代之，要从他孤儿寡母手里夺取皇位，是何居心？"

说完，他回头看看魏仁浦和王溥，希望他们两个至少在口头上声援自己，可那两人都不说话。两人眼神闪烁，不敢跟他对视。

二、急迫兵变

赵匡胤一听范质的质问,落泪道:"老丞相,我受世宗厚恩,一辈子也报答不了,我怎么会做这样的事情?我今天为三军逼迫,不得已到了这个地步,实在是有愧天地。如今,我也不知如何收场。我遏制了三军,不得劫掠,现在,大家都还听话,京城也算稳定,不过,我也不知道能遏制他们多久。此事如何了结,就请三位宰相尽快定夺!"

那些军士听赵匡胤这么说,都觉得憋屈,对着三人怒目相视,道:"我们都是粗人,今天没有主上不行,我们一定要新皇上!"

赵匡胤大声呵斥,要众人退下。

魏仁浦道:"自古皇位贤能者居之,就请赵将军接受禅让,登皇位吧,臣等愿意听从皇上号令!"说完,魏仁浦"扑通"一声跪下了。王溥见魏仁浦跪下,也跟着跪了下来。

范质一看,真是大势已去,道:"先帝待你不薄,还请侍奉好太后,安抚好少主,这样我们这些旧臣也能安心!"

赵匡胤道:"老丞相,你放心,就算你不说,我也会这样做!"

登基的事拖不得,一时间,大家簇拥着赵匡胤来到崇元殿。范质、魏仁浦、王溥召集文武百官举行禅让大典,让小皇帝把皇位禅让给赵匡胤。

赵匡胤来到皇宫时,已是傍晚时分,皇宫里的太监和宫女们在王公公的带领下都集合好了,正等着赵匡胤。王公公见赵匡胤进来,立即带着大家下跪,道:"迎接皇上!给皇上请安!"

太监们一溜一溜地跪倒,接着是宫女们。周世宗节俭,太监宫女本来就不多,再加上出现兵变跑了一些,留下的就更少了。赵匡胤看见跪着的宫女中有两人手里抱着孩子,赵匡胤知道那是世宗的儿子。世宗有四个儿子,老大柴宗训,老二夭折了,看来这就是老三和老四。他侧身对潘美道:"你去处理,这个不用朕说了吧。"

潘美两只手在剑柄上不住地搓着,低声道:"末将知道怎么处理,可是一想到先皇的恩德,末将就止不住地难过!"

赵匡胤低头想想,走到龙椅边坐下,知道潘美有想法。赵匡胤接了王公公递过来的茶,想了想低声对潘美说:"你去吧,世宗毕竟曾是皇上,他的儿子不能做你的儿子,就认成侄子吧。"

潘美这才松了一口气,俯身在赵匡胤耳边道:"我一定好生养大他们,让他们懂道理,过寻常百姓的生活!"

王公公听在耳里,但假装没有听见。

符太后牵着柴宗训的手进了大殿,赵匡胤几乎认不出她了。昔日光彩夺目的符太后,这会儿穿着民间仆妇的普通衣裳,柴宗训也脱去了龙袍,只穿着普通人家的小夹袄,下身是一件灰色的土布裳。他还是个孩子,眼睛里透露着恐惧。这种恐惧不是一个小孩子应该有的,赵匡胤有些不忍,但他不能说什么,这就是政治。他看着符太后,想起当初她为他主婚,又把妹妹嫁给自己弟弟,心里很是难过,但这会儿他只能冷冷地对着符太后点点头。

门外,乐工开始演奏,王朴亲手订立的礼乐终于可以用了,当初授命他整理礼乐的世宗,怎么也不会想到,这礼乐竟然是用来结束大周王朝,开辟赵家王朝的。

王公公来回打点着,他同情眼前的这对母子,但别无他法。就犹如赵匡胤同情这对母子,也别无他法一样。

范质走到符太后跟前,向符太后禀告道:"禀告太后,已经跟皇上说过了,新朝会善待你们母子的!"

二、急迫兵变

符太后点点头,这个时候,她已经不能决定自己的命运,好在她很有自知之明。当初赵家军进城的时候,她就认命了,早早地脱了装束,到功德寺去等待新主人的宣判,这让她能在新主人面前获得活下去的资格。

禅让大典开始了。一群惊魂未定而又各怀心思的文武百官,终于被找齐,也终于都各就各位了。他们排着整齐的队列,等待仪式的进行。他们不仅仅是这仪式的观礼者,也同时是这仪式的参与者,赵匡胤需要他们见证这一刻,需要他们来证明他这个新皇上的合法性。可是,大家都忘记了一件事,那就是禅让诏书,赵匡胤直到王公公宣布禅让仪式开始时才想起,根本没人拟这个文书。

总不能让太后临时讲话,这可马虎不得。

这时候,赵匡胤发现,从文臣的队伍里走出了翰林学士陶穀,他掏出早已写好的禅让诏书,道:"太后,这是微臣拟定的诏书。"

赵匡胤想:此人奇才,他能预测到朕需要诏书?还是赵普事先就做好了安排?他看看赵普,赵普没有看他,而是在忙着安排各项琐事。

符太后代替柴宗训开始宣读禅让诏书:

> 天生蒸民,树之司牧,二帝推公而禅位,三王乘时而革命,其极一也。予末小子,遭家不造,人心已去,天命有归。咨尔归德军节度使、殿前都点检赵匡胤,禀上圣之资,有神武之略。佐我高祖,格于皇天,逮事世宗,功存纳麓。东征西怨,厥绩懋焉。天地鬼神,享于有德,讴歌狱讼,归于至仁。应天顺人,法尧禅舜,如释重负,予其作宾。呜呼钦哉,祗畏天命。

第二卷　陈桥双辉

这个诏书念得可不容易。符太后得强迫自己说否定自己的话，还要强迫自己说别人的好话，还得把言不由衷的话说得特别像真心的。

符太后读完诏书，牵着柴宗训的手，退到一边。范质在前引导，在魏仁浦、王溥等众臣的叩拜中，赵匡胤走向龙座，终于坐上了皇位。这时，符太后又双手托着诏书向前几步，呈给坐着的赵匡胤。赵匡胤接过诏书后，先下殿，在偏殿中换了龙袍，然后由宣徽使李高利宣布他升殿，接受百官朝贺，同时处理国务。

因为赵匡胤任归德军节度使，治所在宋州，所以，他定新朝的国号为宋，改元"建隆"。

从此，大宋王朝诞生了，中原的历史翻开了新的一页！

赵匡胤升殿的第一件事，就是封柴宗训为郑王，封符太后为周太后，以奉周祀，使郭威、柴荣地下的亡灵不至于绝飨，同时迁周太后和郑王于西京洛阳。赵匡胤没有食言，履行了对范质的承诺，侍奉太后如母，养育少帝如子。只是，郑王寿命不长，二十一岁就过世了，而周太后则一直活到淳化四年(993)。

三、绝命讨伐

1. 无法安眠

　　天气好时,赵匡胤就喊了赵普一起出门走走,王彦升虽然新任京城巡检,但实际上他也不怎么懂如何护卫皇上,用的还是当初军营那套,在他眼里皇上四处走走看看,并没什么。这给了赵匡胤不小的自由。

　　这天,赵匡胤约了赵普到汴河上钓鱼。天刚刚下过大雪,远近四处,都是齐膝深的雪,汴河上结着冰,值班军士弄了一只雪橇,赵匡胤和赵普一起坐在雪橇上,军士们用绳子在前面拉着。冰面本身就滑,又落了雪,就更加滑了,军士们拉着绳子,跌跌撞撞,有时快,有时慢,后面的军士责怪前面的不出力,前面的又怪后面的不把好方向。一个军校正在喊后面的军士踩住,不要让雪橇滑动,结果,自己脚下一滑,一跤跌倒,雪橇也冲出去好远。赵匡胤哈哈大笑起来,要他们索性放开了跑。大家大笑着,前拉后推,左冲右突,玩起了溜冰。

　　到了汴河的中心,军士们凿了冰洞,赵匡胤坐在雪橇上,拿了鱼竿,一边钓鱼,一边对赵普道:"魏仁浦因为没有参加科举,一直

第二卷 陈桥双辉

受到范质、王溥等人的排挤,所以比较支持我们,这次应该让他继续留任枢密使,范质和王溥也都暂时不动,留住他们可以安抚人心,你任枢密直学士,如何?"

赵匡胤暂时还不能太明显地去旧纳新,那些老臣如果反弹严重,还会带动各路封疆大吏一齐反对新政权。赵普自然理解,他一拎鱼竿,鱼线上果然有条鱼,鱼太大了,鱼线"啪"的一声断了。

赵匡胤道:"要钓大鱼,不能急啊!"

赵普道:"大宋江山,要稳扎稳打,要做千年、万年的强大王朝,要一统山河,海内谐心,建造天下人的王道乐土。要做的事情太多了,没有时间争职位。再说了,现在我们立足未稳,团结大多数才是正道,利用好所有能利用的人,让天下英雄聚集,让天下人心聚集,这才是我们要做的!"

赵匡胤点点头,知道赵普理解他。他把自己的鱼竿交给赵普,道:"朕的鱼竿交给你,我们有几斤几两,又能钓到几斤几两的鱼,你心里要有数,我们的河海是全天下的河海,我们的鱼竿承担着全天下的重量啊!"赵匡胤解开衣扣,脱下衣服,那是一件蓝狐皮袄,将其披在赵普的身上,问道,"你看军队的人事,如何安排?"

赵普道:"暂时只能是过渡,万万不能大动。现在是要稳住中央禁军,用稳住中央禁军的办法稳住周边的节度使们,能争取多少时间是多少时间,我恐怕李筠和李重进肯定是要造反的,其他的,还有一些在骑墙,比如袁彦等。"

王公公端来两杯热水,跪在雪地上递给赵匡胤。赵匡胤立即道:"王公公,您年岁大,又是朕的股肱之臣,以后不必这样拘礼!"赵匡胤一下子把两杯都接了,一杯递给了赵普,一杯自己抿了一口。王公公看看赵普又看看赵匡胤,便说:"皇上,你们君臣也太要

三、绝命讨伐

好了。以后,我伺候您喝茶,就给您端一杯,你们两个分着喝就得了。"赵普这才发现,他喝的是赵匡胤递给他的茶,急忙道:"这可不敢,皇上就是皇上,臣子就是臣子,不能乱了分寸!"这时又一条鱼上钩了,赵普一提鱼线,几个军士一哄而上,立即去抓。那鱼力气太大了,在雪地上到处乱蹦,眼看着就要重新跌回冰洞里去,一个军士急了,他奋不顾身,一个鱼跃扑在了那鱼儿的身上,另外两个也立即扑过去,三个人总算制服了一条鱼。赵匡胤大笑起来,道:"大宋的军人,有你们这样奋不顾身的劲儿,何愁天下不能统一啊!天下的鱼尽归我大宋,哈哈哈哈。赵普,钓鱼的水平比朕高!"那些军士道:"都是皇上英明,找的地方好!"赵普也笑了,认真地说:"皇上,都是您授予我的鱼竿好!"

赵匡胤第一次在自己身边人的身上体验了权力的快感,道:"可惜了王彦升,他要做出牺牲,你去找他谈谈。朕要厚葬韩通,封赏他的儿子,而王彦升这次不能升职了,让他先挂个外地的团练使名衔,避避风头,不过人就不必真去了,就在京城巡检衙门先干着,将来有了机会再说吧!"

赵普道:"他逢人便说自己是巡检,给自己封了一个都城巡检的职位。韩通刚死,多少大臣心里慌着呢,王彦升杀了韩通,就接任韩通的职务,这难免会让那些老臣胆战心惊!"

赵匡胤道:"王彦升啊,王彦升,还是不成熟,没有城府,老捅娄子!"

"看啊,快看,这就是皇上。"远处有人喊起来,河边一下子聚拢来很多村民。赵匡胤索性走到民众中间,正在这时,人群中有一个人诡异地靠近赵匡胤,突然掏出一把尖刀,刺向赵匡胤。赵匡胤也是武将出身,虽然这会儿做了皇上,身上穿着龙袍,行动不便,但他

第二卷 陈桥双辉

有武将的敏锐,一个侧身,闪过了那人刺来的匕首,一伸手卡住那人的手腕,使劲儿一带,那人就趴下了。他又用脚一踹,那人在冰面上滑出十丈远,正好被赵匡胤身后的禁卫军抓住。

大家都愣住了,王公公更是赶上前来,挡在赵匡胤身前,各军士都拔出刀围拢来,护着赵匡胤撤回到了岸上。

赵匡胤到了岸上,却不走,叫人把那刺客押来。刺客被绑着推过来,赵匡胤问他:"不用怕,朕不杀你,朕只想知道你为何要刺杀朕?"

那刺客道:"你窃取大周江山,人人得而诛之!我乃大周军队校官,我誓死效忠大周!"

赵匡胤沉吟了半响,对那刺客道:"朕不难为你,你走吧。至于后周江山,朕一定要拿它来善待百姓,给朕二十年时间,朕给你一个天下一统的大宋,如果朕哪天真的做得不好,你再来刺杀朕,不待你动手,朕会引颈就戮!"说完,他命令护卫,"放了他!"护卫们你看看我,我看看你,都松了手。

回程的路上,赵普道:"皇上,为今之计,要立即大赦天下,同时要立即安抚后周的军人。我看,原来侍卫司的将官们一定要尽快安抚,要多加升赏,否则不仅侍卫司的人会不满,外地地方大员们的军队也会动摇。人就怕前途不确定,他惧怕我们,就容易出事,他相信了我们,就安心了。"

"朕已有主张,你看看如何?"赵匡胤道,"高怀德、张令铎、张光翰、赵彦辉等侍卫司的将领,都官升一级直接留用。韩令坤一定要稳住,就让他做侍卫司马步军都指挥使吧,他是李重进的人,由他代替李重进,可以让李重进无法反对。李重进就擢升太尉,同时让

三、绝命讨伐

石守信做副都指挥使,一方面是辅佐他,另一方面也有些掣肘。慕容延钊有人望,也要安抚,就让他做殿前都点检,让王审琦做殿前都指挥使,辅佐他,你看如何?"

赵普点点头,道:"跟我想得差不多,就应该如此,应该赶快宣布。另外,文官这边,只要加几个我们的人,其他都不动,您看呢?是否可以请归德军节度判官刘熙古任左谏议大夫,观察判官吕余庆任给事中,另外沈义伦放到户部去,可以先任郎中。"

"这个你来定,朕看光义就任殿前都虞候吧。从今天的情况来看,恨我们的人还不少,要尽快让王彦升到位,光义要尽快成长!"赵匡胤没有提什么反对意见,只是补充了一下。

"接着就是对李重进、李筠、袁彦、张永德、符彦卿这些人进行安抚,都给他们擢升两三级吧,分头派人去。"赵普道,"这些节度使,手上有钱、有权、有军队,一定要各个击破,让他们表态!"

"这不能拖,分头让人去吧。朕写信,你找人,比如符彦卿,要立即去跟他解释,说我们会善待符太后,就让光义去。他去见自己的岳父,说话要容易一些。张永德那里派曹彬去,张永德一向欣赏曹彬,曹彬信佛,又沉稳,他去应该问题不大。袁彦那里,要派个厉害的角色去,当年朕跟袁彦打交道,就没占过上风,现在朕做了皇上,难道他袁彦就不能让朕一下?派潘美去!"

曹彬和赵光义去见张永德和符彦卿,这两个人很爽快地答应了。

没过多少天,派去见袁彦的潘美也回来了,袁彦开始只和潘美喝酒,不谈接旨的事。后来听说周朝的旧臣一个没动,枢密院及侍卫司、殿前司还是那些人,他就勉强接受了,但又提出免除陕州三年税赋的要求。潘美不好答应,也不好拒绝,就请赵匡胤酌处。另外,袁彦派了他儿子和潘美一同回京,并让他儿子就留在京城侍奉皇上。赵匡胤明白袁彦没有异心,他是按照老规矩,让儿子来做人质呢!

这些人都还算好说话,难的是潞州的李筠和扬州的李重进。

2. 征讨李筠

李筠原本是后周开国皇帝郭威的好友,当年他和周太祖郭威并肩作战,拿下后汉国祚,郭威称帝,他是开国功臣,迁李筠为昭义军节度使、检校太傅、同平章事,治潞州。

赵匡胤接受了禅让,去周立宋,李筠难过,好几次拿出周太祖郭威的画像,对着画像哭。他对郭威和后周有感情,如今江山易主,没个商量。

更重要的是,赵匡胤年纪轻轻,是个后生,要让老臣对着他下跪称臣,他心理上受不了。他也反复试图说服自己,可情感上就是不能接受。赵匡胤不过是个晚辈,没有什么特别的功绩。

这天,他正对着郭威的画像喝酒,心里难过,哭了一会儿,他的谋士闾丘仲卿来劝他:"主公,你不能这样意气用事。要起事,现在是孤掌难鸣,而且得准备,不如派人去赵匡胤那儿,递上贺表、礼物,先去看看动静,看赵匡胤怎么对我们,然后再做决定。我们要是老不表态,就怕赵匡胤要起疑啊!"

"呸!赵匡胤小儿,窃国大盗尔,我怎么能北向侍之。将来九泉之下我怎么对我的老兄弟交代,我不可能服他!"

李筠根本不听劝。

"主公,实在不行,您暂时什么也不做,就等赵匡胤来,难的事情让他去做,我们以不变应万变!"闾丘仲卿又道,"不过,如果是这

三、绝命讨伐

样,不如我们事先准备起来,将来有个异动,还好自保。为今之计,我们得对外联络北汉、西蜀、南唐、契丹,对内联络李重进、袁彦等,朝中的大臣们也要打点,尤其是丞相范质、中书舍人赵逢侍,还有刚刚退下来的老丞相李穀!"

"这些你去做吧。多带金银,派得力的人去说项,包括北汉的刘钧,他虽是个小国寡君,却也曾是我中原正朔。至于契丹,那是北方蛮夷,觊觎我中原沃土,我文明之邦岂能北向而侍蛮夷小儿?我们万万不能学石敬瑭,跟异族合谋,那是要被世人唾骂的!"李筠吩咐道。

两人正议论着,李筠的儿子李守节来了,进门便问道:"父亲,您又喝酒了?母亲三番五次劝您老不要喝酒,您不是说喝酒就头疼吗?"

李筠道:"你们几个争气,我就不用喝酒了。你们几个不争气,我就只能喝死算了。"说着,李筠拿过酒壶,又斟上一杯,"来,来,你也喝上一杯!"

"父亲,孩儿哪里让你失望了?你批评孩儿吧!"李守节其实是个孝顺而懂道理的人,在潞州的年轻一辈中,也颇有人望。

"我听军队里的人说,你要归附宋室?归附他赵匡胤?你倒是很有见识啊!"李筠冷笑了一声,一口喝了酒,抽出佩剑扔在地上,"你拿去,看看有谁不愿意跟你归顺宋室的,你就杀吧!"

李守节吓得立即跪下道:"父亲,孩儿可不敢擅作主张,一切都听您老吩咐!"

"你要夺权,独当一面,还早着呢!"李筠醉醺醺地看着李守节,"郭家的天下,大周的皇权,轮不到赵匡胤来夺。要夺,也是我夺。我的权,现在也还轮不到你,你要做赵匡胤,还早着呢!"

第二卷　陈桥双辉

闾丘仲卿听着李家父子的对话,忧心忡忡,道:"当今天下,能跟赵匡胤一争胜负的只有契丹,南唐、蜀国、北汉都不是对手,如果我们不能和契丹联盟,那就一定要和李重进联盟,能打败赵匡胤的就只有我们大周的自己人了。"

李筠看看闾丘仲卿说道:"你怎么长人家志气?我有儋珪这样的大将,有胯下汗血宝马,有掌中百步神弓,我怕他赵匡胤小儿?他是个宵小晚辈,你们为何这么怕他?"

闾丘仲卿点头道:"是,是。不过,您看李重进那里,是否现在就派人联络?"

"李重进多谋而寡断,做事不利落,恐怕去而无功,不过你还是派人去吧。实话说,有他无他都无妨!"李筠道。

闾丘仲卿又道:"主公,如果您下定了决心,此事宜早不宜迟。北汉的援助,如果没有契丹支持,恐怕不能得力。如果我们孤军起事,最好的办法是避其锋芒,先上太行山,拿下怀州、孟州,占据并死守虎牢关,然后我们就有主动权了。向东可以威胁洛阳,和赵匡胤一争天下,保守一点,守住虎牢关,可以让潞州长期自保。一旦形成胶着战局,李重进、袁彦,乃至符彦卿等就会动摇,而南唐、蜀国、荆湖的其他小势力,就会投靠我们。"

李筠道:"你说得也有道理,但不必那么麻烦,只要北汉来援,我们就可以直接起事,从泽州出发,直取汴梁,一战而定乾坤!"

闾丘仲卿还想说什么,李守节拉拉他,二人退出。

小道上,闾丘仲卿叹气道:"主公太轻视赵匡胤了,赵匡胤这个人多谋善断,而且善于用人,如今禁军都在他手里,敌我实力相差十倍,如何是好?"

李守节道:"我看还是要劝父亲,要是潞州没有中原支撑,就不

三、绝命讨伐

是潞州了。北汉刘钧地小人稀,多年来连我们都打不过,哪里能真正支持我们和赵匡胤一拼?闾丘先生,您可要谨慎,不要鼓动主公!"

闾丘仲卿面露难色地说:"如果主公一意孤行呢?"

李守节沉默不语,闾丘仲卿看看李守节,道:"局势危殆,公子,您可不能先丧气了!"

御花园里,赵匡胤在听戏,王皇后坐在他身边。天已经热起来了,赵匡胤喝了一点儿米酒,有点昏昏然,坐在椅子上打起瞌睡来了。他手里拿着一把玉斧,王公公盯着那把玉斧,许是有一刻,赵匡胤真是睡着了,手一松,那玉斧沿着衣服滑落下来。眼看着就要掉地上了,王公公显出与其年龄不相称的敏捷,一把托住了玉斧,那玉斧妥妥地落在了他的手里。

赵光义在边上看着,觉得奇怪,这个王公公是有武功的啊!刚才那个动作,一般人做不出来。

王公公把玉斧托在手里,等着赵匡胤醒来。没想到赵匡胤闭着眼睛道:"王公公,范质、李穀他们有什么动静么?李重进呢?"

王公公道:"皇上圣明,范质和李穀都收到了李筠的信,范质没有回信,李穀的回信已经送出了。"

"李穀的信,你看了吗?"赵匡胤知道,这个王公公手下有一批专门检视信件的人,有些人已经安插下去十数年,都是老手,是当年受世宗所托布下的眼线,现在正好接着用,让他们为大宋尽忠。

"回皇上,李穀的信,我让人誊抄好,放在您桌上了!"果然,王公公会意,早就布置妥当了。

"不用看了,烧了吧。"赵匡胤道,"以后,恐怕还有这样的信,都

第二卷　陈桥双辉

不用给朕看了,你看过则可,然后烧了。"

王公公小声道:"那我就列个名单给皇上,比如赵逢侍等。"

赵匡胤摆摆手,显然心情不那么好,道:"这个名单也不用列了,你能把朝廷里所有人的名字都列出来?这个时候,脚踩两只船的人肯定不少。想当年,我们大败北汉,而朝中那些大臣却十有八九还和北汉往来,世宗也没有拿他们如何。如今,我们大宋要以理服人,就让他们联系吧。"

王公公弯腰点头,道:"皇上说得是。这个名单列不得,咱们不列!"

赵光义在边上听得心惊肉跳,道:"皇上,果然如此,这些人里通反贼,应该格杀勿论!"

赵匡胤道:"多数人只是没骨气,耍个滑头而已,想骑墙观望,杀是杀不尽的。要的是怀柔,稳住他们,他们不冲出来主动谋反就可以了。再说了,这些文人有什么要紧的?秀才造反,十年不成,让他们去骑墙好了,变不了天。倒是那个李重进,我们要稳住他。处理李筠的时候,如果他从后面捅我们刀子,那就麻烦了。王公公,你派出去的人如何了?带了多少银子?"

王公公道:"皇上,李重进派了手下军校翟守珣负责和李筠的联络,翟守珣已经从扬州出发,明晚就要经过汴梁,老奴请您单独见一见他。老奴已经安排好人手,明天就能接到他,不过此人恐怕只有皇上亲自出马才能搞定。"

赵匡胤突然来了精神,站起来,走了两圈,道:"这个人朕记得,当年有过一面之缘,有点见识。朕随时可以见他,而且朕可以便服出城去见他,他可能不方便来见朕。"

赵光义道:"皇上,让我陪你去吧。我不放心,要是有危险怎

三、绝命讨伐

么办？"

赵匡胤摆摆手，道："你去准备对李筠的战事，朕料他不久就会反叛，命石守信为主帅、高怀德为先锋，带兵向泽州方向移动，在泽州拖住李军，等朕的亲征大军赶到，再和李筠决战。你，还有马全义、李继勋等，准备随朕亲征！"

赵光义道："我们都走了，谁来留守京城？"

赵匡胤想都没想，用玉斧一点道："赵普！"

正说着赵普，赵普就来了。他拿来了一堆地图，道："皇上，我这几天研究了李筠可能的战法，不好对付啊。关键是，只要他起事，就可能会带动一大片！对外，我们最担心的是他和契丹联合；对内，我们最担心的是他和李重进联合。除此之外，从战略上讲，如果他占领虎牢关，据险自守，可以自立称王，偏安一隅。虎牢关居高临下，易守难攻……"

赵光义道："赵先生，你是不是想陪皇上亲征？"

赵普道："那是当然，这场战争关系国家存亡，必须速战速决，我得陪皇上去！"

赵匡胤"嗯"了一声，赵光义和大家都转头看向他，赵匡胤想了又想道，"好！还是你陪朕出征！"

3. 双面间谍

翟守珣领了李重进的将令，从扬州出发去潞州。

李重进接到李筠的信之后，决定尽快和李筠商量出兵的事，两个人一块儿出兵，胜算大一些。尽管两个人之间有重大分歧，但是眼下，他们共同的敌人是赵匡胤。

李重进把翟守珣当作自己的心腹。可是，他并不知道翟守珣

第二卷 陈桥双辉

的内心是怎么想的,更不知翟守珣的真实身份。翟守珣是当年世宗派在他身边监视他的细作,由王公公主管。如今,王公公利用他为赵匡胤服务。翟守珣装扮成马贩子,去西域买马,这样一路往泽州、潞州去就有理由了。他选择坐船,经邗沟到淮河,然后再沿着黄河,骑马西行。这条线路,可以经过汴梁,也可以不经过汴梁,他想了又想,还是给王公公发了一封密信,告诉王公公他要去潞州,然后就在泗州等王公公的消息。

翟守珣其实是王公公一手培养起来的亲信。当年周太祖郭威在世的时候,给了王公公一笔钱,让他选拔一批将才和文人,通过秘密培养,把他们放到各个大臣的军队、家庭中去,用他们来监视这些军队和大臣。翟守珣是个孤儿,从小被王公公收养,认王公公为义父,有了这层关系,尽管翟守珣在李重进营中已经做到了三品观察使,但他内心还是把王公公当成自己的直接主管和大恩人。王公公这批亲信在世宗期间发展壮大了不少。

当他走到泗州的时候,王公公派的快马已经赶到,他得到王公公的密令,要他经过开封一趟,有要事相商。

有了王公公的命令,他便不再拖延,催促船家立即赶路。

汴梁刘家洼码头。这地方他熟悉,当初在这里驻扎的时候,他特别喜欢去附近一家春来面馆,面馆的老板娘还是他相好。如今再次回来,已过三年了,这里有了很大的变化。世宗是个好皇帝,他不仅把邗沟河疏浚了,而且把汴河疏浚了。这里的水道更加宽阔了,码头也修得更加高大了,岸上的商业街则完全是新修的,老街不见了。他信步走上新街,一眼看见了春来面馆。在外的游子就是这样,见了熟悉的饭馆都会觉得亲切,更不用说那里还有老相好。他走进面馆,里面的伙计和账房他都不认识,这还不是饭头

三、绝命讨伐

上,店里没人。

他问账房:"春来老板娘在吗?"

账房推开手里的算盘,看看他,用手往后院一指,道:"老板娘在后院呢。您是哪位,我给您通报一声去?"

被账房这么一问,他心里突然一抖,心想:唉,是啊,我算哪位呢?

他摇摇手,找了一个桌子坐下,道:"不用通报,我就是来吃碗面。以前我经常来,从前的账房和伙计我都认识,现在变了,都不认识了。"他有些惆怅。

那账房倒是热情,招呼说:"那您坐会儿,正好歇歇,我给您沏壶茶。"

正说着,从后院走进来一女子,三十来岁的样子,后面跟着一个小女孩,约莫三岁。他一看,这不是春来么?春来带着小女孩进来,哄道:"等你爹爹回来,他呀,一定会给你带好吃的。扬州,那也是大码头,有很多江南的好吃的!"

小女孩问道:"那有我们春来面馆的面好吃吗?"

"当然!"

"你不是说,我们春来面馆的面是全天下最好吃的吗?"小女孩问道。

他站起来,那女子一下子也看见了他,当场愣住,惊呼:"是你!"

"是我!"

那女子眼睛湿润了,转过身抱起孩子,然后吩咐伙计:"来,给先生端碗面汤来,滴上两滴醋。"

小女孩看看他,突然伸手喊道:"爹爹!"

他震惊了,看着那女子,问:"你女儿?"

第二卷　陈桥双辉

她点点头,用手挡住小女孩伸出的手,阻止小女孩喊他爹爹!

"她爹呢?"

她摇摇头,道:"不在了。"

"怎么回事?"

她不正面回答他的话,却说:"你怎么回来了? 我还以为你不会再回来了,你再不回来,我这个面馆就要搬走了。"

他看看她,恍然大悟道:"你在等我!"然后,又再看看孩子,似乎突然懂了,"现在终于知道,我为什么要回来了,因为你在等我!"

她突然流着眼泪说:"她更在等你呢!"她把孩子放在他手里,然后哭着奔进了后院。

他抱着孩子,跟着进了后院,才发现后院挺大。进了上房,迎面坐着两个人,一个是王公公,他正要上前参拜,另一人人高马大,打眼一看,吓得他放下孩子,倒头便拜,请罪道:"皇上! 罪臣见驾来迟!"

赵匡胤立即扶起他,轻声说:"这里没有皇上,只有朋友,朕今天来就是为了会你这个朋友。"

他又见过了王公公,王公公道:"皇上专门拨款,为春来面馆重新做了面门,又安置了人手。"这时,春来出来了,看得出来她已经补过妆。她拿来了一只新茶杯,给他斟上茶。王公公接过他手里的孩子,道:"你和皇上聊,我们出去。皇上急着见你,在这里等你半天了。"

他有些感动,慨叹道:"皇上乃九五之尊,能这样等在下这一介武夫,在下实在没想到。"

赵匡胤道:"听说你要去潞州,你且说来。"

他把李重进派他去和李筠联络,准备联手攻取汴梁的计划和

三、绝命讨伐

盘托出。

赵匡胤道:"时间紧急,朕也就不客套了。朕已经让人伪造了李筠的回信,回信中把李筠起事的时间推迟了半年。你回去劝说李重进,无论如何让他不要和李筠合作,就说他办不了大事。"

翟守珣道:"这个可以,不过不可能拖很久!"

赵匡胤知道翟守珣说的是什么意思,道:"朕赐李重进丹书铁券,擢升中书令,能换得他的忠心吗?"

翟守珣肯定地摇头道:"不可能,李重进终究不会归顺大宋。"

赵匡胤道:"朕给你准备了一点礼物,都放在店里了,你可速速回扬州,劝说李重进勿要造反。只要拖过半年,解决了李筠,一切都好办!尤其要劝说他,在李筠起事的时候按兵不动。我们已经想好计策了,都放在这封以李筠名义写给李重进的信里了。"

翟守珣点点头,他知道要是把这封伪造的信交给李重进,又劝说李重进不要和李筠一起造反,将来,要么是李重进死,要么就是他死。唯一让他能活下的机会是李重进被赵匡胤灭了。

赵匡胤知道翟守珣的处境,道:"翟守珣听封,朕封你为殿前司马步军副都指挥使。"

翟守珣跪下谢了恩。赵匡胤又道:"我们君臣就以半年为约,半年内,朕必亲率大军,戏水于长江之滨!"说着,王公公敲门进来,赵匡胤起身,两人悄悄离去了。

李筠的节度使衙门偏厅内,李守节和闾丘仲卿在等京城来的使臣。

其实,李处耘、王彦升带着赵匡胤给李筠的诏书,在离开京城的那一刻,李守节就已经接到了密报,他唯一能交心的人是闾丘仲

第二卷　陈桥双辉

卿,可是在这件事上,闾丘仲卿却无能为力。

"少主,这个时候您可不能动摇,主公已经决定要造反,这个弯他扭不过来,我们就不能硬拉他。再说,如果我们出其不意,占领虎牢关,拥兵自重,退可以自立为王,进可以向东,争夺天下。"

李守节大惊,把手里的水杯都给扔了,道:"难道你们已经计划好了,一定要谋反?"

闾丘仲卿点点头,道:"箭在弦上,只等他赵匡胤出牌。而且,我以为此事宜早不宜迟,我方主动,方有胜算。"

李守节作为后周的第二代贵族,对后周的感情本来就没有第一代那么强烈,另外,他还有点崇拜赵匡胤,如果能和赵匡胤共事,天下太平,那有什么不好?可惜,他父亲不这么想。李守节左右为难,一方面忌惮父亲,另一方面也忌惮赵匡胤。照理说,朝廷的使臣过来,李家应该出城相迎,李处耘、王彦升也是这样想的,他们到了潞州城外,一看没人迎接,就先在城外住下了,然后派人来城里通报,结果城里还是没反应,两人就生气了。他俩在驿站里喝了点酒,睡不着,就议论起来。

王彦升快人快语道:"这个李筠,可能真如皇上所说,是铁了心要造反,这是要给我们下马威啊。他这样对我们,其实是不给皇上面子,不如我们直接回去,就说李筠反了,跟皇上要了兵再来。附近的黄州,有我的好兄弟富真,他那里兵强马壮,我可以找他借来兵马,咱们把李筠给灭了!"

李处耘虽喝了酒,但他想得比王彦升多,便问:"你忘记皇上的吩咐了?"

王彦升被李处耘这样一问,说不出话来。"我可没潘美的好脾气。据说,潘美几乎是舔人家屁股了,袁彦根本不见他,他就等在

三、绝命讨伐

那儿,最后给袁彦献上美女,才见得着面。见面的时候,听说潘美说尽好话,才让袁彦放弃造反,你相信他真是用一通大道理把袁彦给说服了?"

"潘美和袁彦拜了把兄弟回来,把袁彦给稳住了,皇上很高兴,觉得事做得漂亮。现在的局势对我们两个有利,袁彦是铁了心跟皇上,要是李筠敢胡来,袁彦就从后面给他捅刀子,你说这是不是对我们有利? 我们得说服李筠,至少不能让他现在反。"李处耘有点脑子,这也是赵匡胤派他来的原因。

"照你这么说,皇上还怕他李筠不成? 我们禁军有二十万人,全部在我们哥儿几个手里,他李筠有多少人? 区区三五万人,能把皇上吓住?"

李处耘起身,拿了诏书来看,又看看赵匡胤写给李筠的信。信上言辞恳切,称呼李筠为兄长,又说自己做皇上是迫不得已,现在既然做了,就希望兄长能让他一分,赵匡胤的信近乎是祈求了。李处耘道:"皇上给李筠的信真是谦恭啊。你想想,皇上能这样,我们就不能这样? 皇上不是担心李筠一个人,是担心李筠身后代表的后周势力!"

王彦升道:"我苦闷得紧,杀一个韩通,他就骂我,韩通不能杀吗? 杀一儆百,效果好得很,你看现在那个范质还有王溥,多听话。"

"这次可不行,除非我们真能把李筠给杀了!"李处耘道,"我恐怕他已经有了提防,我们根本近不了他的跟前。"

王彦升知道李处耘说的是刺杀。他有点明白,杀了韩通,皇上内心是高兴的,不杀人能叫兵变? 这次皇上派他陪着李处耘来,就是要用他的快刀。皇上是聪明人,他不说,就是让他们自个儿做,

第二卷 陈桥双辉

要是做好了,皇上自然记着,要是做坏了,皇上自然是没有干系的,这就是皇上的智慧。王彦升道:"只要他请我们吃饭,让我坐他的左边,我就有机会。"王彦升掏出一块玉石把件,在手上翻来覆去地把玩。

李处耘踱来踱去,道:"没有绝对的把握,不准动手,只有我给你发信号,你才能动。"他言辞非常严肃,盯着王彦升,王彦升看看李处耘,知道李处耘是动真格的了。这事不能瞎来,万一失败,就坏了大事。李处耘踱到他跟前,一把夺过玉把件,摸了两下子,一拔便打开了,原来那玉把件雕刻成了一只金瓜。不仔细看还以为是一个物件,仔细看才发现里面内藏乾坤,可以抓住后面的瓜秧拔开,拔开后,跟瓜秧连在一起的是一把玉石做成的剑,李处耘用手指头试了试,血顿时就冒了出来。

王彦升立即跳了起来,道:"哎哎哎,你找死也不能这样啊,这可是有剧毒的啊!"原来,这个瓜里喂了毒药,王彦升抓住李处耘的手指,用嘴猛吸,吸一口吐一口,吸一口吐一口,李处耘不动声色地看着,吸到最后,他的整根手指都泛白了,王彦升又给了他两粒药丸,"吃了,这个是解药!"

李处耘吃了药,还是来回踱步,最后说:"李筠乃武将出身,号称大周第一,他要见我们肯定是一身戎装,这个东西难起作用。"

王彦升不乐意地问道:"你说不起作用?那什么能起作用?"

李处耘还是摇头。

两人好不容易稍稍睡了一会儿,第二天早晨起来,还是想不出法子。第二天,李守节就派了人来,原来李守节终于说服父亲,让人去迎接他们。

李处耘和王彦升,到了潞州节度使衙门口,李守节和闾丘仲卿

三、绝命讨伐

才装模作样地迎出来。两个人作势要下跪,李处耘马上拦住道:"守节大兄,你我不用拘礼,只是节度使大人在哪里?我们可是带了皇上的御旨来了,还有礼物。节度使大人不接旨,传出去不好听啊。"

李守节道:"家父正在准备,请两位钦差大人到偏厅稍稍休息。"

李处耘和王彦升跟着李守节往里走,路边一步一岗,潞州军士的确训练有素,人人挺立如旗杆一般。到了偏厅,两个人打眼一看,偏厅里外围着军士,李处耘知道李筠是做好防范了,让人把京城带来的礼物全部放下,然后把礼物单子交给李守节,让李守节过手。

李守节倒是谦恭,一一过手,然后命人上茶。

李处耘和王彦升就坐着喝茶,一杯茶,两杯茶,三杯茶,一直喝到了晌午,又喝到太阳都偏西了,李筠还是没有出现。"连饭也不准备让我们吃了?"李处耘心里嘀咕,"如果是那样,恐怕我们今天是跑不掉了,李筠非得杀我们不可啊。"李处耘心里想着,看王彦升眼神不对,知道王彦升要发飙了,忙道:"守节大兄,王彦升王将军乃是都城巡检,他这次是特地慕名前来,想向李老前辈拜师学艺,不知道是否有缘。"李处耘也不提皇上御旨的事,知道李筠不出来是不肯接旨,就是不愿意做宋朝的官。

就在这时,闾丘仲卿终于出来了。他走到李守节跟前,道:"少主,主公为两位钦差准备午宴,样样菜都亲自过问,现在终于准备好了,请两位大人入席吧。"

李处耘虽不乐意了,但这鸿门宴还是得吃。看四周站着的都是潞州的兵,这些人说不定就是来结果他们性命的。李处耘站了

第二卷　陈桥双辉

起来,王彦升也跟着站了起来,李处耘悄悄打开御旨,放在袖袋里,"一会儿见到李筠,来个突然袭击,就颁给他。"他心里想。

到了宴会厅,李处耘一看,李筠果然是坐着的,根本没有站起来迎接他们的意思,又一看,那是每人一个的小方桌,主人和客人之间隔得远着呢。潞州和北汉接壤,再往北边和西边,就都是草原。这里的人,吃饭时也带有草原风俗,每人一张小桌子,上全羊是最大的尊敬,羊肉对他们来说,那也是最好吃的东西。

羊肉已经摆好了,得用手撕,酒也摆好了,每张桌子边上都站着一个美女,她们是专门为客人斟酒的。

李处耘灵机一动,几步走上前去,靠近了李筠。李筠有点警觉,身后的护卫立即冲上来,李处耘试出了李筠是真不放心他们。他掏出御旨和书信,放在一块儿,道:"李老将军,皇上让我带了御笔亲书的信给您,皇上说他想您,特让我们来问候老将军。"说完,他双手递上。李筠坐着没动,但是他那护卫不明就里,伸手就接了转递给李筠。李筠没法子,也只好接了放在一边。

"二位将军,乃军中豪杰,青年领袖,老朽佩服得紧,特地备置了一点薄酒,请你们赏光。"李筠倒也客气,说来也是,李处耘和王彦升之前没有得罪过他,相反,同在周朝为官时,他们两个地位低,还是很尊重李筠的。李筠端起酒杯,道:"来来来,今日只是饮酒,别的不谈,按照我们的礼节,远方的客人来,我们要先干三杯为敬!"说着,他一连干了三杯,李处耘和王彦升心里想:让我们饿到现在,又让我们空腹饮酒,这是什么路数?是不是要让我们醉酒失态,然后治我们的罪?李处耘和王彦升都是海量,就是三十杯酒下肚也不在话下,干完后,两人又回敬了李筠三杯。

两人坐定,刚想动手来点羊肉,却发现桌上既没有筷子,也没

三、绝命讨伐

有刀子。这时,闾丘仲卿端着酒杯走了过来,道:"两位将军能来潞州,是我们潞州百姓的洪福,我代表潞州百姓欢迎两位大人。"话刚刚说完,闾丘仲卿仰着脖子,三杯酒眼见着就干完了。

王彦升立即站起来,道:"闾丘先生,我是一介莽夫,不过也听过先生的大名,佩服得紧,就让我代表我们二人喝三杯,然后再回敬您三杯吧。"他有点担心李处耘,要是李处耘醉了就不好办了,他只能牺牲自己。可闾丘仲卿不高兴了,道:"哎,将军,哪里有这等话来,我当然是要与您二位一个一个来。否则,敬意不诚,我们潞州百姓是不答应的。"

王彦升一听,这怎么就代表潞州百姓的民意了?喝个酒还那么讲究?他只好耐住性子,等着闾丘仲卿先和李处耘喝了。他摸了摸腰里的玉石金瓜,偷眼看看李筠,果然让李处耘猜着了,李筠穿着戎装,身上披着软甲。

这一顿喝,李处耘和王彦升没过一个时辰,就有点支撑不住了。李处耘想来想去,只好站起来严肃地说:"各位大人,我和王彦升将军不胜酒力,还请各位原谅,只是你我同朝为官,今日有机会遇见,实在是高兴得紧。而今日更是一个喜庆的日子,就在刚才,李老将军接了皇上的御旨,升任中书令,皇上说了,李老将军是国家功臣,为国守边,应该和皇上一起共享天下,应该是一字并肩王。让我们一起祝贺王爷!"

李处耘虽然喝多了,可是他心里清楚,这个时候要是弄不好,是要杀头的,还会背上罪名,只要李筠说钦差大臣侮辱他,那他们二人就肯定没命了。于是,他举起酒杯,作势喝了个干净。

李筠身边的人不明就里,"呼啦"一声,都对着李筠大呼小叫地祝贺起来,然后干杯的干杯,斟酒的斟酒。就在此时,李筠突然泣不成声,他心里憋屈,赵匡胤明明窃了国,还堂而皇之地来封赏他,而他却要被迫接受封赏。"我愧对太祖啊!"他让李守节去请周太祖郭威的画像,李守节不敢不请了来。李筠把画像捧在手里,大呼:"太祖,我愧对你,没有守好你的江山!"

王彦升从斟酒的美女手里夺了酒坛子,往李筠身边来,李筠身边的护卫警觉得很,挡住了王彦升。王彦升还要往前趋,另一边又来两个护卫,李筠这才反应过来,看看王彦升,道:"王将军,你是要和老夫饮酒?"

王彦升见状,只得说:"大喜的日子,当然要饮酒,不醉不归么!我看将军也是海量之人,何不痛快一些,我们就以坛为器,喝个痛快。"

斜对面,李筠手下大将儋珪站起来,道:"听说王将军刀法惊人,改日倒是愿意用我的枪和将军游戏一番。今日得见将军,果然仪表非凡,愿意和将军交个朋友,陪将军来上几坛。"

王彦升本来是想用喝酒作掩护,借机靠近李筠,然后择机除掉他。不想儋珪手里也提着一坛酒,另一只手却悄悄地使着力气,点住了他的腰眼,儋珪明着也不敢乱来,只能暗地里抵着王彦升。王彦升的穴道被儋珪控制了,脑袋"嗡"的一声,气血上冲,瞪眼看看李处耘,李处耘别过脸去,不看他。王彦升整个身子再加一坛酒,全部扑向儋珪,儋珪不能躲,也不能反击,只好张开手,给王彦升来了一个怀抱。这个当口,王彦升用脚踩住儋珪的鞋子,手从酒坛子后面伸出,推了一把,儋珪"嗵"的一声向着李筠倒去。说时迟那时快,王彦升抬脚就向李筠奔去,可是身体还没动呢,脚下一绊,摔在地上,跟儋珪又抱到一块儿去了。

李处耘对着王彦升瞪眼睛,原来是李处耘绊的他,他没脾气

三、绝命讨伐

了。他想起身喊话,不承想两眼一黑,晕了过去。

当王彦升在客栈醒来的时候,已经是次日晌午,李守节和李处耘在楼下等他多时。他迷迷糊糊地下楼,看见昨天为他们斟酒的两个美女正穿红戴绿地站着迎接他呢。李守节道:"父亲派我进京向皇上谢恩,我跟你们一起走。"

王彦升摸摸脸,心想:怎么风向一夜之间变了?是不是昨晚的酒喝出了效果?

李守节打开一只箱子,道:"这是送给王将军的,家父让我向您问好。"王彦升一看,里面全是金银珠宝。他不爱钱,爱美女,倒是盯着那两个美女看。李守节是聪明人,一看就知道王彦升的意思,又道:"这位是家父送给您的。"李处耘插话道:"两位都归你,我不要。"王彦升看看李处耘,李处耘说的是真心话,他家里有个母夜叉,谁也不敢惹,带着小的回去,那是万万不可能的,除非皇上发话。王彦升耸耸肩,对李处耘道:"好吧,我就代你收着。"

三人一路无话,昼夜赶路,到达洛阳时,洛阳的地方官给了李处耘一封皇上的密信。李处耘一看,后悔不迭。密信说的是,事态有变,李重进已经安抚好了,要他们先解决李筠,让李筠尽快造反!李处耘知道,这出戏,上半场已经演完了,戏名叫《劝归顺》,下半场要开始了,叫《逼尔反》。李处耘这会儿还不知道,皇上让人伪造了李筠给李重进的回信,大意是说他李重进跟李筠不是一路的,李筠不会和李重进合谋。如今,李筠准备归降北汉,以后井水不犯河水。这信能迷惑李重进一时,但李重进日后要是真的好好想想,一定会看出破绽。现下,必须逼李筠立即谋反,然后尽快平定李筠,让全天下人看看新皇上的厉害。

李处耘催促大家尽快赶路,恨不得一夜到京城。李处耘知道,

第二卷　陈桥双辉

皇上在京城已经安排好了戏,只要李守节一入戏,下半场就能开演了。

进入京城,他们把李守节安置到了驿馆,驿馆里热闹非凡,住满了军人,都是外地来的军官。一问才知,他们是要征战潞州。

李守节脸色煞白,道:"李将军,皇上刚刚赐给家父一字并肩王,我不是来谢皇恩的吗?您可得多替家父说话,家父是真心归顺大宋,愿意为大宋守疆。"

李处耕安慰李守节道:"李兄,皇上对你们父子,视同亲人兄弟。明天,你见了皇上,说明你们父子的真心,就一切都好办了。"

两人跟李守节匆忙告别,急急地来见皇上。一见皇上,王彦升立即就说:"李筠是一定谋反了,他当着我们的面,拿出周太祖的画像一通哭,还说他对不起周太祖,一点没把我们两个钦差放在眼里。"

李处耘也说:"是啊,我们到了潞州,他不仅不出来迎接,就算我们上了门,他还不接旨,最后还是我硬塞给他的。"

赵匡胤点点头,道:"明天我自有打算!"

乾宁殿上,赵匡胤歪着头,斜坐在椅子上,王公公在一边给他端着茶,范质、王溥及赵普、赵逢侍等都站着。李守节弯着腰快步走进来,手里捧着一只盒子想交给赵匡胤,却没有人来接。赵匡胤看他走近了,道:"太子,您来是有何事啊?"

李守节一听,吓得魂飞魄散,把手上的盒子放到地上,倒头便拜,颤颤巍巍地道:"皇上,皇上,您可不能听信谣传啊,我们父子忠于皇上,绝无二心啊!"

赵匡胤道:"贤侄,你父亲一生和北汉的刘钧父子打仗,现在突

三、绝命讨伐

然和刘钧成了君臣,有这回事吧?"

李守节道:"皇上,哪里有这事啊!"李守节不敢辩驳了,跪着头也不敢抬,心想自己的小命恐怕是要丢在这里了,早知如此,就不跟从李处耘、王彦升来了。他偷眼一看,李处耘和王彦升果然在。

王彦升像是看出了他的心思,说道:"皇上,臣有话说!李守节是个忠臣,他一直都在劝他父亲齐心向宋,李筠父子并无二心,臣愿意担保。至于皇上截获的李筠给李重进和北汉的信,臣也觉得蹊跷,不如让李守节直接说个清楚,也好让君臣之间冰释前嫌!"

李守节开始还以为王彦升是为他说话呢,听到最后,才知道王彦升那是害他。"皇上,家父和李重进、北汉的通信,都是正常的公务和军务往来,并无二心。"

赵匡胤道:"李守节,朕不杀你,朕让你回去给你父亲带个话,朕将率领十万精兵与他一会!"

李守节吓得抖若筛糠,抖抖霍霍地告罪后退出了。

王溥道:"皇上,李筠乃前朝老臣,思想有些不通,情感上有些失控,还是可以理解的,不一定要兵戎相见。如果需要,臣请去潞州一会,一定劝说他死心塌地地顺从皇上!"

赵匡胤道:"卧榻之侧岂容他人鼾睡?鸡不杀何以儆猴?有的人你永远不需要争取,只需要消灭他!不过要消灭他,就得让他先膨胀。你们有渠道的,也可以给他带个话。"

李守节当夜就离开了京城,一路往回赶,真是日行千里,夜行八百,一天一夜就赶回了潞州。这一报告,把李筠气坏了,说是要谋反。李守节左思右想,道:"父亲,是否可以请辞节度使之职,交出兵权,您养老归山,我们伺候您,让您安享晚年!"

李筠抚摸着自己心爱的长弓,道:"没有想到我会是这个结局,

第二卷　陈桥双辉

老了还要挽弓仗剑。如今,老父是走投无路了,你们可以投降归顺,但我不可以,宋室的禁军是我当初建立起来的,里面的军官多数都是我的老部下,我潞州十万军马,占了宋室半壁河山,就是我交出军权,赵匡胤也不会让我活着,只有我死了他才会放心。再说,他需要一场战争来证明他就是当之无愧的皇上,自古哪有兵变不流血的,不是在京城,就是在边疆。可惜的是李重进和张永德、符彦卿等,都是大周的皇亲国戚,却不敢站出来对赵匡胤说不,如今北汉孱弱,联盟又帮不上忙,天亡我也!"李筠长吁短叹,悲慨不已。

李守节心里也难过,拂泪道:"父亲何必如此悲观?既然如此,我们父子就和他赵匡胤拼了,也不一定就是我们输!"

李筠摇摇头,道:"我们不可能赢,也不能赢,如果真的爆发一场大战,契丹一定从背后来袭。那么,我大好中原,就要落入蛮夷手里。赵匡胤真乃天下一号英雄也,这中原也只有他能掌控,老父老矣,要是世宗不死,也许行。可是天不公啊,世宗刚刚改革军制,推行均田,开挖运河,什么都准备好了,人却不在了。"

李守节听了,禁不住号啕起来。李筠又道:"我带三万兵去泽州,在泽州与赵匡胤相会吧!"

李守节站起来,道:"父亲,三万兵哪里够,把潞州的兵全部带去。我潞州十万健儿,愿意为父去死,没有一个会退缩,孩儿去准备。"

李筠摇摇手道:"不可,如果我潞州十万健儿全部去打赵匡胤,那么谁在这里挡着契丹呢?再说,我潞州十万健儿都打光了,潞州还有什么理由得到赵匡胤的重视?七万少壮留给你,赵匡胤来时,不要抵抗,开城投降,我谅他不会难为你,我死了,我们一家还能血

三、绝命讨伐

脉留传。你就留在潞州,我带闾丘先生等出征,儋珪也留在潞州,他只能去打契丹人,不能打我中原汉人。"

李守节跪倒磕头,道:"父亲,您放心,我一定守住潞州,绝不让契丹人染指!"

闾丘仲卿急急忙忙地走进来,对这父子两人深深一礼,道:"赵匡胤的大军已经从汴梁出发,石守信、高怀德带的先锋已经过了洛阳,主公,即使我等不反,也得反了。主公,还是你说得对,您是不反也得反,一个中原容不得二主,而您又不愿意效法石敬瑭侍奉契丹,恐怕只有自固求保了。"

李筠道:"先生的策略我不是没有考虑过,如果我占据虎牢关,割地自保,自立为王,也能保个偏安。可是那样,我们中原就又要分裂了,老夫只求与赵匡胤决战一场,让天下人皆知我李筠对得起大周!"

建隆元年(960)四月二十九日,李筠、北汉联军与宋军前锋石守信、高怀德部激战于泽州城下,李筠失败,退守泽州城。六月初一,赵匡胤亲率大军赶到泽州城下,只用了十三天就攻下了泽州,李筠蹈火自杀。

宋军进而开赴潞州。李守节听说赵匡胤来了,没有反抗,直接献城投降。

此时,李筠的那些老部下,还有和李筠有联系、有过交往的人,都非常害怕。后周时任过宰相的李榖在洛阳的家中自杀,赵逢侍上书,交出了和李筠的通信,请赵匡胤降罪。赵匡胤思想前后,该怎么安抚人心。他按照王公大臣的规格厚葬了李筠,同时既往不咎,封李守节为单州团练使。李筠旧部和曾经同李筠私下有往来的朝臣们才安定了下来,泽州和潞州的局势算是彻底平定了。

第二卷　陈桥双辉

现在轮到李重进了,当初在大周时,李重进因为和张永德争权,对张永德进行打击陷害,顺带着对张永德的部属赵匡胤也很不友好。赵匡胤得天下,成为大宋天子,李重进心里非常害怕,想着和李筠一起起事,光复大周。但是得到李筠的回复竟是李筠对大周没感情,不愿意和李重进联手,他跟赵匡胤谋和。赵匡胤即位之后,免去了李重进侍卫亲军都指挥使的职务,封他为中书令。中书令地位虽高,几乎是一人之下万人之上了,但这是虚职,还没有侍卫马步军都指挥使的事权大,更没有侍卫马步军都指挥使的实权大,后者是国家最高军事长官。

李重进心里嘀咕,觉得这是新天子削他的实权。他在扬州,原来兼着节度使,主要是米防着南唐,现在在京城的官变成虚职的了,扬州就是他唯一可以待着的地方。他跟赵匡胤报告说要去京城,亲自向皇上谢恩。他决定去京城探探虚实。

赵匡胤知道他是要来京城探探情况,搞私下活动。他当然可以趁李重进来京时杀他,但这不是最好的办法,会让天下人耻笑他没有肚量,滥杀无辜,得让李重进自寻死路。

赵匡胤就让翰林学士出身的李榖给他写了一封冠冕堂皇的信。信里说,君主是元首,臣僚就像股肱,虽然相隔遥远,但也是一体的。保持君臣的名分,希望能永远不变,而朝觐的礼仪,又何须忙于一天。话说得不紧不慢,不咸不淡,不热不冷,但言下之意是让李重进就在扬州待着。李重进只得在扬州待着,可是没几天就听说赵匡胤把李筠给灭了,李重进有预感,李筠之后就该轮到他了。

这不,李筠刚刚被灭,对李重进的动作就来了,赵匡胤要对各地的节度使进行调防,首先就是拿他开刀,调他为平卢节度使,要

三、绝命讨伐

他立即上任,同时又派了使臣,赐他丹书铁券并带了口谕,让他进京朝觐。他接了这丹书铁券,心里翻腾不已。

他睡不着觉,让人点上灯,在灯下看了一会儿兵书,那是一本南唐人写的书,书名叫《狼奔经》,此作者是个名不见经传的人物,但是书却写得很好。书里说,行军打仗最忌讳的就是主将心神不定,不下决心。主将犹豫,部队忽左忽右,忽前忽后,就会让军士产生怀疑,从而丧失信心。他想想,这事不能再拖了,再拖下去,扬州他也守不住了。

他找来翟守珣,问道:"翟将军,你上次去见李筠,他不是说投降了北汉吗?怎么没几天就被赵匡胤给灭了?这个人当初可是个能人,武功盖世,手下又有能臣。"

翟守珣道:"主公,我看这个李筠,他是小事清醒,大事糊涂啊。他不跟你联合,却去投靠一个北汉,北汉能有多大实力?名义上是一个国家,还有中原正朔的体统,但那是花架子,它和契丹媾和,那在政治上被中原人判了死刑,这个时候李筠和北汉军联手,怎么可能成功?"

"那么,依你的意思我们该如何?"李重进忧心忡忡,"听说是赵匡胤逼着李筠谋反。我得到的密报是,李筠曾经派儿子进京谢恩,可赵匡胤一见面,就问'太子,你来何事?'这是什么话?"

"赵匡胤是恨李筠和北汉勾连,私下叛国。赵匡胤也是武将出身的马上皇帝,哪里是李筠派个儿子来耍耍嘴皮子就能忽悠住的?"

李重进心头一震,他已经跟南唐联系过了,这要是让赵匡胤知道,那也是要步李筠的后尘啊。李重进道:"如此说来,我是不反也得反了?"

翟守珣暗暗吃惊,不是说不反了吗,怎么又反了呢?

这时,就听李重进对身边的护卫道:"去吧,你把那女子带进来,让他们见一见!"

翟守珣一听更糊涂了,在节度使衙门里,有什么女子是要他见的呢?一会儿,他就看见内室里走出来一女子,翟守珣一看,两腿就软了,那是春来,便问道:"你怎么来了?孩子呢?"

春来道:"节度使大人把我从京城接来,让我在这里等你,和你见上一面。"

"孩子呢?"翟守珣大声问道。

春来道:"孩子在。"

李重进道:"翟守珣啊翟守珣,我对你不薄,你何苦要害我,让我失去和李筠合兵的机会,又让我在犹豫不决间失去了扬州军民对我的支持。你竟还挑拨我和南唐的关系!"

翟守珣突然跳起,扑向李重进。这时,站在翟守珣身后的护卫一把抓住他,把他摁倒在了地上。

李重进站起来,正要说话,外面进来一名军校,报告道:"大人,监军安友规果然逃跑。"

"可曾抓住?"

那军校跪下道:"大人,他一个人跑了,没带家人。他一个人用绳子从城墙上哧溜下去的。"

李重进听了,又坐了下来,道:"好啊,我不动手,他赵匡胤却先要动手。他是要釜底抽薪,让我坐以待毙啊!"

他坐了好一会儿,命令道:"去,把安友规的家人,还有所有不听话的人以及所有和安友规平时来往密切的人全部逮捕,明日午时,处死!"

三、绝命讨伐

4. 扬州兵变

蜀岗校场,军营里一片死寂,马不敢吃草,人不敢起坐。人人自危,都在传昨晚逮捕了五百位将官。军士们都害怕,怎么一下子抓了这么多人,他们到底犯了什么法?

上面通知,让准备行刑。五百人都要杀?大家不敢相信。

八月的扬州,天已经不那么热了,风里还有点凉意,何苦自己人杀自己人?军营里大家议论纷纷。

这时,一队士兵押着数百人来到大校场上。

这几百人一看校场上准备的东西,都知道要发生什么了。

校场上,准备了一排溜的树墩子,树墩子大概有半人高,正好够一个人跪着伏在上面。一个个树墩子排着,上面放着斧头,这些人叫了起来:"为什么抓我们?我们到大周守江山近十年,我们忠于大周,让我们上战场,和宋军一战吧!"

有明白人知道李重进要谋反,大家是被那些反对李重进谋反的细作牵连了,就大喊:"都指挥使大人,我们都是您带出来的兵啊,我们愿意跟着您作战!"

里面还有小孩,他们都没被绑上,可以自由走动。有些小孩虽然害怕,但还是跑过来看看那些树墩子,问:"叔叔,这些树墩子干什么用?"他们看看被押着的亲人,那些亲人都面有悲戚,但谁也不能说这是杀人用的。有军士跟小孩说:"这是让大家坐的!"于是,有的小孩坐在那墩子上面,还有的小孩叫父母过来坐。

军士们心里难过,那些等待被砍头的不少是他们的兄弟、朋友。

第二卷　陈桥双辉

大家心慌慌地等着,也没人来通知,等到日上三竿了,才有人来说节度使大人要到了。不一会儿从营房里走出来几十个大汉,都是精挑细选出来的,他们是执行死刑的。再看营门打开的地方,一溜烟地跑进来二十来匹快马,那些马跑进来之后,围住了刑场,大家都小声说:"节度使大人到了!"

这个时候,那些被押着的人中就有人往前冲,押他们的人则用剑柄敲打他们,立马有人就倒地了。

李重进穿着一身银甲,这种甲是用玄铁打造,又用细麻打磨,打磨之后的甲片呈现出银色,不上锈,甲片和甲片之间碰撞时,声音非常清脆,有点儿像是银器碰撞的声音。这副铠甲在大周时期非常有名,原先是石敬瑭用的铠甲,后来被大周太祖郭威得到了,赐给了李重进。李重进平时不穿这铠甲,今天穿起来是想给自己壮壮胆。

"不杀,不足以立威!"他心里想。

这时犯人队伍中冲出来一个校官,道:"将军,我是您的护卫小机关啊,跟您前后二十年,我没犯法啊!"

李重进看看他,说:"你跟错人了。你做我护卫二十年,最后还跟错人,就更加不可原谅。"

那人就跪下哭道:"将军,是您让我去给监军当护卫的啊,安友规逃跑,我没挡住他,是因为我实在不知道他要跑啊!他家人都没带!"

犯人跪下一大片,纷纷道:"将军,我们都无罪啊,我们是大周的军人,愿意跟随将军作战,为大周复国作战!将军别杀我们,让我们为大周而战吧!"

这时,边上那些押犯人的人也有所动摇,有个军士出列跪倒,

三、绝命讨伐

道:"将军,这些人都是我们的兄弟,他们并不想投靠谁,他们都是好军人,请将军相信他们,让他们和我们一起作战,死在战场上,总比在这里死掉好!"

李重进看看,心里有点不耐烦起来,道:"杀!杀!快杀!"

五百人,就这样一批批地被杀了。

杀到最后,那些行刑的都开始落泪了。

有个女人被砍头的时候,晃了一下,刀斧手一斧子下去,砍下了她的半个肩膀和一条手臂,她大声哭喊:"疼啊,疼啊!"一个小孩冲过来大喊:"娘!娘!"大家知道,那是安友规的三老婆,平时,也有人去安友规家里时见过她的。那刀斧手一看这个情景,有点傻了,不知道如何是好。那女人又喊道:"你快给我一斧子!你快给我一斧子!"那刀斧手这才对着在地上晃动的女人,又是一斧子下去。

这场行刑,整整持续了两个时辰,附近的村民都跑过来看,李重进自己也看不下去了,悄悄地走了。

扬州城里人人自危,很多人拖家带口往外逃难。这些逃难的难民,多数从南城门出去,因为多数人还是拥有南唐统治的记忆,再说北面比较穷苦,江南比较富庶,过了长江,怎么着也能糊口饭吃。也有一部分人是往北去的,那是周世宗一朝迁居而来的北方人。这样一来,扬州就乱了,李重进实在看不下去了,就让人在城墙上看着,不管单个往外跑的,还是成群结队的,就随便挑一个用箭射,每天都能射到一二十人,民众也不敢再往外跑了。可是民众的心也乱了,都觉得李重进这人残暴,大家恨不得他早点败了,赵匡胤的大军早点到。

可到了这个节骨眼上,赵匡胤偏偏不急了。他知道李重进在扬州翻不了天,自己随时可以灭了李重进,但赵普劝他道:"皇上,听说你想讨伐李重进,但现在你又不急了,这是为什么?"

赵匡胤道:"让朝里和他有往来的人再害怕几天不是很好吗?朕听说扬州城里的人都要跑光了,而朝中的人也有在揭发他的了。"

赵普道:"皇上,扬州城有跑出来的,更有像翟守珣那样等着您去解救的。多数的扬州子民都是您忠实的臣民啊,再说,朝内那些官员当初和李重进往来,是因为李重进是朝廷委任的大官,您不是也委任他为中书令吗?还是请皇上尽快发兵,解救扬州的子民吧!"

赵匡胤这才派石守信为先锋,自己率领中军在后,于九月初一出发,不出一月,就把李重进部给平定了。

四、逼入迷局

1. 释兵权

转眼就到了冬天,赵匡胤登基后诸事都还顺遂,可就是有一件事让他夜不能寐。

赵匡胤召集赵普、卢多逊、吕余庆、刘熙古等来商议,这会儿赵普已是枢密副使了。"赵先生,我想改一下年号,你看如何?一是那些老丞相都该退了,范质、王溥都是前朝老臣,不适合我朝新气象,朕要推行均田、大宋刑统,没有新人不行。另外,军队也要改,'都点检做天子'这样的事不能再发生了,你看如何改?"

吕余庆跟随赵匡胤多年比较了解赵匡胤的想法,也知道改革迫在眉睫,但如何改呢?现在人才青黄不接,用老臣去实施新政,恐怕不得力,更重要的是他们都是既得利益者,最恨改革。吕余庆道:"开科举,让天下读书人都有进阶之路,能为大宋服务,用文人统治天下,天下就太平了。将来,用文人州官代替武将的节度使,地方政务、法务、财务和军务分开,可以防止节度使专权。"

赵匡胤道:"朕当初就有这个想法,要用文官来统治国家。武将可以夺国,但不能治国。这事现在就办,要快办特办!"

第二卷　陈桥双辉

赵普道:"三位老丞相可以辞职,但范质在大周时曾经为周世宗编撰《大周刑统》,我深感佩服。《大周刑统》比此前历代编撰的刑律典章都要好,不如让他继续编下去,我们需要一部《大宋刑统》作为上至皇帝下到子民都要遵守的根本大法。只有人人守法,人人知道什么可以做,什么不可以做,这个国家才能长治久安!"

赵匡胤也同意让范质去做。当年冯道曾经为周太祖郭威守墓,如今范质就去为周世宗完成刑统吧。

赵普又道:"如今国泰民安,我大宋要开启以德治国的太平盛世!"

赵匡胤一听,便说:"朕要的就是依法治国、以德治国,让天道在地上得到践行。"

曦宁宫内,杜老夫人正和女儿赵月枝说着话,赵月枝守寡在家已经很多年了,没有儿女,赵匡胤当了皇上,便封她为燕国长公主,赵匡胤同时给她物色夫婿,心里属意的是殿前副都点检高怀德。

赵月枝没见过高怀德,不乐意自己这样被哥哥左右,她有自己的想法。她一边帮着杜老夫人织布,一边想跟杜老夫人说话,想让杜老夫人跟赵匡胤说说,不要把她当政治牺牲品。她噘着嘴,还没开口呢,杜老夫人倒是先说起来了,道:"瞧你这样子,你是觉得哀家当了太后了,何必在这里做样子织布,是不是?"

她老实地点点头。

杜老夫人道:"哀家就是做给皇后看的,皇后母仪天下,要懂得体恤民情,懂得为天下女子做榜样。女子不孝敬公婆,不助耕勤织,不看好孩子,她的丈夫就不得安生,就不可能真正为国家出力。"

赵月枝心里不服气,便说:"您这几匹布就能让天下男人都为

四、逼入迷局

国出力了?"

杜老夫人点点头,道:"对!我们不能上战场为国杀敌,但能在家里做好后勤,让他们在阵前放心。"

赵月枝停下手里的活儿,道:"娘,那你是说我就得嫁给那个高怀德了?"

杜老夫人道:"高怀德是天下人都敬仰的英雄,当年跟你哥哥西征,出生入死,后来又帮助你哥哥夺天下,将来还要西征、南征、北征,后蜀、南唐、北汉,让天下尽归我中原大宋!这样的英雄你不嫁,你要嫁给谁呢?"

赵月枝听着,不禁有点儿动容,道:"天下如果能统一,以后不再打仗,倒是很好!皇上,他真的要统一天下?"

杜老夫人点了点头。赵月枝道:"可是,如果我嫁给高怀德,就不会希望他出征啊。丈夫出征,那是一个女人的噩梦,如果他有个三长两短,难道我还要重新做寡妇不成?"

杜老夫人摸摸赵月枝的头,道:"女儿啊,你生在皇家,这是你的命!"

赵月枝流泪道:"我就不要这个命!"

杜老夫人从墙上取下一把剑,道:"这是你父亲的剑,如果你不要这个命,就问问这把剑吧!赵家的人只有一条命,就是为国尽忠!"

"可我是女人啊!"

杜老夫人摇摇头,道:"女人也一样!"

杜老夫人把剑交给赵月枝,说:"拿着吧,去你的夫家,把它好好保存,将来交给你的儿子、孙子,让这把剑的精神永远地流传下去,大宋的强大需要你们一代一代的付出!"

赵月枝含着泪水,接了剑。

这时,门外太监进来通报:"太后,皇后来看您了!"

王燕儿当上皇后以后,对杜老夫人越发敬重和孝顺,不过杜老夫人却并不买账。

杜老夫人对赵月枝道:"王燕儿太会做人了,反而让人不放心,她没必要对我一个老婆子那样假仁假义的。她这样做,恐怕是想让她的孩子做太子,这个哀家不会答应。你想想,大周为什么到了你哥哥的手里?就是因为周世宗让一个小孩当皇上,女人干政,孺子当皇上,国家必遭祸害。"

赵月枝道:"娘,您想得太远了吧?皇上身体那么好,传位的事还早着呢。"

杜老夫人摇摇头,道:"如果一定要有一个恶人,那只有哀家来做了。"

赵月枝道:"您真想干涉他们?您想让谁做太子?德昭?德芳?"

杜老夫人又摇摇头,大声道:"请皇后进来吧!"然后她踱了两步,又小声道,"你弟弟!"

赵月枝吃惊地看着杜老夫人,问:"光义?"

杜老夫人点点头。

王燕儿捧着一个盒子走进来,走到杜老夫人跟前施礼道:"给母亲大人问安!"

杜老夫人搀起她,道:"罪过,罪过,哀家哪里需要天天这样,不用的。"

王燕儿又过来跟赵月枝打招呼:"哎呀,妹妹也在这儿呢,我正要找你去。昨儿党项族的首领派人来,送了他们那里的大枣,那枣

四、逼入迷局

有鸡蛋大,可是稀罕物,我正想着给你送去呢。"

杜老夫人也来了兴致,问:"那么大的枣倒是没见过,稀罕的。你这盒子里就是那枣?"

王燕儿打开盒子,里面是一件云锦织就的衣服,道:"太后,这是给您带来的南唐贡品云锦,您试试。"

杜老夫人一看那衣服,就知道那是给年轻人穿的,艳丽着呢,说:"这是给年轻人穿的,你穿吧,你是皇后,人家送给你,又不是送给哀家的。"

王燕儿嘴甜,马上道:"去年他们就说要送云锦的衣服来,我就跟他们说,要给太后织一件,他们从我这里要了您的尺寸。二十个绣娘花了一年时间才完成的,人家特别敬重您,说这是送给您的。"

杜老夫人不相信王燕儿,怀疑她是编话让她高兴。不过,王燕儿毕竟是皇后,不能不给面子,就道:"好,哀家试试!"她让宫女脱了外面的裳子,套上那云锦织的衣服。那衣服上绣的云彩和凤凰,犹如活物一般,稍一走动,好像都灵动起来,整个人也像仙子。

赵月枝不禁赞叹道:"哎呀,江南的人就是聪明,织造的这衣服那是天上才有的啊。佛经里描写的极乐世界,才有这么好的衣服吧。"

杜老夫人信佛,听赵月枝这样说,也很高兴。不过,她还是纠正赵月枝道:"女儿,不可为这种花里胡哨的东西左右了你的趣味。要知道,当家过生活还是我们的粗布好,牢靠、耐用。这衣服就是漂亮,但不耐用,太浪费了。我们大宋不能这样,江南就是这样奢侈和贪恋金贵物事,将来必然为我大宋所灭!"

王燕儿款款一拜,道:"太后说得对,我们要勤俭节约,把钱用在大事上。皇上说了,他每年要把十分之一的库银另外存放起来,

第二卷 陈桥双辉

将来有了机会,一定要用这些银子去赎回燕云十六州。要不然就用这些银子招募十万健儿,去和契丹死战,夺回燕云十六州!"

杜老夫人点点头道:"我儿有志气,你要帮他!女人只有懂了男人,男人才能真疼你,而你的男人是一国之君,你更要懂得他才是。你是一国之母,让你的恩德施加海内吧,和我儿一道,让天下一统,让海内归一吧。山河破碎得太久,民众痛苦得也太久了。"

王燕儿听了杜老夫人的话,是真心佩服老夫人的见识,又禀告道:"太后,皇上命我准备中秋的大宴,皇上要大宴群臣。我这是来讨教的,这个大宴到底要怎么准备才行?皇上说,这是国宴,要大气,要让所有的人感动,我真是没主意了。"

杜老夫人一听,道:"匡胤到底要干什么呢?大宴群臣?他有什么话要跟群臣讲?"

王燕儿给杜老夫人整理衣服,给老夫人系了一只衣服扣,缓缓道:"他说,这次要请那些挂了节度使头衔的侍卫军、殿前司的武将们!"

杜老夫人转脸对着赵月枝道:"你听到了,这说不定跟你有关系,就让我们一起来准备吧。"

王燕儿道:"我来自北方,知道一些北方面食的做法,比如炊饼,会做一些黍麦的。但是听说最近京城来了一些南方人,他们办起了南方人的饭馆,里面有用稻米做的煎饼,用碧油煎的,面上黄色,里面却是白色,那是顶好吃顶好吃的,也不知妹妹和太后,是否知晓?如果请了他们来,首先把主食做好了,那也是奇功一件。皇家的宴会层次总不能低于大臣们吧?皇上说的是要让每个人都能开怀畅饮!"

四、逼入迷局

众人正说着,赵匡胤走了进来,后面跟着王公公,王公公手里端着一盆油煎的炊饼,远远地大家就闻到了香味。赵匡胤给母亲行了礼,然后对王燕儿道:"皇上要是跟大臣们比奢侈,那是哪个大臣都比不过的,但这样一来全国上下就会崇尚奢靡浪费。皇上要是跟大臣们比简朴,那也是哪个大臣都比不过的,如果都来比简朴,全国上下就能崇尚节约,人人节约,家家简朴,就不会出现盗匪及盘剥,大宋江山就能长治久安了。"

王燕儿立即施礼道:"皇上说得是!母后正是在议这事,如何又节约又热闹,这可是学问!"

这时,王公公插话进来,端上炊饼给太后,又接着给王燕儿和赵月枝,道:"请太后、皇后和长公主尝尝,是皇上亲自吩咐小的弄来的。"

王燕儿突然叫起来:"哎呀!别吃,有虱子!"

赵匡胤伸手接过炊饼看看,嘴巴一吹,然后"吭哧"咬了一口,道:"好吃。这个用来招待大臣们,肯定会让他们大吃一惊!"

这个时候,王公公"扑通"一声跪地,道:"老奴该死,老奴该死!"

赵匡胤摇摇手,道:"快起来,这事不要跟人御膳房的人讲,不然他们该找那炊饼师傅麻烦了。过一段时间你提醒他们注意卫生就好了!"赵匡胤扶起王公公,"以后,不要自称老奴,这样不好,你也是老臣了。"

王公公摇摇头,道:"为奴不能失了规矩,老奴如果自己不守规矩,怎么能让下面的人守规矩呢!"

赵匡胤听了也就不再说话。赵月枝有点不好意思,道:"皇上仁厚,如此照顾臣下!"

第二卷　陈桥双辉

赵匡胤道:"唉!前时有人来报,一村里有人私自打斗,用竹竿习战斗之事。当时,朕非常恼怒,就派楚昭辅去执法,楚昭辅把那两人杀了!可是,后来有人奏报,那两人不过是村童而已。"

赵月枝道:"范质这个人,有很多缺点,但他带头编的《大周刑统》却是一部好的律书,皇兄为何不拿来重编?"

赵匡胤击掌道:"对啊,应该编一部《大宋刑统》,用简明扼要的语言,让老百姓知道什么能做,什么不能做,全国上下都来遵守。而官员判案,则要严格依据刑统,不能逾越法律。应该允许百姓申辩,要建立申辩制度。还要严格控制死刑,特别是要禁绝诛九族之刑。这些刑罚,都要由刑部审裁!"

赵月枝不待赵匡胤说完,就道:"皇兄应该亲自审核朱批!"

赵匡胤点点头。

七月初九,天气很热,皇宫里张灯结彩,张罗宴会的宫女和太监们急急走去,又急急走来,道边的柳树,被他们的走动带得一会儿左摆,一会儿右摆,没了脾气。

但是,那知了却是不管谁来谁往,依旧"唧唧"地叫着。

御花园内,遮阳的帐幔下午就张起来了,园工又给所有的花草洒了水,这会儿,掀掉帐幔,院子里分外清凉。

王燕儿和赵月枝站在台阶之上,看着众人忙碌。王燕儿看几个小太监在摆放杯盘,招手让一个太监到长桌的一头去,用单眼给每只盘子、杯子定位,"每只盘子都要在一条直线上,不能前,也不能后,知道不?"

赵月枝哂笑了一下,每次听到王燕儿的北方腔,她就有点儿想笑,但又不能真笑。王公公看在眼里,走前两步,挡在赵月枝的侧

四、逼入迷局

面,让赵月枝正好转个身,她脸上的神情,王燕儿就看不到了。

这时,园子里燃起了十来柱青烟,王燕儿从屋里往外跑,给她打扇的宫女忙不迭地跟了出去。王燕儿问道:"这是干吗?"她有点儿要恼怒了。赵月枝道:"皇后放心,那是我吩咐的。这会儿先熏一下蚊子,等到那些大将们来的时候,就没有蚊子了,喝了酒,还能出来赏月、弹唱,岂不美哉。"

"哎哟!还是咱们小姑子想得周到,"王燕儿侧身回来,脸上有点儿挂不住,"是不是想着高怀德将军要来啊,才这么体贴?"

赵月枝轻轻一笑,心想:赵家是天子家庭,这聪明和大气,恐怕别人学不得的。她想起母亲的话,得让赵光义做储君,赵家的天下,绝不能有任何危险。

王燕儿碰碰她的肩膀,道:"怎么?被我说中了!"

赵月枝不禁苦笑,就要嫁给高怀德了,将来她这一家子一定要为守护赵家的天下尽责,可这是守护赵匡胤的赵家,还是守护赵光义的赵家呢?

这时,一乐班在太监们的簇拥下排着队走进花园,有的抱着胡琴,有的扛着打鼓,更奇怪的是里面还有碧眼金发的域外之人。"那是赵月枝特地安排的,高怀德会喜欢么?"她在心里暗问。王燕儿一看,知道那是赵月枝弄来的,道:"妹妹,这些人真能演奏好曲子?"

赵月枝走过去,拿了一把琴给王燕儿看,道:"皇后,这你可不懂了吧?将来我们应该模仿唐朝,设立教坊,专门研习音乐,我们不能学后周,只有武夫。郭威和柴荣,只懂征战,没有生活情趣,没有艺术,国家和平还有什么意义?要教老百姓热爱生活,这才是教化。有了音乐,老百姓才会安居守法,他们享受了美好生活。哥哥

第二卷　陈桥双辉

身边的那些武夫,尤其需要音乐的陶冶,你看他们的粗俗相,唉!"赵月枝拨动琴弦,琴声轻柔,但却如暗香涌动,"今天,我请的个个都是好手,音乐里的各色种类都配齐整了,笙箫部、大鼓部、拍板色、笛色、琵琶色、舞旋色、歌板色、杂剧色、参军色等全都有,今晚的节目可多了,有些你肯定都没看过。"

王燕儿不由得佩服起这个妹子来,自己是没有什么音乐意识的,只是高兴的时候哼哼曲子罢了。

忽然,那些乐手歌手试唱起来,她一听,吓了一跳,这不是叫卖的声音吗?在她的家乡,那是走街串巷的小贩叫卖用的,那也是音乐?

她急了,要是赵匡胤听了发起火来,那可不是好玩的,弄这些也许会被将军们笑话。她拽拽赵月枝的衣袖,小声说:"这不会出事吧?这些可是乡野村夫的东西!"

赵月枝听着笑了起来,道:"我就是要让这些将军们想起小时候,想起乡音,让他们落泪。这才是音乐吧!"

说着,赵匡胤走了进来,一只袖子挽着,袍子的右半襟撩着,赵月枝一看,"噗嗤"一声乐了,说:"你这样还像一个皇上么?一会儿你的那些将军来了,都要笑话你呢!"

赵匡胤把袖子放下来,把衣襟也放下来,正了正帽子,道:"有你这样的妹妹,谁敢笑话朕?"

王公公也帮腔道:"谁敢笑话皇上?"

这时,赵普走来,手里抱着一只坛子,走近才看出,那是一坛酒。王燕儿上前道:"赵大人,你带坛酒来,还要自己抱着?"

赵普郑重其事道:"我这酒是专门放在皇上御座之前的,皇上离座前一定要喝,并且劝大家喝下去!"

四、逼入迷局

赵月枝不明所以，问："赵大人，这是为何？你这酒有什么好处？要皇上这样？"

赵普看看赵匡胤，赵匡胤转脸不看他。

王燕儿看在眼里，不知说什么好，就听赵普对王公公道："王公公，这酒就放您这里，您照看着，一定要皇上喝！"

王公公弓腰道："赵大人参加酒宴，何不自己敬了大家，反而热闹，岂不和美？"

赵普道："我可没这个资格，喝不上酒。"

一壶酒，有那么麻烦？王公公看着赵普的背影，又看看赵匡胤，心想皇上应该喊赵普回来，可皇上假装没看见赵普。王燕儿想上去喊住赵普，可看看赵匡胤的样子，便不再出声了。倒是赵月枝立即吩咐身边的宫女道："去，送送赵大人！帮我问大人好！"

赵月枝知道这场宴会是赵普安排的，但临了赵普怎么不参加？

这时，高怀德走了进来，面前有个太监在引路，他跟在太监后面。尽管如此，他那高大的身躯还是掩不住他高高地露出了一个头，十分威武。赵月枝一看，脸就红了。高怀德白面有须，身材高大威猛，男子气概逼人，赵月枝的心放下了，哥哥和赵普没有骗她，那是要她守着一个武将过好日子啊。

想到自己的前夫，她就要落泪。那一段婚姻太苦了，她没有过上任何好日子，后来回娘家寡居，虽然心情是顺的，可是赵家并不富裕，她帮着母亲杜老夫人打点家用，也没过上什么好日子。再者，没个贴己的人说话，长夜漫漫，一个孤身女子，不免时时自我爱怜，如今要是再婚，有高怀德这样的人，也不枉一生了。

那边，高怀德也看见了她和皇上，他先是给赵匡胤施礼，接着

第二卷　陈桥双辉

是王皇后,又是杜太后,最后才轮到她。轮到她的时候,高怀德就是低着头,不肯抬头,她偷偷地瞟了他一眼,心下喜欢。

高怀德之后,是李处耘、王彦升、楚昭辅等,他们是一帮兄弟,坐在了一起。赵月枝看看,觉得还是高怀德中看,人俊,有气魄。

高怀德等刚刚被人领了落座,这边王彦超来了,王彦超的官位倒是并不比高怀德大,但他领禁军右金吾卫上将军,又是永兴军节度使,镇凤翔,是封疆大吏,所以,他的座次比高怀德靠前。王彦超手里托着一条玉带,呈给赵匡胤道:"皇上,臣下带来一条玉带,您看看,喜欢不?"

赵匡胤知道,王彦超是武将,弄来这东西肯定是花了不少心思的。他不想让大家觉得他有此喜好,以防上行下效,枉费精力和钱财,便道:"王彦超将军,朕有三条玉带,一条是黄河,一条是长江,一条是淮河,又哪里需要您这条带子,您还是拿着自己用吧!"

王彦超脸上露出尴尬的神情,不知如何是好。正在这时,赵匡胤又说:"不过,你好不容易弄来,朕就要了,下不为例!"他让王公公取了玉带,王彦超正要落座,就听赵匡胤又说,"王将军,当年你在青州任刺史,朕来投奔你,你为何不收留朕呢?"

王彦超吓得面无人色,"扑通"一声跪倒在地,叫道:"皇上,我那地界不过一小面盆,哪里容得下皇上这样的真龙天子。如果当初您留在我那个小面盆里,您恐怕就没有今日了!"

赵匡胤哈哈大笑,道:"朕顺天应人,按照上天的意思统治臣民,在哪里都应该是一样的!"

王彦超见赵匡胤笑了,摸摸头上的汗,道:"皇上,您这样问倒是真把微臣吓死了!"

王彦超忐忑不安地坐到了座位上,心里非常纠结,预感今天这

四、逼入迷局

个酒宴肯定有什么关,不好过啊!

接着,殿前都点检镇宁军节度使慕容延钊、侍卫亲军都指挥使韩令坤、马步军都指挥使石守信等一众闹哄哄地进来。他们都是赵匡胤的老部下和老兄弟,大家都没有像高怀德那样拘谨,一窝蜂地给赵匡胤施了礼,纷纷找座位坐下。他们之后,是王审琦、张令铎、赵彦徽等人,这些人也不过来施礼,直接就由太监们领到了位子上。

赵月枝让那些乐工们开始演奏,一边演奏,一边有舞者跳舞。那舞者几乎是全裸了,肚脐露在外面,音乐响起,她踏着节奏,颤动肚皮,腰肢、屁股、奶子都颤动着,好不撩人啊。有些武将征西时看过这种舞蹈,就跟着拍手,手舞足蹈起来,也有些从来没有接触过的,心慌意乱,端着酒杯,闻着酒的香味。高怀德在西征路上,曾经看过王彦升召集的类似舞蹈,倒是不怎么稀奇,可他一个未婚的人,看得还是有点儿面红耳热,赵月枝看在眼里,心里想:倒是一个纯真的人呢!

大家看着赵匡胤,那意思是先来几杯,然后再来雅的不行吗?

赵匡胤知道这些人都有好酒量,随即道:"诸位爱卿追随朕戎马一生,历尽千辛万苦,经历无数生死劫难,如今终于迎来太平盛世,朕要和诸位同享富贵和安康!"

说着,他举杯一饮而尽。

王彦升已经等不及了,自斟自饮起来。

这时,宫女们拿来了投壶,那是一只铜做的大酒壶,壶口有碗口那么大,宫女们又给每位将军发了六只筹子,大家知道,那是要玩投壶游戏。坐在首位的慕容延钊拿起筹子就要投,没想到赵匡胤道:"各位,今天的游戏要换个形式,每人一次可以投六只筹子,

第二卷　陈桥双辉

投完之后,如果不满意,觉得中的不多,比不过人家,可以自己申请喝一杯,再投六只筹子,两次里面选多的一次,失败的人要一次喝完六杯!"

慕容延钊听完这个方法,觉得也不错,但建议道:"皇上,不如这样,谁想重来,重来多少次都可以,反正每重来一次,就得喝一杯!"

赵匡胤想想,道:"也行!"

慕容延钊就开始投,六只筹子投进了三个,他觉得还得投,于是喝了一杯,又投,还是三中。他又想想,道:"皇上,还是让末将再投两次吧。"

说着,他也不待赵匡胤同意,一口气喝了两杯。太监们被他的好胜心激发了,帮他数数,结果这次是六发中五。

接着是王审琦,王审琦道:"皇上,我一口气喝三杯,投三次!"

赵匡胤很高兴,觉得自己的主意好,大家现在抢着喝了。王审琦喝了三杯,投了三次,他最多一次投中四个,有点儿郁闷,道:"早知这样,不如一口气多喝它几杯!"

这些将军都争胜,于是越喝越多,还有的人一下子喝到了第七杯,都超过罚酒六杯的量了。

酒酣之际,王彦升起来敬酒,举着酒杯道:"多亏皇上带着我们大伙儿打天下,才有了今天的好日子,我们全家都要感谢皇上!"

赵匡胤和他一饮而尽,忽然道:"王将军,你有几个女人?"

王彦升不明所以,道:"皇上,我只有一个女人。"

"那你想不想要更多的女人?"

王彦升毫不犹豫地回答道:"做梦都想,可皇上不是不让要吗?上次在滁州,您差点杀了我!"

四、逼入迷局

赵匡胤摇摇头，道："男人一辈子只有一个女人是不够的。朕把这些舞者都赐给你，你带回去吧。"

王彦升一听，眼睛都直了，问赵匡胤："皇上，您可是君无戏言，您要是真给，您现在就跟大伙儿说一下，一会儿我就把她们带回去了。"

赵匡胤站到一只凳子上，当众宣布道："这些歌儿舞女，都赐给王彦升了，君无戏言，回头就送到王将军家里去。"

赵匡胤关心王彦升，处处照顾他，知道他忠心耿耿，就是脾气暴，有时候容易好心办坏事。不过，王彦升也为赵匡胤吃了不少委屈，比如杀韩通的事，赵匡胤为了平息后周老臣的怨气，不得不处分他，斥责他，没让他升官。但在物质上他是完全满足王彦升的，王府是赵匡胤下令在风水宝地上新造的，直接引来汴河水，穿过府邸。为了能引水，他还去视察过，专门命人造了风车，把水输送上来，引入王家府邸的后院。

现在，他又赐给王彦升一队歌姬舞者，大家羡慕不已。

这时，王审琦站起来，道："皇上，我们能有今日，都是靠皇上的大智大慧。皇上乃真龙天子，跟随皇上，听天应命，我们都要感谢皇上！"

赵匡胤听了，忽然叹气道："各位，先且慢喝酒，各位可知道，朕每天晚上都睡不着啊。"

王审琦听不明白，道："皇上，您有何忧虑？且讲来给我们听，我们万死不辞，一定为皇上分忧。"

赵匡胤道："人生如此短促，而时间的流水又是如此快捷，犹如白驹过隙，各位何不多买良田，多置美女，过上快活逍遥的生活呢。"

第二卷　陈桥双辉

王审琦还是听不明白,喝了酒,一边思忖着,一边坐下。

高怀德道:"皇上,您担忧的无非是北汉依然没有归附,而契丹依然占据着幽燕之地。臣下已经研究清楚,不日可以献计,一一拿下!"

赵匡胤摇摇头,道:"非也,非也!"

高怀德问道:"难道皇上还有其他忧虑?"

赵匡胤想到赵普来给他送酒的样子,要是他今天在酒桌上不把话说明白了,这个赵普明天一定要来啰嗦,看着赵普留下的酒,他让王公公给大家斟上,"朕这个位置,你们谁不想坐!"赵匡胤脱口而出。

高怀德一听,大惊失色,匍匐在地,道:"皇上,我们可没有非分之想啊,我们都是忠心耿耿的。"

赵匡胤追问:"你们忠心耿耿,却不知你们的手下是否也一样忠心耿耿?如果他们要把黄袍强行披在你们的身上,你们又当如何?"

赵月枝听赵匡胤第一句话,还以为他是喝酒喝高了,再听第二句,心想,原来那是皇兄要这些武将们辞官啊。

这时,她又听赵匡胤道:"朕要多多地给你们良田美女,让你们世世代代不愁吃不愁喝,日日能歌舞笙箫,夜夜可以安享太平富贵。"

大家听后,都有点儿明白了,只有王彦升有点儿醉了,道:"皇上,你不要我们了?那我们这就走了。"

赵匡胤不好多说什么,心里也难过,道:"酒席终有夜阑人散的时候,这酒就喝到这里,没有喝完的,全部分赠给各位将军!各位回去,勿忘朕今日之言,君臣之约!"

四、逼入迷局

这时,一群太监出来,搀扶将军们出门,有那心眼细的偷偷问太监:"公公,刚才皇上跟我们有什么约定啊?我是不是应约啊?"

那些太监都说:"将军,你要皇上赏赐良田美女,过日日享福的生活,就不要兵权了。"

那些将军一听,心里都明白了。

第二天,慕容延钊、王审琦、韩令坤等一应将军,都递来了辞呈,都说要告老还乡,请皇上赐给他们良田美人。张令铎、赵彦徽更是好笑,上表说自己有病,上不得马,开不得弓,不能打仗了,请皇上解除兵权。赵匡胤都一一同意了,让他们罢去禁军职务,到地方任节度使。之后,赵匡胤就不再任命新的殿前都点检和侍卫亲军马步军都指挥司,而是把禁军指挥权一分为三,分别由殿前都指挥司、侍卫马军都指挥司和侍卫步军都指挥司三衙统领,三衙互相掣肘,不能独占权力。于是,军权就等于回到了皇上的手里。

赵匡胤对这些将军还不太放心,把自己的妹妹嫁给高怀德,把两个女儿分别嫁给石守信和王审琦的儿子,又让自己的三弟赵光美娶了张令铎的女儿。他想用姻亲关系来巩固和这些武将们的感情,让国家上层,尤其是军队联结成一个牢不可破的网络。

然而,赵月枝却并不理解他的举动。她不敢跟赵匡胤当面说,但是背后却找赵光义和杜老夫人哭鼻子,道:"他这是要让我受穷啊,让高怀德做个什么劳什子节度使,要是离开京城,我还有什么意思?"

杜老夫人深明大义,知道赵匡胤的这个安排完全是迫不得已,说:"你要体谅皇上,跟你的丈夫去你们的封地,为你的丈夫生儿育女,要尽好你的孝道,守好你的妇道,不要仗势欺人,让你的夫家不得安宁,那样你的夫家就有祸了,你也不会善终。"

赵月枝点点头,道:"嫁鸡随鸡嫁狗随狗,我懂得的。"

杜老夫人看看女儿这个样子,心里也有不舍,就道:"你不要多虑,将来你们必然能回来,只要这江山是我们赵家的,只要这天不变,你的儿孙就将永享富贵。同时,你也要多想想,这富贵是怎么来的,要为大宋江山谋福,去守护它的边疆,爱护它的百姓,让它永远安康和平吧!这是你作为一个赵家人应该做的。"

赵月枝泪眼婆娑,道:"皇兄这样对待高怀德,公平么?女儿不服!"

杜老夫人摇摇头,道:"你如果不站在赵家的立场,不站在你皇兄的立场考虑问题,你就不配做长公主,哀家也不认你这个女儿!"

赵月枝只得点头道:"是,女儿知道了。"

2. 迷局

福宁殿门前的乌鸦已经叫了好几天,太监们不时地来驱赶,但是赶走了,它们又回来,太监们都有一种不祥的预感,杜太后也许将不久于人世了。

福宁殿内,有股子老人身上的陈腐味,混合着药味,在空气中氤氲弥漫着,被从西边射进来的斜阳一照,这味道分外浓重。赵匡胤要来,王公公先到福宁殿,他让人拿来上好的海南沉香,点了起来。

过了一会儿,杜太后醒了,王公公一面派人立即去报皇上,一面立即让人给杜太后准备洗脸水梳洗。不久,小太监来报,皇上来了。王公公轻轻地在杜太后耳边说道:"太后,皇上来了,您有什么吩咐,您就跟皇上说!"

四、逼入迷局

杜太后睁开眼睛,屋子里有点儿昏暗,但是她能看见她的儿子赵匡胤。她一共生了四个儿子,老大早早过世了,老二就是赵匡胤,而老三赵光义是她的最爱,老四赵光美还小。

"皇儿,你可知你到底是为什么夺得了后周的天下?"

赵匡胤没想到母亲会在这个时候问这样的问题,答道:"孩儿是托了祖上的洪福!"

"错!"杜太后轻轻地侧身,正对着赵匡胤,眼睛死死地盯着他,道:"是因为柴荣把皇位传给了他乳臭未干的小儿,你是从小儿手里夺得了天下!"

赵匡胤点点头,但他如今身体强壮,德昭等孩子也在成长中,这事要紧吗? 他不明白母亲想说什么。

"你希望你身后犹如柴荣那样,妻儿不保、身家尽丧吗?"杜太后问道。

赵匡胤摸着母亲的手,道:"母后有什么吩咐?"

"哀家要你答应,你身后把皇位传给你的弟弟赵光义,让赵家的天下永续流传!"

赵匡胤一惊:"这?"

这时,王公公进来道:"赵普大人到了。"

赵匡胤一惊,是谁通知赵普来的? 不待赵匡胤说话,杜太后直接对王公公吩咐道:"快快有请!"

赵普听到杜太后的话,径自走了进来,躬身给杜太后施礼。杜太后轻轻地摆摆手,道:"这些俗套就免了,哀家叫你来,是让你写一个誓约。哀家要把这个誓约放在金盒子里,差人单独保存,以便日后昭告天下,否则哀家死不瞑目,哀家在底下也不得安生!"

赵匡胤听到这里,眼前竟然浮起当初周太祖郭威去世前的一

第二卷　陈桥双辉

幕,那个时候,郭威让李重进、张永德等下跪、发誓,要他们辅佐柴荣。现在,轮到他了。他要发一个什么样的誓呢?

杜太后道:"皇儿,你听着,哀家要你答应,将来你百年之后,把皇位传给你弟弟赵光义。你可答应?"

赵匡胤听明白了,母后的临终遗嘱是要赵家的江山,保证能世代相传,而为了做到这一点,她想到的法子是兄终弟及,而不是父子相承。赵匡胤和赵光义感情很好,他想了想,自己的儿子年纪的确尚小,如果真的传位给他们,恐怕他们顶不住。

赵匡胤犹豫着,眼前出现了父亲的身影,当初拒父于滁州城外,实在不孝,如今母亲又要离世了,当如何自处? 他眼睛一闭,跪下道:"孩儿谨遵母命!"

杜太后满意地点点头,对赵普说:"你把皇上刚才的誓词记录下来。"

赵普不好推脱,再说皇上都已经说了,他只好拿起笔墨,写了下来。杜太后让他照着读了一遍,最后道:"赵普,写上你的名字吧,这份文书是由你记录起草的,由你作证。"

赵普在文书上署了名。

杜太后吩咐王公公:"王公公,这份文书,就由你保管。"

王公公点点头,接过文书。

杜太后又吩咐道:"就把它放在金盒子里,存放在福宁殿的房梁上,日日派人看护,直到昭告天下的那一天。"

王公公点点头,嘴里应道:"是! 太后!"

"皇儿,从现在开始,你就任命光义为开封府尹吧。"杜太后道。

赵匡胤道:"母后,您放心,我一定按照您的吩咐去做!"

杜太后不作声,缓缓地闭上了眼睛,像是沉沉地睡着了。

四、逼入迷局

赵光义看看身后的汴梁,那是最辉煌的都城。现在要离开汴梁了,他在心里说:"我是暂时离开,我一定会回来的!"

他的妻子符夫人看他站在路边,望着皇城,于是也下了车,陪他站着,问:"相公,你不想离开?"

赵光义点点头道:"这么多年了,我和大家相处习惯了,突然要离开,不舍得。"

符夫人知道,赵光义说的大家是八十万禁军,是那些禁军军官,赵匡胤杯酒释兵权之后,禁军主要由赵光义掌管,如今,赵光义转任开封府尹,他的军权也就卸掉了。

符夫人道:"相公,你是不舍得军权吧?皇兄既然让你做开封府尹,就是太后的懿旨发挥作用了,皇兄卸去了你的军权,他可能是不希望你现在就坐大吧!"

赵光义不置可否,他看着远处起起落落的云朵,又看看皇城的城楼,问:"你父亲明年什么时候进京述职?让他早点好好准备,我想推荐他来任枢密使,执掌禁军。"

符夫人点点头,道:"我已经写信给父亲,让他好好准备,乘明年皇上生日的时候来京城给皇上祝寿。"

符夫人说完,就拉着赵光义上车。赵光义还是不动,符夫人道:"相公,你是在等什么人?"

赵光义点点头,又摇摇头说:"我不让任何人送我,此时不可张扬,如果铺张张扬,会让皇兄起疑忌惮。"

符夫人突然明白了,道:"你不让他们送,但还是希望有人来送。唉,皇上既然任命你为开封府尹,怎么又让你去洛阳呢?这不是明摆着忌惮你吗?"

赵光义失望地看着来路道:"不会有人来了。"说着,他和符夫

第二卷　陈桥双辉

人一起来到车旁,准备上车。

正在这时,大路上掀起一溜烟尘,来了几匹马,赵光义手搭凉棚,一看,原来是史珪、石汉卿、吕端、冯拯四人,这些人平时都和赵光义交好,尽管他们接到赵光义不许送行的传话,但他们还是追了出来,要为赵光义送行。

到了近前,四人下马,史珪从马上取出酒坛子,石汉卿拿出几只杯子,史珪倒了酒道:"相公此去,不知何时能归,我们四人特来相送,没有什么礼物,只有热心和薄酒。"说着,他自己干了。

四人相继干了酒,这个时刻,大家也无话,其实是不能说话,这样送行,是什么话都不必说的,都在一个情字里了。赵光义干了酒,一句话也没说,上了车。

终于,他对着车夫喊道:"上路。"

夜。赵普家里,所有的人都已经睡了。只有赵普,还在独自看书。

这时,有人敲门,家丁开了门,黑暗中一人奉上一札书信,瞬间,那人又折回了胡同,没在了黑暗中。家丁拿着书信,疾步跑入赵普的书房,将书信递给赵普。

赵普用竹签挑开信封,信纸上是空白的。他举起信纸,对着蜡烛一照,原来是一封密信,嘴里喃喃道:"开封府尹的密使往来于汴梁和常德之间,开封府尹和高怀德来往密切,开封府尹可能动员高怀德举荐符彦卿任枢密使。"

赵普看了,倒吸一口凉气,点着了密信,倒坐在椅子上,半晌不动。

过了好一会儿,赵普喊家丁:"你去请张琼大人来见我!"

四、逼入迷局

张琼是河北大名人,后周的时候就跟着赵匡胤了,赵匡胤率军到泗州练兵时,他跟着赵匡胤攻打清流关。那时赵匡胤一马当先冲出,不想关上一支冷箭迎着赵匡胤射来。张琼看见了那支箭,但已经来不及提醒赵匡胤,毫不犹豫猛扑上去,挡在了赵匡胤身前,自己正好被射中。那箭太厉害了,把他的护心镜击得粉碎,箭头刺进了他的心窝,差点儿就要了他的命。

目下,赵光义离开了京城,去了洛阳,张琼接替赵光义擢典禁军,由内外马步军都军头、领爱州刺史,代为殿前都虞候,迁嘉州防御使。张琼是接替赵光义的人,本来,他应该一切按照旧制,赵光义是皇上的兄弟,明眼人一看就知道那是要接替皇上的人,他在时的一切都不应该动,动了就是得罪将来的皇上。可张琼偏偏不,他是个直性子,到任以后,首先是差军饷,领干饷的全给他赶跑了,这可得罪了一大帮人。要知道,能在赵光义那儿领到干饷的人,不是赵光义的死党,就是对赵光义有用的人,他这样做等于是捅了赵光义的老窝。

史珪、石汉卿等最是忠于赵光义的军校们,对张琼横挑鼻子竖挑眼。有一回,张琼校场点兵,左等右等,史珪、石汉卿就是不来,原来,他们是故意迟到,给张琼难堪,张琼哪里受得了这气。他二话不说,派人抓了他们两个,就是一顿板子,这顿板子让张琼打出了威信。可是不仅这两人从此非常痛恨张琼,声明和他势不两立,那些受过赵光义恩典的人,一下子就抱起团来抵制张琼。不过,张琼仗着救过赵匡胤的命,仗着赵匡胤赏识他,并不怕他们。

赵普知道张琼的个性,他要用好张琼。

张琼没有骑马,而是乘着一乘小轿子来到赵普家。他一到,就被管家直接领到了书房。

第二卷　陈桥双辉

赵普用碾砵碾茶,又用沸水一遍一遍地淋热茶盏,最后把茶末放在茶盏里,用半沸的水沿着茶盏的杯壁浇在茶末上。茶汤渐渐出色了,茶面绕着水的方向转着圈,接着,茶末都聚拢到了半面,另半面是褐色的茶汤,张琼看到了一张黑白相间的太极图。

张琼坐着不动,知道赵普是个文人,虽然读书不多,却号称半部论语治天下。他的确是文人气十足的,喝个茶,还有这么多门道。

终于,赵普端起茶盏,递给张琼,张琼连忙倾身,双手接过。

张琼双手捧着,闻了又闻,但是不喝,他在等赵普说话。

赵普道:"看见这茶汤了吧? 茶是茶,水是水,一清二楚,混淆不得!"

张琼不知道赵普到底要说什么,思忖道:"丞相,您有吩咐尽管说,我张琼万死不辞!"

赵普笑道:"都虞候,你也是一方大员了,怎么随口就说万死不辞,寻死觅活,那是战争年代的事,现在是太平年代,要的是这个。"他指指自己的脑袋,"如果没有这个,你就是想寻死,也死不好。"

张琼问道:"丞相,是不是有什么消息?"

赵普道:"开封府尹善于结党,在禁军中安插了无数私人,又和长公主、高怀德一家交往深厚,他已经得到太后的庇佑,现在又如此结党,我怕要出事。"

张琼这回喝茶了,道:"丞相,那是皇上的家事,我们管不上吧。再说,对于赵家江山,我们这些外人不是只有尽忠的份儿么?"

赵普冷冷地问道:"张大人,你想尽忠,我倒是要问你,你向谁尽忠呢? 是当今皇上,还是未来皇上? 未来的皇上,他要你尽忠吗? 想想史珪那些人,恐怕不等新老皇上更替,你的命就不保啦。"

四、逼入迷局

张琼听赵普这样说,心里倒是有同感,要是赵光义当皇上,史珪、石汉卿那些人哪里会放过他,便问:"丞相,那我们怎么办?"

赵普道:"先下手为强。"

太阳出来了,赵匡胤让王公公给他在御花园弄了个躺椅,上面铺了狐皮褥子,没想到他一躺下就睡着了。"许是人老了,瞌睡多。"他自叹道。王公公接口道:"皇上,您哪里老,您要是老,老奴还不是已经朽了?""王公公,你啊,就是嘴甜!"他问道,"那你说,朕怎么一躺下就想睡,可是睡一会儿又要醒呢?想当年,朕领军打仗,几天几夜不睡觉,也是常有的事,哪里有什么瞌睡?等到仗打完了,一睡就是几天几夜,又哪会一会儿醒来呢?谁也叫不醒朕。"

王公公递上刚好温暾的参汤,道:"皇上,您这是被乌鸦叫醒了,乌鸦叫,可比不得人叫,那是没有不醒的道理的!"

赵匡胤一看,树上果然有不少乌鸦,道:"听说,你让很多人做了弹弓,专门用来驱赶乌鸦?"

王公公回道:"这等小事皇上也知道了。乌鸦在头上转,容易让人烦躁,扰了皇上和皇后娘娘的清梦,所以我让他们每人备上一只弹弓,没事的时候就打,这些天才刚刚开始,有点儿作用了。"

赵匡胤非常感兴趣,道:"你去把打得好的叫来,朕要和他们比试比试,要是谁打得好,朕有赏!"

大家伙儿听说皇上要打鸟,打得好的还有赏,纷纷跑回去拿来了自己的弹弓,先呈给赵匡胤。赵匡胤一看,有些弹弓制作得真漂亮,是用鹿角做的支架,弓弦用的是上好的牛皮,有一只弹弓还镶上了小铜片钩子,收弓的时候可以挂弓弦。

赵匡胤和一干人走到后花园的深处,大家都蹑手蹑脚不作声,

第二卷 陈桥双辉

人人都张弓待发,但就是不发,原来都在等皇上先打。赵匡胤瞄准一棵树上最大的乌鸦,一松手,石子飞出。这时,他身后的太监们也全部松了手,数十颗弹子一起飞出,接着,"噗噗噗",树上落下十数只乌鸦来。

赵匡胤看了高兴,喊道:"人人有赏,要是用这种法子练兵,上阵,你们都是好手啊。"

这一下子,后花园里的乌鸦就全飞了,赵匡胤又带着那一干人,往另一边去找乌鸦。这时,一个太监从门口跑来道:"皇上,张琼大人求见。"

赵匡胤道:"啥事那么急?就说朕在忙呢,让他改天来。"

赵匡胤没有理会张琼,这会儿心思全在打鸟上。说着,他就领着人往御花园的另一边去了。

可是,张琼并没有走,而是在御花园门口等着,过了一个时辰,又让太监去通报。太平盛世,赵匡胤虽然成天也忙忙碌碌,但是一歇下来就有一种坐等终老的感觉。这会儿他带着大家东奔西突地打鸟,那些太监虽然缺乏训练,但在他的指挥下,慢慢地有了步调,有点儿像一支军队了,这让他很有成就感。

这时,太监又来汇报,他忙放下弹弓,赶到门口。张琼过来施礼道:"皇上,末将等您多时了!"

赵匡胤道:"你有事就说吧,朕正忙着呢。"

张琼道:"末将是来报告,东城的箭楼要重新修了,前都虞候曾经拨过一笔款子,立了项,但是至今没修,可是款子却已经出去了。"

赵匡胤听了,气不打一处来,问:"张琼啊,你是来说赵光义的坏话呢?还是真想要修箭楼?想修,你就奏报上来,重新请款修一

四、逼入迷局

下不就得了?"

张琼说道:"那笔款子到哪里去了? 找出来不就得了,哪里需要新款子?"

赵匡胤大声呵斥道:"朕还以为你有什么大事急事,为这么鸡毛蒜皮的事急着来打搅朕。去吧,改天再说!"

赵匡胤说着,转身就要走,张琼却大声说:"再鸡毛蒜皮,我谈的也是国事,总比您打鸟重要吧!"

赵匡胤气了,一挥手,手里的玉斧子就飞了出去,正中张琼的面门,弄得张琼满嘴是血。张琼"哎呀"一下,用手捂住嘴,一张开嘴,两颗牙被打落了,赵匡胤吼道:"滚! 滚! 滚!"

"我滚?"张琼也气了,用手巾包起牙齿,道:"皇上,今天的事情,末将不能跟您计较,但是将来自有史家会评说。"

张琼站着不动,赵匡胤看着他,心里突然又想笑。他知道自己错了,但是自己是皇上,又不能认错,便对王公公使了个眼色。王公公立即跑上前去,推了张琼一把,把张琼往外拉,忙说:"张将军,您这样跟皇上说话,可就是您的不对了,您先回去歇着,明日再议,不行吗?"

张琼被王公公连拉带扯地弄到了外面,还在大呼小叫:"我说的事再怎么轻,也比在花园里打鸟重要!"

王公公连忙呼人来,让人驾着张琼出宫去。

赵匡胤对王公公道:"王公公,你带上几坛好酒,带上御医,替我去看看张琼吧。"

王公公道:"皇上,您也没错。张将军说的事不利于开封府尹和您的关系,如此这般,群臣们这样站队,将来定然不妥,皇上给他点儿颜色,也是一个警告。"

第二卷　陈桥双辉

赵匡胤把手里的弹弓还给身边的太监,背着手往外踱步,想起那天晚上,太后过世时对他的嘱咐,点点头道:"你说得对,可是……"他想想,又止住了话头,换了一个话题,"你盯着赵普了吗?他和张琼是不是有来往?"

王公公紧跟两步,靠近赵匡胤耳边悄声说:"张琼数次深夜私访赵普,两人在书房常常密谋许久。"

赵匡胤哈哈大笑起来:"密谋?他们两个能密谋什么?"

王公公低声说:"一个是宰相,一个是首屈一指的武将,一个掌握政权,一个掌握军权。"

赵匡胤止住了笑声,问道:"你的意思是?"

王公公声音更低了:"老奴没什么特别的意思,老奴只是为皇上着想!"

赵匡胤想了想,心里有点儿忐忑起来:当初陈桥兵变,他黄袍加身,要是没有王公公,那是不可能胜利的,王公公为什么会站到他一边呢?因为他有审时度势的能力,如今,他突然站到了赵光义一边,是不是他又在用自己审时度势的能力?难道我赵匡胤真的老了,你王公公要另找高枝了?赵光义是否能做皇上呢?他能让大宋江山永续流传吗?想到这里,赵匡胤觉得自己有点儿乱了。在他的一生中,从来没有什么问题能像今天这样令他如此惶惑。

"跟赵普说一声,今晚我要去他家里喝酒。"

3. 哪个赵姓

大雪连着下了一下午,晚饭后还下着。赵普让人在院子里挂了几盏灯,可以在雪夜中看院子里的梅花。不一会儿家人拿来几盏灯,他吓了一跳:"怎么这些灯都是镀金的?"

四、逼入迷局

赵安回道："大人，这是去年南唐使节送的，您可能忘记了。这些灯一直没有用过，今天喜庆，瑞雪兆丰年，就拿出来用用吧。"

赵普心里有点儿忐忑，这让皇上看到了，还不知道他会怎么想，忙说："你们赶快去换了，换普通的灯，带个灯罩就行，我们一会儿在这里喝酒，皇上能看见窗外的雪景和梅花就可以了。"

赵安摇摇手，道："大人，家里哪有其他灯啊，去年几盏灯都是用纸糊的，用几天就坏了。再说了，您是当朝宰相，您不用这种东西，谁敢用？不就是镀了一层金子吗？人家还用真金白银的呢。"

赵普道："赵安，你还是撤了这些东西，不能让皇上觉得我是贪官。"

赵安一拱手，认真地说："小人想起一个故事，不知道大人想不想听？"

赵普知道赵安平时喜欢读书，脑子好使，就说："你想说什么就直说。"

赵安道："当年始皇坚持要王翦领兵讨伐楚国，楚国是一等一的大国，要讨伐楚国，必须举秦国全国之力，也就是说，把秦国所有的军队都拉出去才行。他回始皇道：'若非要用老臣，必给我六十万大军。'始皇同意了，于是王翦带着六十万秦军向楚国去，始皇亲自来送，一直送到灞上。临别前，王翦请求始皇给他田地和美宅，始皇说：'将军既已出兵，何患贫穷？'王翦说：'为大王部将，虽立战功却终不得封侯，所以趁大王亲近臣下之时，多求良田屋宅园地，为子孙置业。'始皇大笑。王翦一路行军，一路不断地派人回去跟始皇敲定他要的良田和美宅，王翦这样做，不仅仅让皇上身边的那些大臣们看不下去了，就是跟着他出征的那些部下们，也看不下去了，就跟王翦说：'将军，这样求赏太过分了，我们觉得丢人。'王翦

第二卷　陈桥双辉

对他的部下说:'皇上多疑,不信任人,现在把全国的兵马都交给了我,我只有以多请田宅作为子孙基业的方法来打消秦王的怀疑,否则,如果我们走不到楚国,大家回去之后说不定都得不到一个全尸。'"

赵普看看赵安道:"赵安,你在家里做家臣,委屈你了,将来一定找机会让你外放,去做个县官试试。"

赵安问:"那么,这些还留着吗?"

"留着吧。"

晚饭刚过,皇上就来了,只带了十几个卫士,身边伺候的只有王公公一人。赵普领着赵匡胤到了书房,赵匡胤一看,这书房真气派,书橱里的书大概有数千卷。赵匡胤笑道:"赵普啊,赵普,你是真舍得花钱。这些书你都看了?"

赵普道:"忙,哪里来得及看?不过,皇上的命令不敢不从,皇上不是要我多看书吗?"

赵匡胤想起当年自己在攻克清流关、滁州之后,缴获了南唐部将和乡绅的大量书籍,那些书装了几大车,运回了汴梁。为这事,他还被人告了,说是他贪财,将缴获的资产运回家了,得亏周世宗是明白人,不然他的命可能不保。他说:"当年,我们是没钱买书,只能抢了别人的书来看,目下,我们是有钱买书,天下的书尽归我们所有,却没有时间和体力看。这些日子朕看书,常常感觉眼睛昏花。不看书,头脑挺清醒,一看书,就想睡觉。你说,朕是不是老了?"

赵普摇摇头,道:"皇上万岁,哪里会老?"

赵匡胤用玉斧敲敲自己的手心,又敲敲桌子,道:"赵普,你可别跟朕玩虚的,朕这个万岁在你眼里到底是个什么形象?你倒是

四、逼入迷局

说说。"

赵普哪敢跟赵匡胤玩虚的,道:"要身体好,必须畅饮,不能饮,就没有好身体。"

说着,赵普打开炭炉,让木炭的火活过来,不一会儿,上面的酒壶里就开始冒水汽,酒香在屋子里弥漫开来,那酒本来就温着,恰到好处地温着,现在更是好到极点了。

王公公跪到炭炉边,提起酒壶,给他俩斟上。赵匡胤道:"王公公,你到外面歇着去吧,别累着,我和赵大人会照顾自己。"

王公公知道,那是皇上要跟赵普说话,他不便在边上听,便躬身起来,退了出去。赵匡胤又补充道:"你也别在外面候着了,找个地儿歇着去。今晚,我们恐怕要很晚。"

赵普道:"皇上放心,王公公和您带的卫士都作了安排,他们冻不着饿不着。"

赵匡胤不待赵普让酒,就自己饮起来,一喝果然是好酒,就问:"蒲中酒?"蒲中是山西境内的蒲州,那里出产好酒,赵普道:"好酒躲不过皇上,皇上一喝,就喝出来了。"

"赵普,你也俗了,弄蒲中酒来,俗了!"赵匡胤看看窗外,雪又大了,道:"今晚,我们别俗了,搬到外面去,院子里不是有个亭子吗?去那里,就在雪中喝!"

赵普急忙起身,端着盘子道:"去得去得,我已经派人在那里摆好酒席了。"

两人往外走,一拉门,赵匡胤看到门外面笔挺地立着七八个家仆,有男有女。他指着赵普道:"你啊,你还是把朕当外人。"吩咐道,"留两个,其他人都歇着去吧。"

这时,有人拿来了灯,撑着伞,给他俩引路,赵普手上的菜盘

第二卷　陈桥双辉

子,也被人急急地抢了去。走在花园小径上,雪花打在赵匡胤的脸上,他觉得很惬意,道:"哎呀！还是这样喝酒看雪舒服,你这里安静,皇宫中太闹腾。"

赵普道:"那皇上随时可以来微臣这里。"

"不打搅你?"

"这一切都是托皇上的洪福才有的,怎么叫打搅呢？这就是皇上的家。"赵普打趣地说。

两人一路走,赵普看雪地里正放着光,心想那些照着梅花的灯,皇上看了不知道会怎么想,再说他也不知道皇宫里有没有这种灯,要是有,皇上用,一个大臣也用,这是逾越,要是没有,那就更加不好了。这时,赵匡胤似乎也注意到了那些梅花,便说:"赵普,没想到你还有那么好的雅兴,这梅花漂亮。"他用鼻子嗅嗅,香气缥缈。

赵普心定了,皇上没注意到灯,注意的是梅花。

两人在亭子里落座,家丁在他们身后围上了帘子,把温酒的火炉也打开了。赵匡胤一落座,才发现这亭子有秘密,原来身下是暖和的,"你这亭子不错,烧了地火?"

赵普道:"这是微臣的发明,在底下凿洞,把炭火放进去,这样亭子就暖了。"

赵匡胤道:"什么时候你到朕的宫里,给宫人讲讲,朕要在宫里也弄一个这样的。"

赵普道:"这是特地弄来迎候皇上的,皇上喜欢,我明天就进宫把图样给他们,让他们立即也做一个。"

两人饮了几杯,赵匡胤问道:"赵普,今儿朕来是想问问内外方针大计。"

四、逼入迷局

赵普点点头,饮了一杯道:"皇上,有什么特别的思虑吗?"

赵匡胤道:"人生犹如白驹过隙,突然之间,我们都已是中年之人。可惜,燕云十六州还在契丹人的手里,北汉也还没有铲除,南方还不稳定。"

赵普摇摇头,道:"皇上如此思虑没有必要,攘外自有武将们,皇上只要鞭策之,则可。"

赵匡胤举酒,停着不动,道:"朕想御驾亲征,拿下北汉,如何?北汉不破,契丹必不能破,燕云十六州,必不能拿回,我汉人在契丹的国土上,为人奴,为人妾,朕不能安心。"

赵普道:"皇上,当年周世宗在位,曾经亲征北汉,又如何?"

赵匡胤不语。

"王朴乃天下大器、镇国之才,在世时他时曾经说过,北汉留着,可以隔绝契丹、女真、党项对我的袭扰,灭了它,却要耗我资财,伤我元气。"

赵匡胤摆摆手,道:"饮酒,饮酒,这个朕知道。"

两人都不说话,闷闷地喝酒,最后还是赵匡胤打开话匣子,道:"开封府尹那边的情况,你可知道?"

赵普心里想说:如今这个大宋江山,已经分裂成两半了,一半儿是您的,一半儿是您弟弟赵光义的,群臣也分成了两拨。

"朕已经垂垂老矣,然而德昭、德芳尚幼,当初太后在时,朕曾经答应太后,绝不让大宋江山重蹈后周覆辙,这江山给光义,又有何不可?你是朕的股肱之臣,当时又亲证了太后的金匮之盟,应该理解啊。"赵匡胤接着说,"什么是好生活呢?我们曾经沙场百战千战,九死一生,如今权倾天下又如何,孤家寡人而已,未尝有一日能安心,有一夜能安枕。"

第二卷　陈桥双辉

赵普摇摇头,道:"皇上,我们冒死兵变,又百战沙场,除了为自己的好生活,还有什么? 不过是要子孙安享权柄,拥有天下而已。如果您是真龙天子,那么,您的子孙就应该应上苍的使命,来统治天下。这才是正朔,才能让天下人臣服,否则,这个赵家王朝就要结束,而另一个赵家王朝就要崛起,可这绝不是一个赵家! 天下人怎么知道谁是真正的天子? 大宋的江山如何才能成为万众一心的信仰?"

赵匡胤似乎突然之间被赵普说服了。他沉吟着,不说话。

赵普的声音突然之间大了起来:"如果您不能传位给您的儿子,那么这个大宋江山在大家的眼里,就不值得守护,因为没有真龙天子承天应命的江山,是得不到百姓的信仰的!"

赵匡胤点点头,道:"为今之计,又当如何?"

赵普斩钉截铁地说出两个字:"迁都!"

赵匡胤并不惊讶,迁都也许是此刻唯一的选择,但是有多少人愿意跟他迁都呢? 大家追求平安富乐,汴梁这样的繁华之地,他们住惯了,如今要让大家举家搬迁,谈何容易?

赵普道:"此时犹未晚矣,再拖延,恐怕就不可能了!"

赵匡胤知道,赵光义在当初陈桥兵变时就是主力,兵变成功后,在禁军经营多年,如今禁军里的新一代将领,几乎都是他一手扶植起来的,那些跟着自己打天下的老将们,反倒没了兵权。赵匡胤用玉斧敲敲自己的手心,又端起酒,喝了一杯。赵普拿起酒壶,给他又斟上,道:"苏合香酒,皇上,您尝尝!"

赵匡胤问道:"苏合香酒? 你从哪里弄来的? 去年不是说苏合香减产,只有一点点都送到宫里来了吗?"

赵普不慌不忙道:"如今下面的人送东西,但凡是送给宫里的,

四、逼入迷局

一定是有两份,一份在汴梁,一份则去了洛阳。"

"你拿它来给我喝?"赵匡胤问了一句,然后放下酒杯,"不喝这酒了,我进来的时候,看到你厅上放着几个坛子,都封着口呢,不如把那些酒拿来喝吧,如何?"

赵普立即起身喊赵安:"赵安,去把客厅里的酒坛子搬来,都搬来,我们要换酒。"

赵安其实就蹲守在一处树丛的暗影里,他哪里敢真去休息?他一听赵普喊他,立即跑了出来,抖了抖身上的雪,应声道:"大人,我这就去取来。"

不一会儿的工夫,赵安带着四个家丁,每人抱来了一个坛子。那坛子看起来够沉的,几个大小伙子都是青壮,抱着似乎也有点儿吃力。

赵普道:"都开了,今天皇上不醉不归,这几坛酒,正好!"

赵安欲言又止,似乎想说什么,但赵普已经有点儿喝高了,挥挥手道:"别啰嗦了,开坛!"赵安无奈,当着赵匡胤和赵普的面打开坛子,这回赵普吓得突然醒来了,原来坛子里不是酒,而是一整坛的瓜子金!

赵普立即起身跪下道:"臣罪该万死!臣罪该万死!"

赵匡胤笑道:"赵普啊赵普,你贪财我怎会不知道,那就贪吧。不过,你要告诉我原委。"他指指那些金子,赵匡胤心里突然悲凉起来,普天之下,莫非王土,这天下的财货都是他赵匡胤的,可有些人却把财货搬来搬去又藏来藏去,真是好笑。

赵普道:"吴越王钱俶,鬼心眼太多,臣中了他的奸计,请皇上治罪!"

赵匡胤苦笑,摇摇手道:"钱俶,他还真以为大宋的军国大事都由你们这些书生说了算?"

赵普也有点儿醉了,问道:"那么,张琼他一个武将,能决定大宋的国运吗?"

赵匡胤道:"张琼那天来御花园闹事,是你们商议好的吧?你们要弹劾开封府尹吧?"

赵普侧了一下身子,像是坐久了需要动一下筋骨,但赵匡胤明显感到,那不是身体上的原因,而是心理上的原因。

赵普内心正经历着巨大的波澜,什么问题能让一个宰相、一个经历过那么多事的人如此不安?

"张琼,他身在禁军一线,他的感受最深。禁军中,当年开封府尹定下的所有规矩和人手都不能变,无论是有没有问题的,都不能变。甚至有什么问题,那些将校们先要私下请示开封府尹,才来禀告张琼,张琼做傀儡久矣。"赵普道。

赵匡胤听了,也是一震,遂问道:"你说的当真?"

赵普点点头,道:"皇上,你只要睁开眼看一看,你就会发现情况比我说得严重,我真不敢说,就如同你不敢看一样。"

4. 步步相逼

张琼被史珪、石汉卿联名告了,在他们的诉状上,同时还有一千六百名士兵的手印。赵匡胤看到史珪、石汉卿的联名告状信后大吃一惊,告状信中列举了张琼的罪恶,一是克扣军饷,二是虐待士兵,说张琼私蓄家奴、戏子一百余人,任意把士兵当作家奴,私建千亩豪宅……要是这些都是真的,那真是十恶不赦啊。赵匡胤脑袋"嗡"的一声,心想张琼啊张琼,你也背叛我?如果真是这样,我也保不了你。

四、逼入迷局

可张琼毕竟是救过赵匡胤命的人,赵匡胤在犹豫。他想找赵普商量,但赵普正好去处理黄河修堤的事了,要过半个月才能回来。

他找来卢多逊,想让卢多逊出出主意,或者让卢多逊去查一下,没想到卢多逊却摇头道:"皇上,张琼乃皇上身边大将,微臣昏聩,有何德能审查他?"

卢多逊不傻,知道张琼是赵匡胤的人,而史珪、石汉卿是赵光义的人,两者干仗,不仅仅是私人恩怨,更是政治杀伐。两个政治派别要在张琼身上干一仗,开封府尹是想一战定乾坤,拿下禁军领导大权,这个时候,如果不能按照开封府尹的要求审案子,必然得罪开封府尹,那就是得罪未来的皇上;而如果不能按照当今皇上的要求审案子,那自然是死得更快,那是得罪了当今的皇上,对当今皇上不忠。当今皇上恐怕还蒙在鼓里,不知所以。

赵匡胤没想到卢多逊会推脱,他还不清楚眼前的局势,道:"那么,谁合适审张琼一案?"

卢多逊心里打了一个小九九,说道:"皇上,如果要真查,我就推荐史珪,史珪检举张琼,让他们两个对质是最好的办法,就让史珪去查如何?不过案子还是要由皇上您亲断!"

赵匡胤问道:"为什么?"

卢多逊感觉赵匡胤还没有完全明白当下的局势,自己更加不能站在赵匡胤这边了,道:"张琼是否犯案皇上有疑惑,自然是皇上亲审更好。"

卢多逊老奸巨猾,有敏锐的政治嗅觉,更有滑头的政治态度,在心里说:皇上,只要您亲审,您就能明白很多。

这时,王公公突然献上一盏菊花茶,不经意地道:"皇上,张琼

第二卷　陈桥双辉

这事又不是什么大事,哪里需要皇上您费神?让史珪去问问,问清楚了不就得了?"

卢多逊看看王公公,王公公也看看他,他们两个脸上一点儿表情都没有。但瞬间卢多逊了解了王公公,王公公已经站到了开封府尹的阵营里,而他卢多逊脚踩两只船,恐怕要有麻烦。

卢多逊也点点头,道:"这倒也是,张琼案不算什么大案,让史珪去问问清楚,就可以了。"

赵匡胤无话可说,顺口道:"那就让史珪负责吧,让他去问问张琼。"说着,赵匡胤叹口气,"唉!要是魏仁浦魏相还在,这种事情又怎么会发生。"

赵匡胤突然想起魏仁浦,不禁泪流满面。两年前,魏仁浦随他出征北汉,劳累而死,已经葬在洛阳了。

夜,胡家庄,清冷的月挂在高空。这个村子盛产枣子,如今,枣树都已经挂果,赵普捏着一粒枣子,在树林里来回走,外面是张琼派来的人,黑魆魆地站在田埂上。

这是赵普视察黄河堤防之后歇脚的地方。不承想,张琼的下属追到了这里。

来人道:"张琼大人已经被史珪抓捕,抓捕时,张大人让我速来报您,求您快快救我家大人。"

赵普心里大骇,皇上怎么糊涂了?让史珪审张琼,那是要张琼的命啊。

赵普当即就脱口而出:"张大人的命恐怕保不住了。"

赵普转了一圈又一圈,天都要亮了。他还是没想出好主意,为今之计,只有一条:立即赶回汴梁,也许还有一线希望。

四、逼入迷局

他喊道:"来人,立即起程,回汴梁!"

刑部大狱里,张琼散着头发,裤子里都是屎尿。他戴着接近二百斤的枷锁已经站了整整两天,没有吃的,不能睡觉,也没有如厕的机会,一只大枷用铁链链在柱子上,吊着他的脖子。他也无法坐下来休息,他感到,哪怕再吊一会儿自己就要死了。他已经完全站不住了。

这时,史珪才出现,要来提审张琼。

史珪对狱卒道:"把张琼剥光,用冷水浇透,然后再给我牵过来!"

那些狱卒知道,整治犯人首先是要让他疲劳,让身体吃不消、站不住时不让他睡下,又渴又饿时不让他吃喝,这是第一步。第二步是让犯人失去自尊,让他的意志垮台,比如让他屎尿全部拉在裤子里,剥掉他的衣裤,让他赤裸着受审……张琼就这样被赤身裸体地拉到了大堂上。张琼已经整整站了两天,脚都肿了,也饿了两天,这会儿眼睛都花了,可是当他看见坐在堂上的史珪时,大声道:"史珪小儿,你诬告我!"

史珪并不看他,手一挥,边上便有小吏冲上来,用板子打张琼的耳光。这种板子,有一尺半长,上面浸过桐油。这些小吏打耳光都有特殊的本领,下手狠,到了犯人面颊跟前的时候,突然反向回抽,等到板子打到脸上的时候,带起的不是压力,而是粘着脸皮之后的拉力,三五下之后,犯人的脸皮就被拉开了血口子,再三五下,犯人的脸就犹如鬼魅。

张琼是一条汉子,当年他在阵上用身体为赵匡胤挡了南唐的毒箭,那箭钉入他的骨头,大夫怎么也拔不出,他让大夫把自己绑

第二卷　陈桥双辉

在柱子上,告诉大夫:"你尽管动刀子!"

那大夫一边动刀子,他一边喝酒,面无惧色。

如今他却是虎落平阳,史珪看张琼不喊叫了,挥挥手,让那几个衙役停手,道:"张大人,属下是奉了皇上的命令来提审你,都是走过场,希望你不要介意。你若是渴了、饿了,你可以跟属下说,属下一定帮你打点。"

张琼知道这史珪不是个好人,心里想:皇上,您让这个小人来提审我,明摆着是要我死啊,我还有什么盼头?

他不说话,低着头。史珪也不等他答话,对衙役道:"给张大人拿酒来,让张大人解解乏。"

那衙役会意,拿了酒来,那酒是高粱烧,度数高,一般人喝了嗓子能冒烟。张琼一天一夜没喝过水,口渴难当,张口喝了一大碗,立即面红耳热,燥热难当,更加口渴了,恨不得咬了嘴唇舔自己的血。

史珪慢条斯理地喝了口茶,然后踱了到门口,对衙役吩咐道:"给张大人穿上衣服,押回去吧。"

那些衙役不明所以,照理说,这样整治下去,犯人是一定会张口的,难道史珪大人不要张琼说话?

张琼心里明白,这史珪不要他口供,而是要他的命。把他弄死之后,随便编什么口供,都是死无对证。

张琼被衙役押着走出刑房,这时,有一小卒在后面轻轻地喊他,声音非常微弱:"张大人,我叫阮武,曾经是您的部下,跟您在滁州打过仗。"张琼听着,没回头,低声对阮武道:"你别叫我张大人了,我如今必死无疑,请你解下我的腰带,带给我的母亲,就告诉她,我不能尽孝了!"

四、逼入迷局

阮武知道，张琼这是吩咐临终事。他从张琼身后伸过手来，解了他的腰带，悄悄收在衣服底下，道："大人，您放心，我一定送到。"

史珪的书房里，博山炉里点着上好的海南沉香，手上把玩着一对青铜小兽，那青铜小兽头像狮子，身子做得胖大敦厚，有点儿像大象，他反复把玩着。夜已经深了，给他打扇子的奴婢眼睛都睁不开了，一个瞌睡，手上松了一松，扇子打到了他的肩膀上。他抬头看看那奴婢，用手在她脸上捏了一下，问："瞌睡了？"那奴婢脸上露出了一丝厌烦的神情，身子不由自主地躲了一躲。史珪不高兴了，手上用了力，顿时，那奴婢的脸上被捏出了一道血印。那奴婢不敢躲了，硬生生地忍着，眼泪在眼眶里打转。

这时，门房突然跑进来，道："主家，石汉卿大人来了。"

"他这么晚来有什么事？"史珪心里有点儿忐忑，立即把那对青铜小兽放进锦盒里，吩咐那奴婢道，"快快收起，放到后头去，给石汉卿大人沏茶。"

话音未落，石汉卿已经不等通报，自顾自地进来了，不及坐下，拉着史珪的衣服，道："赵普回来了！"

史珪听了，脸色大变，心想：赵普不是在黄河边上治水吗？是谁走漏了风声，给他传递消息，让他回来了？这赵普，他以为自己还有能耐，能救张琼？

石汉卿看他不说话，追问道："要是赵普把张琼给救了，张琼肯定不会放过咱们啊！"

史珪摆摆手，道："事到如今，张琼是无论如何不能活着出去了，要是让他活着出去，不仅我们没命，连着开封府尹可能也没命！"

第二卷　陈桥双辉

"那你说怎么办？"

史珪对着石汉卿的耳朵说了一句话，石汉卿道："这要是传出去，可不得了。"

史珪大声道："那比你将来死在张琼刀下，如何？"

老狱吏叹着气，帮张琼脚底上收拾了一下，又在墙洞里放了一盏灯，道："有个灯，人就灵醒一点，张大人，你可要醒着。"他是担心张琼站着站着，就昏过去，醒不过来了。

老狱吏同情张琼，这人当初也是一条好汉，如今落得这步田地。

张琼披头散发，两眼发直。他想站，站不了，想坐，坐不了，生不如死。他想蹲下来，脖子里的木枷立即就锁住他的喉咙，让他呼吸不得，他真想这样吊死算了。可是那枷锁的锁正好在让他死不得的位置上，当他真想死的时候，那枷锁又成了支撑，让他死不成。

已经是后半夜了，老狱吏看看没人来了，给张琼披上一件外套。张琼泪如雨下，道："老狱吏，难为你了，你这样对我，我就怕连累了你。"

老狱吏摇摇头，也不说话，出去了。

正在这时，两个禁军军士走了进来，看他们头上的红帽缨，两人级别都不低。两人态度不错，轻声对老狱吏说："我们奉了皇上的御旨，来看望张琼，你开了门，我们进去和张将军谈谈。"

老狱吏一看是禁军，也顾不得看什么圣旨不圣旨的了，觉得这些人是张琼的部下，自然是来救张琼的。他赶紧打开了牢门，说："你们再晚点，张将军恐怕就没命了。"

两个军士摆摆手，不让他说话，又要他把张琼的手铐、脚镣，还有肩膀上的大枷卸了。张琼一屁股坐到了地上，接着又躺倒了，闭

四、逼入迷局

着眼睛,道:"你们是来要我命的?"

两人点点头道:"带了吃的来,你要是能吃,就吃两口。"

老狱吏听了大吃一惊,正想说话,那两人摆摆手示意让他出去。

老狱吏出去了,两人又说:"张将军,委屈你了。你跟错了人,更加不该弹劾开封府尹。如今我们来是给你个了断,皇上赐你自尽,也算是给你个保全名节的机会。你的家人、老母亲,皇上会照顾好。"

"我不相信皇上会要我死!你们假传圣旨,迟早有一天,天地会为我鸣冤,到真相大白时,你们都逃不脱惩罚。"

其中一人道:"谁会为你伸冤?"

"头上三尺有神灵,你们就不怕神灵降罪吗?"张琼闭着眼睛,"你们这群宵小,跟着史珪,会有好结果吗?"

"你的神灵不是我们的神灵,你的神灵我们不信,再说,你平时不是说不信神吗?怎么这会儿倒信起来了?"另一人回道。

"卑鄙小人,当初我应该杀了你们,留不得你们如今来害我!"张琼愤愤地吼道。

张琼在地上躺了一会儿,气力恢复了一些,声音也大了。那两人就有点儿不耐烦了,便说:"你这是不合作啊?张将军,如果是这样,我们兄弟就要帮你一把了。"

两人互相使了眼色,一左一右,平着抱起张琼的腰,张琼叫道:"你们要如何?杀我?"

两个人不答话,将张琼的头对着牢房的北墙,狠狠地撞去,顿时,张琼脑浆迸裂,血溅了一地。两人看也不看张琼,放下他的尸体,转身出去了。

第二卷　陈桥双辉

赵普来到宫门口,照往常,那些班值早就过来打招呼,给他开门让道了。赵普有皇上给的特权,可以过门不下马,可今天不一样,那些班值站着不动,赵普下了马,走到那些班值眼前,赵安上前对那些班值道:"你们没看见那是我家宰相吗? 快快开门让路!"

那些班值不动,一会儿从里面走出一个小校来,不紧不慢地走到赵普跟前,道:"宰相大人,恕小人无礼,没有皇上的宣召,这个时候既不是早朝,又不是晚朝,小人不能放大人进去。"

赵普心想,张琼肯定死了。他心里暗暗叹气,皇上啊皇上,您怎么这样糊涂。"那就麻烦你通报一声,就说宰相赵普求见。"

这个小校敬了个礼,转身进去通报了。一会儿,小校从里面出来,道:"王公公说,皇上刚刚歇下,有什么事就请宰相明日早朝再说吧。"

赵普这回真有点儿吃不准了,到底是皇上不想见他,开始疏远他? 还是皇上被蒙在鼓里,他们根本就不想给皇上传话?

赵普道:"我就站在这里等,等皇上歇息好了,再求见。"

一听这话,那小校为难起来,站着不知如何是好。赵普一看,就知道这小校是被人左右了,说皇上歇着了,其实这话是王公公告诉他的。小校低声道:"宰相,您稍候片刻,一会儿小的再给您进去问问。"

赵安凑到赵普耳边,道:"宰相,这样等下去不是个办法,相反会把你置于逼宫的境地,不如我们先回去吧。"

赵普道:"我与王公公交游多年,想来,他此时不会不帮忙。"

赵安又道:"大人,看来张琼已死,您再怎样急,也来不及救他了,不如放松些,先回去休息,等明日早朝再说。"

赵普摇摇头,道:"我倒要看看,皇上什么时候见我! 是不是皇

四、逼入迷局

上他不敢见我!"

勤安殿上,赵匡胤接过史珪递上来的抄家清单,他看了看,问道:"史大人,你不是说张琼私蓄家奴、戏子百余人吗?怎么只搜出了一个?"

史珪不慌不忙地道:"张琼的家奴,一以当百。"

赵匡胤又问:"你说,张琼家宅百亩,怎么家宅只一进,总共十间?"

史珪又道:"张琼家宅,一以当十。"

赵匡胤火了,怒道:"你们就这样以莫须有的罪名害死了朕的一员大将!"

石汉卿道:"皇上,张琼畏罪自杀是事实,如果他没有罪,又何必自杀?张琼之死,事出意外,又在意料之中,臣请皇上宽大为怀,多多赏赐他的母亲,也可擢升他的弟弟。张琼曾经跟随皇上南征北战,他这样走了,也算是保下了名节。"

听了石汉卿的话,赵匡胤一时有点儿糊涂了,这张琼到底是否有罪?他想起张琼当初的好,又想起张琼最近跟赵光义闹别扭、弹劾赵光义的事,心想你们都是朕的股肱,又何必这样你死我活,不能相容呢?

赵匡胤点点头,道:"你们去吧,容我再想想。"他突然感到一阵头痛,眼睛像是要从眼眶里爆裂出来一样,提高了嗓音道,"出去吧!"

这时,王公公回禀道:"皇上,赵丞相回来了,他在午门外已经等候多时。"

赵匡胤摇摇头,道:"让他改日再来,就说朕不舒服。"

第二卷　陈桥双辉

赵匡胤知道,赵普是来救张琼的,可张琼已经死了。赵匡胤头疼欲裂,这个时候他不想见赵普,无法跟赵普对话,甚至有点儿怕赵普质问他。

赵普终于知道皇上不会见他了,赵匡胤已经不是当初的大哥、都虞候、枢密使,而是皇上。皇上居于深宫,宫深似海,他见不着了。想起当初,赵匡胤雪夜来访、煮酒赏雪的情景,言犹在耳,一个表情、一个动作,一切都还在眼前,而如今,近在咫尺却不能见。

宫门外的罗汉松弯了腰,而天上飞过的大雁似乎也噤了声。他赵普也应该弯腰噤声,然后走人,就像头顶上的大雁一样。

赵安默默地牵过马来,赵普虽是文官,却保持了战争时代骑马的传统。他听见赵普的声音哑哑地从似乎很远的地方传来,"走吧。"他点点头,"走吧,先生!"赵安说道。那小校看不过去,让人拿来上马凳,赵普看看马凳,抬脚踩了上去,没想到他的脚是那样没有力气,竟然上不了马凳,赵安看在眼里,眼疾手快托了一把,他总算是上了马。

赵安牵着马,快步地走,知道赵普此时此刻只想离开,马似乎也懂得赵普的心思,又稳又快地小跑起来。可是赵普却突然勒住了马缰绳,调转马头,望着宫门。他就这样站着,似乎在等皇上出现。然而,宫门口并没有什么动静,没有人出来。

赵普几乎是有了错觉,问赵安:"刚才,是有人喊我们吗?我怎么听见有人喊我们回去。"

赵安心里一酸,道:"丞相,您别着急,咱们先回去休息,明天上朝,再跟皇上说。"

赵普道:"不会上朝了。"

五、终成定局

1. 赵普罢相

赵匡胤早早起来,太监们端来粥,粥是用洛阳产的小米和着山东的甜瓜熬出来的,清香中带着甜味,非常好吃。赵匡胤吃了一碗,又吃了一碗,太监们不敢给他再吃了,怕他吃坏了。王公公不在,谁都不敢劝皇上,第三碗只好给他减半,他又全吃下去了。

来到朝堂之上,赵匡胤看看左边,原本临朝,只要赵普在,那里是有一张凳子的,是让赵普坐着奏事的。赵普是宰相之首,赵匡胤特许他可以按照前朝旧制坐着奏事,其他官员都是站着奏事的。这个改革,其实也是赵普的主意。赵普认为,以前皇上和大臣议事,皇上坐着,大臣们也坐着,不能显示皇上的威严和专断,应该是皇上坐着,其他人只能站着。赵匡胤看赵普站着说话,距离远,又累,还是赐赵普坐着奏事的权力,不过别人就只能站着了。

赵普明明已经回来了,怎么王公公没有为他准备座位?便问:"王公公,怎么没给赵丞相准备座位?"

王公公轻声道:"皇上,赵丞相昨天没有来通报他到底来不来上朝,所以今天没有准备,不过他的凳子就放在后边呢,只要他到

第二卷　陈桥双辉

了,我就让人拿出来。"

赵匡胤点点头道:"那就开始议事吧。"

这时,翰林学士卢多逊出班奏道:"皇上,臣要弹劾一个人。"

这卢多逊是开封府尹的人,原先在赵光义手下做事,深得赵光义的赏识,后来赵光义把卢多逊推荐给赵匡胤,赵匡胤提升他为翰林学士。赵匡胤比较喜欢卢多逊,因为他博学。当然,赵匡胤不知道,卢多逊常常跟翰林院负责掌管书籍的小吏通好,皇上借了什么书,他立即就知道了,赶紧回家看,披星戴月地看。第二天皇上在朝上讲起时,他当即能对答如流,这样一来二往,在赵匡胤的脑子里,朝堂之上最有学识的,就是卢多逊了。

卢多逊跪倒,缓缓地拿出一卷文书,双手举过头顶呈上。王公公立即跑下去接过来,又快步跑上来,递给赵匡胤。赵匡胤心里充满疑惑:王公公怎么今天这么利索? 他不看奏章,直接问卢多逊:"你们写东西不容易,容朕回头慢慢看,如果是要紧事,可以直接说。"

卢多逊道:"臣要弹劾宰相赵大人。"

赵匡胤并没有吃惊,对赵普他也有点儿不耐烦了,赵普喜欢钱,私下受贿,他是知道的。他不仅收受本朝官员的礼金,还收受周边小国的进贡,可赵普毕竟是他最信任的人,是跟他一路战斗过来的战友。如今,其他参加兵变的将领都已经解甲归田,身边剩下的本已不多,张琼又刚刚死于非命,让他损失了重要股肱,此刻,如果再处分赵普的话,朝廷动荡,就要大伤元气了。他沉吟了一下,问道:"卢大人,你果真要弹劾赵丞相?"

卢多逊胸有成竹道:"是的,国有难,必为股肱不正,上行下效。赵大人身为魁首,不能正己正人,又如何服人? 微臣弹劾他三事:

五、终成定局

一是他违反禁令,私运木材扩建府第;二是其子承宗违反宰辅大臣间不得通婚的禁令,娶枢密使李崇矩之女为妻;三是他收受贿赂,包庇抗拒皇命外任之官员,此三者,赵普欺君逆上……"

卢多逊振振有词,赵匡胤听得心里发凉,卢多逊说的这些恐怕句句属实,但是要惩处赵普,他却下不了手。

赵匡胤打断卢多逊的陈词,挥挥手,想缓一缓,回去想清楚后再来商议。可事态出乎他的意料,御史雷有邻站出来道:"臣附议,赵大人收受贿赂,包庇作奸犯科之徒,为自己的小利而害了国家大利,这实在不是一个宰相应该有的作为。这样的人做宰相,臣等不服!"

赵匡胤沉吟着,在等大臣的队列中能否站出什么人帮赵普说说话。可大殿上出现了令人难堪的沉默,赵匡胤心生悲凉,一方面为赵普,另一方面也为自己。他心想:赵普啊赵普,你是一人之下,万人之上,又何必如此贪小,最后落得没有一点儿人缘呢?

赵匡胤不知道,赵普不是没有人缘,而是此刻赵普代表的是一种反对赵光义的力量,赵普是在以一己之力和赵光义斗,谁都知道,赵光义是未来的皇上,现在站在赵普一边,等于是自寻死路,给自己的政治生命画上句号。

赵匡胤并不明白这个道理,只是以为赵普的人缘太差,涉贪太深,渎职太过,引起公愤了。

赵匡胤沉吟了一下,道:"众位爱卿,你们所说的句句为真。只不过,赵丞相劳苦功高,朕不忍心……"

赵匡胤还没有说完,王公公就用手悄悄地拉他的衣摆。赵匡胤停住话头,向下一看,下面突然跪倒一大片。他不明所以,就听各位大臣齐声道:"皇上,赵丞相欺君罔上,不处置,臣等不服!"

第二卷　陈桥双辉

赵匡胤恼了,心里想:你们就这样不待见赵普?难道是想让朕现在就免了他?罢了他?贬了他?他平缓了一下自己的语调说:"各位爱卿,起来说话。"

可是,没有人听他的,大家就是跪着不动,他正想再劝大家起来,只见王公公对他使眼色,他明白了,大家要的正是他现在就罢免赵普,如果他不能当机立断,恐怕这个局面不好收拾。

他暗自叹气,王公公在他耳边道:"为今之计,不如先平息一下众怒,另外也给外藩看看我们大宋的威严,可以请赵丞相暂时先屈就于河阳三城节度使,这样对赵丞相来说,不算什么贬斥,对大家来说又有了个交代。"

赵匡胤心里正犹豫,下面又有人大声奏道:"臣听闻赵丞相已经回京,但今天却不来早朝,臣不知这样的丞相又如何能有担当?"

赵匡胤只好道:"那就请枢密院拟个奏折,商量一个处置的办法吧。"

话音刚落,赵匡胤就听卢多逊道:"臣等已经拟好,请皇上过目。"

赵匡胤突然后悔起来,他们这是预谋而来的啊,而他则是一步步地落入了他们的圈套。王公公把卢多逊的奏折递给他,他一看,竟然跟刚才王公公的话是一样的——请放赵普为河阳节度使。赵匡胤看看王公公,王公公突然低眉看脚尖。这一刻,赵匡胤明白了,王公公已经站到了赵普的对立面上,甚至王公公已经不站在他赵匡胤的立场上了。

赵匡胤愣在那里,可卢多逊等却不让他有冷静的机会,众臣纷纷齐声奏道:"请皇上定夺。"

赵匡胤点点头,合上奏章,递给王公公道:"准了。"他希望王公

五、终成定局

公能看清他真实的态度,帮他圆一下场,相反王公公高声宣示道:"赵丞相的事情,皇上已经准了,各位起来吧。"

赵匡胤听了,恨不得上去抽王公公的嘴巴子,然而他没有,他感到四处都是陷阱。他的四面都是墙,可是这个墙到底在哪儿,又是谁筑起了这堵墙?他不知道。他被墙围住了,而真正的推手,都躲在墙后头,他没法儿看清楚。

天已经凉了,赵普穿着一件厚的夹袄,可还是冷。他坐在马上,赵安在前面牵着马。路边是凄凄惶惶的茅草,叶子早已经黄了,脉络还没有黄透彻,但越是这样,越是让人觉得凄惶。

赵安想让赵普在京城歇几天,自己好安排一下行程,尤其是行李多,此去也不知道什么时候能回,或者能不能回。他想把能带的都带上,但赵普不让。"立即走,即刻走,明天就走!"

一早出来,没有停歇,太阳刚上三竿的时候,他们已经到了城南的卧牛村,赵安放慢了脚步,道:"丞相,要不要歇歇?"

赵安心里想,丞相在朝为官十数载,怎么可能没有朋友来送,就是大家不知道他走得仓促,今天一大早出城,也是有迹可循的,有心人应该能跟来送个行,给丞相一个安慰,他动了这个心思,脚下就慢了。可是,赵普似乎早就看穿一切,说道:"走吧,不会有人来送。"

赵普知道,这个时候,没人敢来。他不仅仅是得罪了未来的皇上,现在是连现任的皇上也得罪了,他是彻头彻尾的失败者,谁来谁送死,是用自己的政治生命做赌注,没有人会来。他也不希望有人来,那些能来的,都是真正关心他的人,因此而丢了官,不值当。如果都丢了官,那他的政治基础就彻底没了,将来永世不得翻身。

第二卷　陈桥双辉

"走吧,不要歇了!"他催促赵安。

赵安扭头到处看,脚步迟疑,赵普一提马缰绳,索性让马小跑起来。赵安只好也抬脚小跑,道:"真是的,这路好难走啊。"

可是,转过一道弯,就在卧牛村的前头,那景象让他们大吃一惊,皇上就站在路边,等着赵普。皇上真是料事如神,怎么知道丞相今天要走,而且就走这个方向呢? 去河阳,可以走这条路,也可以出东城门走另外一条路,皇上竟然就在这里等着了,就像他们君臣说好了一样。

赵匡胤看见赵普的马走了过来,走上前去,抓住赵普的马缰绳,扶赵普下马。赵普也不推辞,下了马,早有禁军班值来,牵了赵普的马到一旁喂料喂水去了。赵安看在眼里,心里感到一丝安慰:到底还是那个雪夜来畅饮的皇上,为宰相牵马拽镫,历史上有几个皇上能做到?

赵普下得马来,就地跪倒给赵匡胤行礼。赵匡胤道:"先生,我们之间不必拘礼。"他扶起赵普,看看赵普道,"你瘦了,让你受委屈了。"

赵普道:"微臣再怎么委屈,也不算委屈,只是微臣担心皇上受委屈。"

赵匡胤心里明白赵普说的是什么,但不能让赵普继续说下去,这个话题只能意会,便道:"丞相一路西行,要注意保暖,天气凉了。"

赵普点点头,道:"皇上,以后微臣不能跟在皇上身边了,皇上要照顾好自己。"

赵匡胤拿出一把剑,交给赵普道:"这是朕随身佩戴的宝剑,已经十来年了,交给你。如果有什么危险,可以用此剑自保。"赵匡胤

五、终成定局

是担心有人要害赵普。

赵普摇摇头,道:"皇上,我不怕危险,也不会有什么危险,到了河阳,我反而安全了。"

赵匡胤若有所思地点点头,又摇摇头。

赵普道:"皇上,微臣走后,希望皇上心中时刻有一把剑,当年皇上纵横四海,马上得天下,如今,皇上……"

赵匡胤挡住赵普的话头:"丞相,朕定会来看你,放心。"

这回轮到赵普吃惊了,来河阳看他?那不就是说皇上要巡幸洛阳、河阳?这是个危险的举动,赵普一拱手道:"皇上,如果西巡,自是百姓的福祉,不过……"

赵匡胤知道赵普要说什么,但不能让他说出来:"朕意已决,不要劝朕了。"

"皇上,如若西巡,不如北上,北上可以攻北汉。"赵普的心里话是,如果皇上真的意识到大权旁落,希望重新拾起大权,可以通过发起攻打北汉的战争来重招旧部,带出军队,北汉弱,正好可以用来解决皇位争端。只要重新把禁军掌握在自己的手里,召回当年的大将,权力的重心自然会移回,曹彬、潘美等都还是忠心耿耿的,但如果贸然出巡,却不一定是个好主意。

赵匡胤听懂了赵普的话,点点头,说:"这也是个办法,你且去河阳,我等君臣不久就会见面。"

赵匡胤让军校拿了酒来,自己接过酒杯递给赵普,道:"来,喝一杯。"

赵普接了酒杯,饮了,然后上路。

赵安发现,王公公没来,跟随皇上的全是军校。"先生,王公公没来。"

赵普点点头,道:"我看见了,是没来。"

赵安觉得自己还是不如先生聪明,他看出来的东西,其实先生早就看出来了。有一件事他百思不得其解,便问道:"先生,我看那些禁军,都不说话,难道他们是哑巴了?我们说话,好像他们也没听见?"

赵普道:"这些禁军,全是被刺穿了耳膜、割掉了舌头的。"

赵安听得毛骨悚然。赵普解释道:"这种做法,是石敬瑭发明的,后来一直流传下来。有些穷人家,就专门让自己的孩子刺了耳膜、割了舌头进宫来,有条活路,总比自己去势做太监好。"

赵安道:"咱们皇上也用这种人?"

赵普叹气道:"以前咱们皇上不用,坚决反对,现在怎么又用了,我也不知。"

赵普感到自己和皇上的确疏远了,皇上身边发生如此大的变化,而他竟然不知情。

2. 西巡洛阳

尽管已经是秋风飒飒,但是御花园中,依然还是有各种花儿争奇斗艳。有一种血色红花,更是开得娇艳,赵匡胤对王公公道:"晋王府上是否有这种花?如果没有,就给他送去!"

王公公点头:"小的记着了,明儿就去办。"

赵匡胤又道:"晋王府上的后花园,是不是没有水?这个你要亲自关心,给他引一条水流,有了水,院子里才活泛,有生气。"

"皇上,这后院里引水,工程不小,又关涉到开封府尹家里的风水,您看是不是让开封府尹自己去做主?"王公公小心翼翼地问。

赵匡胤不动声色地说:"朕已经找好人,给他看过风水了,就等

五、终成定局

施工。你明天就带人去开工吧,这样开封府尹回来,就能看到新的后花园了。"

王公公立即改口道:"皇上如此关心开封府尹,等他回来,一定会感恩不尽的。"

赵匡胤看看王公公,没有说话,背着手独自往花园深处走去。

王公公在他身后不近不远地跟着。他突然有些后悔起来,觉得自己口误了,皇上只称晋王,不称开封府尹,而他却连续称呼"开封府尹",这不是违逆了皇上吗?皇上刚刚削去了赵光义的开封府尹职位,难道一个太监要给他复职不成?

赵匡胤走到一口井边,停了下来,向王公公招招手,道:"王公公,你过来,我有事问你。"

王公公小步走上来,轻轻地说:"皇上,你找我?"

"王公公,你跟我多久了?"

"皇上,老奴自打皇上登基以来,就一直跟着皇上。"王公公心里有点儿惶惑。

"你辅佐我登基,有功劳啊。"

"老奴不敢居功,老奴只想跟着皇上您,伺候您做事则可。"

赵匡胤长叹一声:"当初您也伺候过柴荣,那是我的大兄啊。你伺候我的时间也太久了,难道不想你的先主吗?"

王公公愣住了,低头不语。

赵匡胤又道:"你以为开封府尹就一定能做皇帝,坐上龙椅?你想像当初一样找个新主子?王公公,你就一定认为你能活得比我更长久?"

王公公道:"皇上,老奴知道了。老奴此生不会投靠他人,在人间不会,在阴间也不会。就是到了阴间,在那边也是皇上的鬼,也

第二卷　陈桥双辉

要伺候皇上。"

赵匡胤看看那口井,冷冷地道:"你去了,朕会给你一个风光大葬。"

王公公用衣袖抹了抹眼睛,给赵匡胤跪下道:"老奴最后一次给皇上磕个头吧!"

赵匡胤点点头,待王公公跪下,匍匐在地,他转身走开了。

王公公一直趴在地上,直到听不见赵匡胤的声音,才缓缓地起身,摘下头上的帽子,脱了鞋子,然后纵身就要往井里跳。就在这时,他身后出现了一个小太监,那太监一把拦住他道:"公公,皇上让我在这里等您呢。皇上说有事找您,让您到乾宁殿找他。"

张琼死后,赵匡胤提拔张霁为禁军校尉,可惜张霁不是张琼,张琼是天生的武将,一辈子就喜欢打仗,勇冠三军,又忠心耿耿,而张霁更喜欢儒术。张霁百思不得其解,为什么皇上让他去当校尉?当赵匡胤深夜找他进宫,问他洛阳的事情时,他才明白过来。

他看着斜躺在卧榻上的赵匡胤,心里想着是否要说实话。他哥哥是被史珪、石汉卿害死的,而他俩背后是开封府尹,谁都知道皇上中了圈套,没有及时救助张琼,是因为四条理由:一是"擅选官马乘之",二是"纳李筠仆从于麾下",三是"养部曲百余人",四是"巫毁皇弟光义为殿前都虞候时事"。这四条罪状,第一、三条暗示张琼整备兵马,暗图谋反,第二条显示的是他和叛臣李筠有私下往来,网罗了李筠旧部,而第四条说的是他对开封府尹不满,不同意开封府尹将来继位,条条是往死里整张琼。可是前面三条,每一条都只需要简单审查就能搞清,事实是张琼死后,抄家审查,这三条都不存在,而真正让张琼必死的,其实是第四条,张琼得罪了开封

五、终成定局

府尹,有了这一条罪状,连赵匡胤也不能保他,只能让他接受审查。

一旦赵匡胤同意审查张琼,就给开封府尹一派害死张琼制造了机会。赵匡胤也正是因为张琼的死,才意识到事态严重。然而,如今的局势已经不利于他,禁军已经被赵光义掌握,而朝中的重要大臣大多都已被赵光义收买,没有被收买的也惧怕着赵光义的势力。尤其是张琼冤死、赵普罢相,这一文一武两位大臣的命运,让他们看到了得罪赵光义的下场,他们变成了冬天的蝉,什么话也不说了。

在张琼这件事上,大家都看得很清楚,张琼对赵匡胤那是无限忠诚的,然而,忠臣的命运却是如此。可以肯定的是,赵匡胤并不糊涂,他也不想杀张琼,可史珪、石汉卿却并不在意赵匡胤的态度,几乎是肆无忌惮地害死了张琼,如果不是有一个更加强大的政治力量支撑着他们,他们怎么敢如此放肆?

其实,赵光义更不在乎赵匡胤的态度,按照部署,他应该驻守洛阳,他却偏偏不去洛阳,而是在洛阳和汴梁之间的皇岗——这个有风水的地方待着,他在皇岗可以遥控京城里的一切。在这个地方,他可以随时潜回汴梁。后来他干脆以重修院落为名,常常回去见各种人。

"皇上,如今京城里的一切都由开封府尹遥控,您难道就真的不知道?"张霁低下头,不看赵匡胤。

赵匡胤敲敲手上的玉斧,两个人都听到了玉斧发出的叮当声,赵匡胤就像是从睡梦中醒来一样:"张霁,你恨我吗?"

张霁不说话。

赵匡胤又道:"你恨我,我知道。"

张霁还是不说话。

第二卷　陈桥双辉

赵匡胤直起身来,一旁小太监立即端上茶水。他挥挥手,让小太监出去,屋里只剩下他们两个人。赵匡胤又说:"你哥哥冤死,是朕不对,你恨朕说明你真实,不虚伪,但朕要你来,却是要你保护朕。如果你想报仇,你现在就可以动手,如果你不想报仇,想继承你哥哥的志愿,做一个忠臣,朕也给你机会,朕要升你为都虞候,主管禁军。"

张霁是个文官,尽管他饱读兵书战策,却并没有战场经验,也没有领过实授的军衔,赵匡胤走了一步险棋。然而,不走这步棋又该如何呢?那些跟他打天下的人如今都被削去了军权,包括王彦斌、罗彦环、楚昭辅等这些跟他多年的老部下,现在都不带兵了,如果突然招他们回来带兵,一是他们不一定愿意,二是可能激起突变。"就张霁吧,关键是人心!"赵匡胤相信人心在他这边,是他创建了大宋王朝,他不相信有谁真能从他手里把他的王朝夺走。

张霁犹豫着,轻声说:"皇上,此事不知您是否做好了决然的准备?如若我们意志不坚决,行动不果断,臣恐怕反而要连累皇上,葬送大宋王朝。"

赵匡胤点点头,道:"爱卿所忧甚是,不过我们定然有胜算,此事就是拨乱反正。"

张霁摇摇头,坚定地说:"皇上,这不是拨乱反正,而是平叛救国,如果皇上还没想清楚这事的性质,臣下劝皇上还是不要动手。此事到底有多严重,臣下只想说一个人,王公公,您找他问个明白,一切就都了然了。"

赵匡胤看看张霁,觉得之前低估了这个人。他站起来,踱了两步,又坐回去,对张霁道:"你不用担心王公公,他对朕应该没有二心。如果有,他应该死过几回了。"

五、终成定局

张霁吃了一惊,这回倒是他沉默了。

赵匡胤又道:"朕派你去找高怀德,他是朕的老部下,他一定会接待你。"

张霁摇摇头,心里明白高怀德现在只想明哲保身,不会出头帮谁,一个是哥哥,一个是弟弟,他都得罪不起。他完全可以坐山观虎斗,等赵匡胤和赵光义斗出个结果来再投靠,犯不着现在就站队,万一站队错了,将来可能性命不保。张霁想的是,现在还有谁一定会站在赵匡胤这边。他想来想去,只有赵普,照理说,赵普也算是因为赵光义而下台的,再说,赵普一直反对赵光义接班。可惜赵普做宰相多年,拥有一批死党,却也得罪了不少人。如今,这些死党都已经被赵光义整肃得差不多了,倒是那些对赵普怀恨在心的人却掌握着大权。赵普没有军权,又能帮上什么忙?

张霁道:"皇上,此事是否跟赵普赵丞相商量一下?微臣愿意去探访赵大人,跟他计议一下,把他的意见带回来。"

赵匡胤心里懊恼不已,悔不该当初把赵普去官发配。就算他愿意回来,一个落了难的丞相,人脉非常单薄,如何能成大事?

赵匡胤道:"你去找高怀德,就说朕不日要巡视洛阳,朕到洛阳后,可能要在那里住一段时间,甚至就不走了,让他动议迁都洛阳。"

张霁一听,豁然开朗,还是皇上英明,早就布好了局。汴梁是赵光义的天下,皇上去洛阳另立一个朝廷,振臂一呼,可能什么都解决了。汴梁最多就是一个陪都,如果是这样,那么高怀德就显得举足轻重了。

3. 高怀德府上

高怀德此时领衔归德军节度使,节度使在唐代是主掌军民两

第二卷　陈桥双辉

政大权的地方大员,但到了赵匡胤时代,军权已经都收归中央禁军统管,节度使只是个荣誉头衔,手上根本没有军队,归德军大多数时候驻扎在东部和北部,以契丹为作战对象。高怀德却定居永定,那是相反的方向,他不在归德军驻扎地,根本没有军队指挥权。燕国长公主过世三年了,高怀德已经不再领驸马都尉衔,手中就更没权力了。

大宋实施的是更戍法,军队是轮番调动,并不常驻一地。当初,赵普和赵匡胤设计这套策略,就是为了防止地方大员拥兵自重。

这是开宝九年(976)的春天,春节刚过,张霁来到永定。

到了归德军节度使府上的时候,张霁傻了眼,这里哪是什么将军的府邸,完全是一个乡下财主的庄园。门楼是平的,而不是重檐歇山式样的,完全是地方民居的做派。门前也没有下马桩,甚至拴马石都没有,似乎这里根本没有什么人骑马来访。张霁心里有点儿难过,想当年高怀德是威震南北的悍将,如今却是生活在这样一个毫无军人和官家气势的村野庄园里面。

张霁是聪明人,理解高怀德的低调。高怀德也是聪明人,既然皇上对他们掌握兵权有忌惮,那就索性做到底:家里一件兵器不留,和朝廷里的官员、地方官员一个都不来往。高怀德把自己的家宅搞成这样,那是故意的。张霁不知道,高怀德这样的武将,生活在这样一个地方,这样一个宅子里,他心里到底如何? 莫不是他修佛,真的入道,恐怕内心会非常不平静吧。

张霁和几个亲兵把马牵在手里,站着喊:"有人吗?"好在门是开着的,有人看见他们一行人来了,慌慌张张地跑出来迎候,听说是京城来的,二话不说,跑进去通报了。

五、终成定局

一会儿,张霁看见一个胖乎乎的男子从里面跑出来,跑到近前,张霁看到他头上满是汗,那男子到了跟前,张霁看得仔细些了,直觉告诉他那是高怀德本人。来人身材高大,眼神中透着威严,可又穿着便服,上衫是粗麻的,没系腰带,只是领口扣了一个扣子,衣襟儿上还有饭粒,下裳挽起来,别在腰间,像是正在做什么粗活,莫不是节度使府上的什么管家吧?

那人近了张霁的马,道:"哎呀,原来是京城来的贵客,家里都是些没见过世面的村人,不知道迎接。我是高怀德。"

张霁手头的马缰绳一紧,忙通报自己的名头:"高将军,末将张霁,官拜禁军都虞候,前来拜见。"说着,他撩开战裙,跪倒叩拜。

他这个叩拜,叩的是他哥哥张琼的好友高怀德,同时也显示他不是奉了皇上命令来拜见高怀德,而是私下来的。

高怀德赶忙扶他起来,道:"这可使不得。我高某不过是一介村夫而已。"张霁起身的当口高怀德仔仔细细上上下下地打量他,好一会儿,嘶哑着声音道,"像你哥哥,像你哥哥!"高怀德说着,嘴唇颤动起来,话音仿佛被风吃了,发不出来了,张霁怎么也听不见了。

张霁见高怀德如此,心里悬着的石头放下了,高怀德没有忘记当年的战友,也没有忘记那份战场上建立起来的兄弟情。高怀德拉着他往内里走,进到第一进大院,张霁看见院子里有小桥流水,小景小致,却没有一点儿军旅痕迹。又进了第二进,还是没看见练武的地方,倒是看见了千秋架,再看,这院子也不像有第三进的样子。张霁就问道:"高将军,您平时都在哪儿练武啊?"高怀德摇摇头,拉着他只顾走,边走边说:"我哪里还练武?我只求安饱,此间乐,不思其他尔!"

第二卷　陈桥双辉

张霁身后跟着一溜跟班,不好多问,这时有家人过来,领着张霁带来的跟班们到厢房休息,只剩他和高怀德两人到了堂屋,两人分宾主坐下。张霁道:"皇上听说我要来,特地让我捎个口信给您,皇上念着您呢。"

高怀德脸色不好起来,站起来,对着东方拱手道:"感谢皇上惦念,我在此间,日子过得很好。"

张霁正要继续说话,这时一个小女孩拿着一只小风车走了过来,娇声说:"爹,娘给我做了一个风车,你看,你看。"

高怀德把那小女孩抱了起来,在她左脸上亲了一口,又在她右脸上亲了一口,似乎把张霁给忘了,张霁也站起来,试图跟高怀德说话。但是,高怀德竟然蹲身和小女孩玩起来,小女孩喊道:"爹,我要骑马。"

高怀德立即趴到了地上,四肢着地,道:"骑马,骑马。"

张霁看着这情景,知道高怀德是误会他了,高怀德可能以为他是代表皇上来巡视的,看看他是不是老实本分,过着安分守己的生活。

张霁知道,高怀德是在他面前做戏,便一把抓起茶碗,"嘭"地扔到了地上。随着茶碗炸开的声音,他大声喝道:"高将军,该醒醒了,难道当初那个立马横刀、和党项人生死决战的将军,就是今日的马儿吗?"

高怀德一愣,停下来,听着张霁的话音。可是,张霁的话音一落,他模仿着马的嘶鸣,又在地上爬起来。张霁真急了,一把把小女孩从高怀德身上拉起来,重重地往边上一放,对着小女孩声色俱厉地吼道:"你一个女孩家,骑什么马?那是马吗?那是你爹。"

张霁顺势就要拉高怀德起来,这时小女孩突然恶狠狠地用手

五、终成定局

里的风车捅了张霁一下,出手非常狠,力道之大让张霁竟然站立不住,打了一个趔趄。小女孩瞪着眼睛对高怀德道:"要你管?你是谁?滚出我家去。"

说着,她纵身一跃,飞身上了高怀德的后背,用手在高怀德的屁股上一拍:"走!到后院蹴鞠去!"

高怀德立即爬向后院。张霁喊道:"高将军,高将军,我是代皇上来看你的,我有话说。"

可是高怀德没有回头,爬向后院去了。

赵匡胤在等着张霁回来,他焦急万分,又闲得无聊。王公公建议道:"不如去御花园走走。"赵匡胤没多想就点了头,王公公说,"最近御花园可有意思了,来了一群鸟。"

原来,王公公是要带他到御花园打鸟玩,赵匡胤是比较喜欢这个游戏的。王公公了解赵匡胤,赵匡胤打弹弓是一把好手。"请上宋皇后?"王公公又建议道,赵匡胤不置可否地点点头。谁去都一样,这个时候,赵匡胤对什么都意兴阑珊。自从王皇后过世之后,宋皇后执掌后宫,也不知道怎么的,赵匡胤对宫闱之事就失了兴趣。

冬末的汴梁还很冷,御花园里萧瑟一片,都是些枯枝败叶,甚至有些小河小水的还结着冰。御花园里没有鸟,赵匡胤拿着弹弓在御花园里兜着,说来也巧,正在这时树上突然现出一只锦鸡。赵匡胤二话不说,举起弹弓就打,竟然一下子就打着了,但那锦鸡并不直接掉落下来,而是盘旋而下,又像是要展翅高飞。众太监立即齐声呼喊起来,呼喊声果然起了作用,那锦鸡慌乱起来,不辨方向,三两下就被树枝刮了,掉下了地。

一个太监冲过去捉住锦鸡,拿到赵匡胤跟前。锦鸡竟然是活的,赵匡胤有了些兴致,正要举手接过锦鸡时,树上突然冲下来另一只锦鸡,对着赵匡胤的头就啄,还真啄到了他的冠冕上。赵匡胤一抬头,冠冕掉了下来。

王公公立即冲过去,想接住冠冕,可哪里来得及,冠冕在他手上打了个转,弹起来,跳了两跳,还是掉到了地上。王公公脸色煞白:"皇上,老奴该死,老奴该死!"

那个小太监更是吓得呆若木鸡,不敢动了。赵匡胤心里很窝火,但不好说什么,只得道:"不过是一只锦鸡而已,不是你们的过错。"赵匡胤心里突然不好受起来,这是一只烈鸟啊,宁可牺牲自己也要来救同伴,而人呢?如今他和他亲弟弟之间,为了皇位,却要兵戎相见。

"放了吧,放了吧。"他让那些太监们放了那两只锦鸡。

4. 夜深沉

夜已经很深了,已是宵禁的时辰,除了夜巡的军士,偶尔有列队走过之外,大街上一片寂静。

晋王赵光义的亲吏程德玄穿着软底鞋,一身黑衣沿着街边急急地走着,手里提着一只灯笼,但是没有点着,要去接一个人——马韶。说起马韶,这是一个世外高人,据说他是陈抟老祖的嫡传弟子,上知天文下知地理,尤其对河图洛书有研究。按大宋律法,私下研究这些是要杀头的,但马韶不怕丢命,跟程德玄说:"晋王践祚!"他是说,将来晋王要当皇上,他这样说并不怕丢命,但程德玄不仅怕自己丢命,更怕晋王因此丢命,连忙稳住了马韶,自己偷偷回来报告。此时赵光义正在家里弄花园里的水系呢。赵匡胤派人

五、终成定局

给他修花园,一定要给他的后花园开条小渠,那些人把后花园挖开了,也不知道要做什么,一个劲儿地挖,完全是开膛破肚的做法,晋王府上下还得小心伺候着,就连赵光义也挽着袖子,来回跑着,乐颠颠的。

程德玄悄悄地拉住了赵光义的袖子,赵光义说:"你有什么话就说吧。"程德玄道:"花房里有样东西,要给您看看。"两人走到花房里,程德玄看看左右没人,就说:"晋王,您这样可不成啊,一个后花园就把您给困住了?这个院子要修到什么时候?您看看,他们是来修园子的吗?他们是来毁园子的。"赵光义也看看左右,压低了声音,苦笑道:"你说不修就不修?我倒是想完工,能完工吗?"程德玄说:"我今天出去办事,遇到老朋友马韶,他是跟陈抟老祖学天文地理的,他拉住我,一定要我转告你,说'晋王践祚',说你要当皇上啊!"

赵光义一听,脸色就变了,厉声说道:"这话是你能说的?是马韶能说的?你不要命了?你想死,我还不想死呢!"

程德玄说:"我是那种不更事的人吗?给我一百个胆子我也不敢啊。但是我用性命担保,这个马韶从来没有虚言的。我相信他,他这样说一定是看出了天道。"

赵光义点点头,道:"箭在弦上不得不发,难道我真的是天命所归?"

赵光义想了想,俯身在程德玄的耳边道:"你晚上把他带来,我会会他。"

程德玄听了,点头要往外走,赵光义又说:"你今晚同时吩咐家丁,在边上候着,如果这个马韶言辞轻佻,是个胡说八道的主儿,你就不要怪我不念及你的情面,只能杀了他了。"

第二卷　陈桥双辉

程德玄点点头,道:"要是他言辞反复,不可信赖,今晚不用您吩咐,他出晋王府的那一刻,就是进鬼门关之时。"

程德玄领着马韶,本来可以走后院的柴门进来,但是现在后院住满了来挖沟的兵丁、役夫,这些人都是皇上派来的。他们只好从正门走,到了正门口,程德玄轻轻地叩了三声门。门"吱呀"一声开了,程德玄让马韶先进,马韶看看大门,特地大声说:"我不是求人的,我是来告状的!"程德玄一听,这个马韶说的是北方话,他心里就怕,就轻声说:"你怎么哪壶不开提哪壶?我们晋王就是怕蛮子,你还用蛮子话高声喊?"马韶笑道:"我就是说给皇上的人听,晋王门口永远有皇上的人在听着,我这样说,皇上知道我来了,我的命就保住了。"

原来赵光义此时最担心的是有北汉、契丹的人来京,那些人要是不知天高地厚,冒冒失失地先找他再上朝,赵光义就难免会有里通外国的嫌疑,这是他一定要避忌的。

马韶故意这样做,就是要让赵光义下不来台,他是往赵光义的痛处捅刀子,让他知道流血的痛楚。另外,最主要的还是保住自己的命,便道:"程兄,你以为我不知道,今天我跨进这个门,就是我的鬼门关,我将来要么飞黄腾达,连你程兄也要敬我三分,要么小命就交给你手里了。"

程德玄点点头道:"你这是玩命,你知道就好。老实说,我的命也把握在你手里,要是你的命不保,你想想,我的命又能保到几时?"

两个人沿着廊道,走到一个丫鬟的房间里,房间里没点灯,黑得不行,马韶眼睛不适应,脚下一绊,差点儿摔一跤。他正要叫,边

五、终成定局

上有人一把拽住他,把他摁住,他腿一软,就坐到了地上。对面的人说:"你是马韶? 有话跟我说?"程德玄在边上下跪道:"晋王,我把马韶带来了。"

马韶立即要下跪,被赵光义挡住了,道:"大行不辞小让,不必拘礼,先生有话要跟我说,不妨直说。"

马韶道:"我是来救晋王的命的。晋王要是不让我救,不相信我,我就没话可说。"

赵光义叹口气,在黑暗中道:"你且说来,如何救我的命?"

马韶展开一卷纸,道:"晋王,我带来了杜太后过世时要赵普亲笔书写的誓约,誓约中当今皇上保证百年之后传位于你。"

赵光义一震:"一纸假文书,又有何用?"

马韶立即回复道:"晋王说假,就是假,晋王说真,就是真。请问晋王,你有什么理由说它是假? 当初晋王托请杜太后,要当今皇上发誓,将来百年之后由您继位,可是赵普记录的誓言呢? 您说谁敢毁弃? 莫不是给当今皇上毁了?"

赵光义反问道:"当今皇上如何会做得那种事?"

三个人坐在地上,四周黑魆魆的,伸手不见五指,马韶手里拿着个卷筒,赵光义和程德玄根本看不清那是什么。程德玄知道,马韶压根也没希望他们真看,看这个不是用眼睛,而是用心,用真心和决心。

屋子里一下子静了下来,这屋子平时没人敢随便进来,说是下人的房间,其实是晋王的密室,墙壁都是加厚的,能够抵御大炮箭矢,底下有通往外面的密道。从外面看,门窗齐全,其实外面看见的门窗都是假的,从外面看是窗户,里面实际上是石头墙,密不透风,风进不来,光线、声音同样进不来,此刻里面没有灯火,更是暗得不辨人影。

赵光义不说话,其他两人也不说话,屋子里静得出奇。程德玄手心冒汗,他知道晋王在考虑要不要杀掉马韶。

这时,马韶突然在黑暗中大笑起来,那声音震得仿佛屋里的所有东西都要跳起来。程德玄上前拉住他,问:"你大笑什么?"

马韶又突然放低了声音:"晋王,我是来救您命的,您就这样对待能救您命的人?此刻提着脑袋的是我,提着剑的是您。可是您也要知道,一旦我的人头落地,晋王的人头恐怕也不会这样安稳地安在您的肩膀上!"

黑暗中,赵光义的呼吸变得柔和了,程德玄感觉到晋王的身体放松了,不像刚才那样紧绷着。

赵光义道:"你带来一纸盟约,皇兄要在百年之后把皇位传给我,而且这纸盟约还是赵普记录抄写的,请问你这个盟约,能拿去和赵普对质吗?"

马韶道:"对质这种事我是不会去做的,我说的是真的就一定是真的。如果一定要对质,晋王请给我一队兵马,十五日内我必回来,交给您赵普的手信,当然,也可能是他的脑袋。"

赵光义不作声,又陷入沉思。

"晋王,这个皇上您是不做也得做,因为您不做皇上,可能死得更快。难道您以为不做这个皇上,您就能保命?恰恰相反,您看看您的后院,那些人在干什么?他们是来给您挖坟的!"

赵光义转身站了起来,对程德玄道:"给他一队亲兵,就十五天。如果十五天,没有你的音信……"

赵光义犹豫着,马韶道:"放心,我的家人全部在京城里,就用我家人的性命担保吧。不过,我要晋王身上的一件东西,还要晋王的一个保证。"

赵光义道:"不用说了,我知道你要什么。赵普是聪明人,带上我的贴身玉佩,告诉他,他永远是大宋宰相。"

说着,赵光义把贴身玉佩交给了马韶,那是一块只有皇家才能用的龙纹玉牌,晶莹剔透,在暗夜中莹莹发光。马韶接在手里,手掌心上竟然透出亮光来。

赵光义看看那玉佩,道:"这玉佩里有故事,只要赵普看到,他就一定能相信你。"

马韶知道,赵光义就在此刻,已经下定了决心。

马韶补充道:"时机稍纵即逝,不日晋王府就会犹如火中炭、水中泥!"

张霁回到汴梁的时候,正是晚饭时分。张霁甩开那些跟班的,这么多人一起进城,目标太大,他一个人穿着便服催马进城。

过城门的时候,他本想纵马穿门而过,又一想此时身上穿的是便服,应该下马,牵着马进城,但愿这些军士不要盘查他,要是军士盘查出他是禁军都虞候,那要闹笑话了。

城门口站着八个班值,比平时多了一倍,他不在的时候,是谁做主加班值的?那些班值都瞪着眼睛搜寻着,似乎要从行人中找出叛乱分子,张霁的心不由得怦怦跳起来,在心里暗骂自己,这些都是自己的手下,有什么可怕的。好在那些军士们并没有特别注意他,他牵着马,走过了城门,正要上马时,身后有人喊住了他。他停下脚步,手里攥着马鞭,朝后看看是谁要为难他。那班值走过来,看看他的马,那马高大挺拔,惹得那班值连声称赞。张霁身上

第二卷　陈桥双辉

惊出一身冷汗,得亏出来的时候骑了军马,军马身上都有烙印,班值一看烙印,就能认出骑马人的身份。赵匡胤当皇上之后,由赵普辅佐,对军马、耕牛的管理达到了无微不至的地步。前朝偷马、宰牛的事在本朝基本杜绝了,每一匹马、每一头牛都有记号,偷了没处放,宰了没人敢吃。张霁牵着的是一匹没有烙印的马,在当朝能这样养马的不是王侯大户,就是贵胄富商,当班的班值是惹不起的。

张霁进了京城,立即赶到宫里。

赵匡胤正在吃饭,王公公在边上伺候着,他吃的是一种面食,叫"大救驾"。显德三年(956),柴荣征淮南,赵匡胤被派攻打寿县,攻了九个多月才打破城池,由于疲劳过度,赵匡胤进城后就病了,茶饭不进。这时,有个巧手厨师为了让他进食,精心制作了一种点心。用上好的白面、白糖、猪油、香油、青红丝、橘饼、核桃仁等材料做了一些带馅的圆形点心。这种点心的外皮有数道花酥层层叠起,金丝条条分明,中间如急流旋涡状,因用油煎炸,色泽金黄。厨师端上点心时,香味扑鼻,外形诱人。赵匡胤一见,心中高兴,食欲大增。他拿起一个,咬了一口,觉得酥脆甜香,十分好吃。再一看内中之馅,色白细腻,红丝缕缕,青丝条条,如白云伴彩虹,色美味佳。赵匡胤越吃越有味,一连吃了几顿,病体大愈。他十分高兴,重赏了厨师。

后来,赵匡胤做了皇帝,每每怀念当初在寿县吃的那种点心,就让人把厨师给找来了,问那种点心叫什么名字。厨师是个粗人,哪里知道什么名字,就直说那只是一种面饼,没名字。赵匡胤一听,对那厨师道:"那次鞍马之劳、战后之疾,多亏这种糕点从中救驾,就叫它'大救驾'吧。"从此,宫里多了一道点心,民间多了一种

五、终成定局

叫"大救驾"的名吃。

赵匡胤每每心情不好,或者胃口不佳,就让人做这种点心,他心情特别好的时候,也常常让人做这种点心,让大家一起吃,或者赏赐大家。所以,大家有时候还真摸不着头脑,皇上今天到底是因为高兴吃"大救驾"呢,还是因为不高兴吃"大救驾"呢?

赵匡胤一手拿着"大救驾",一手端着粥碗,王公公正给他布着小菜,有扬州来的干丝和酱菜。赵匡胤吃了一口,这时有小太监进来,在王公公耳边轻声道:"都虞候张霁想见皇上,我让他明天来,他不肯,说有急事。他就在外面等着,等皇上吃完。"

王公公点点头,继续给赵匡胤布菜。赵匡胤听到了小太监的话,立即放下手中的吃食,拿了玉斧,对王公公说:"让张霁进来,朕正等他呢。"

王公公急忙道:"皇上,张霁既然回来了,也不急于一时。您几天都没好好吃东西了,这不刚刚给您做了'大救驾',正好吃上了,不吃不是浪费吗?"

赵匡胤点点头,又放下玉斧,对王公公说:"让张霁进来,跟朕一起吃吧。"

赵匡胤当了皇上,也还没忘记节俭,平时吃饭就一个人吃,也不喊什么人陪同。可是,今天王公公恰好叫来了花蕊夫人,花蕊夫人原是后蜀主孟昶的惠妃,孟昶投降大宋后,花蕊夫人为赵匡胤所得。花蕊夫人不仅美貌如花,其诗词才情更是出众,长于词赋,赵匡胤对她宠爱有加。

张霁近前,看见花蕊夫人在场,立即低头:"末将不知娘娘在此,唐突了。末将请罪!"

赵匡胤招招手,让他走近了。王公公跟赵匡胤的确是久了,赵

第二卷　陈桥双辉

匡胤心里想什么,他一看便知。他立即端来一张凳子,让张霁坐,张霁哪里敢坐,他不仅不敢坐,还要退出门去。赵匡胤大声道:"别文绉绉的,坐下一起吃'大救驾',你就是来救驾的,不要拘礼。快说说,你见到高怀德了么?情况如何?"张霁看看花蕊夫人,欲言又止。赵匡胤道,"都是自己人,直说吧。"

到这时,张霁才知道宫里对赵光义接班的事已经公开化了,赵匡胤能让花蕊夫人在侧听他汇报去找高怀德的事,说明花蕊夫人参与过讨论。张霁说:"皇上,我见了高怀德,此人已经完全不可用了。"

赵匡胤叹了口气,却又不信,便问道:"高怀德乃朕大将,如何这么快就变得不可用?"

张霁道:"高怀德当年离京去安定,就抱着一个决心,不问朝政,不言军事。他府上连一件兵器都没有,更别说是带兵了。这些年,他闭门不出,不与外界来往,尤其是不与官家来往……"

张霁没有说完,赵匡胤摆摆手,打断他的话,说道:"唉,都是朕的不是,当年杯酒释兵权,让他们的事业和理想在盛年突然停止,导致今日我大宋无人能战,国家无人能为栋梁!"

张霁听赵匡胤这样说,便实话实说道:"高怀德如今宽袍大袖,体态臃肿,已经了无当年英俊彪悍的战将之态,恐怕他是连马都不能骑了。"

"你是说,他根本就不能带兵打仗了?"

"是的,根本不可能,除非日头从西边出来。我看到的是一个完全没有斗志的土财主。"

高怀德的一个老家丁跟在张霁后面,把张霁送到门口,看张霁

五、终成定局

真的要走,就递给张霁一包银两。张霁一看,大概有五十两,他没有接,心里倒是有点儿同情起高怀德来:高怀德啊高怀德,你本来也是个驸马爷,是封侯拜相的王公贵胄,怎么这会儿变得如此不堪而且小气?我张霁好歹也是当今的禁军都虞候,区区五十两银子,你这是打发谁呢?这不是小看了我,反倒是小看了你自己。

那家丁见张霁不要,就道:"张大人,这些银两是给您和各位路上打尖、吃饭用的,您收下,我也好安心。"

张霁拱拱手道:"这就不用了,请你家大人多保重。"

说完,张霁一挥手,众人上马扬鞭而去。

内院,高怀德站在梯子上,看着张霁他们出了门,又等了一会儿,看张霁他们是真走远了,他转身快速地回到屋内,叫来一名家丁吩咐道:"你速速进京,去报知晋王,就说皇上派人来找过我了。"那家丁问道:"要是晋王问我,皇上派人来找主人何事,我该如何回禀?"高怀德摇摇手道:"你只消说一概不知。"高怀德从怀里摸出一卷纸,里面空空如也,家丁看了纳闷,这白纸有什么用?高怀德道:"去时,只要递上这张手札,晋王府上下自然会认得你。"那家丁点头道:"小的知道了。递上手札,其他的我一概不说。一旦报晋王知晓,我立即回来。"高怀德道:"恐怕晋王不会让你回来,会让你在京城待些日子,而且可能就住在他家。如果真是这样,你就安心住着,将来有你回来报信的机会。"那家丁点点头。

晋王府前,高怀德的家丁下马,到王府门口拍门。王府里出来一个门丁,高怀德的家丁递上手札,不一会儿,程德玄从里面跑出来,牵过家丁的马,带着家丁来到侧门,让人撤了门槛,把家丁的马牵了进去。一进门,程德玄迫不及待就问家丁:"你家主人让你来,

第二卷 陈桥双辉

有何话说?"

家丁看看程德玄,心里不知道该说不该说,缓缓道:"我家主人让我见了晋王,给晋王问个安,带个话。"他的意思是,不见晋王不能说。

程德玄知道,高怀德派人来是重要的事,联想到日前马韶的预言,难道这个马韶真的说准了?

家丁低着头,一路跟着程德玄,两个人沉默着,走过整个大院。天还冷着,但是下午的阳光却是有点儿热,程德玄后背都出汗了。他带着家丁走到后院的马房,那家丁心里觉得奇怪起来,我是个家丁,但我代表的是高怀德将军啊,怎么让我到马房来?这是不是弄错了?

两人进了马房,程德玄在后面关上门,家丁眼前一暗,等他慢慢熟悉了环境,这才发现黑暗中坐着一个人。

程德玄轻声说:"你不是要见晋王吗?晋王就在眼前,还不下跪!"

家丁趋前一步,单腿跪地,眼睛却盯着晋王看:"高怀德将军府上马弁高富松拜见晋王!"

赵光义伸手,托了一下高富松道:"免礼!"然后又跟程德玄吩咐道,"上茶!"程德玄知道,那意思是他要跟高富松单独见见,便知趣地走开了。

"高富松,你家大人派你来有何事?"

"皇上派人来看过我家主人了。"

"可有其他话说?"

"没有了。"

赵光义站起来,兜了两圈,沉思着,然后他转身对高富松道:

五、终成定局

"你一路上可安全?"

高富松知道,晋王问的不是他安不安全,而是他是否有泄漏行踪的可能。他站起来认真地回复道:"小的一路小心,确信无人跟踪。"他知道,要是他说不安全,晋王是不会让他回去的。

赵光义果然接着吩咐道:"一会儿我会让人给你些银两,派人把你送出城去。你速速回去,告诉你家主人,皇上不日西巡,而我会在京城留守。"

高富松施了一礼,道:"我一定尽快回去复命,让我家主人做好迎驾准备。"

赵光义拍了一下手掌,程德玄听了声音进来。赵光义吩咐道:"到账上领银子,然后送高壮士出城。"

程德玄领着高富松一出门,马房后面的另一扇小门就被推开了,马韶和石汉卿、史珪从里面走出来。石汉卿点上一支蜡烛,绕到赵光义的跟前,又到门口,侧耳听了听,然后道:"晋王,时不我待,该动手了,否则,恐怕我们都没有活路。"

西巡路上。张霁心里忐忑,皇上是不是老了?这么大的事,一点儿布局都没有,还是皇上特别自信?觉得天下就是他的,只要他振臂一呼,谁都会响应,谁都会站在他一边。

皇上离开京城那天就不顺。大臣里,吕端竟然哭了,起先吕端哭,大家只是以为他舍不得皇上,没承想他却说:"皇上,您这一去,说不定臣就再也见不到您了!"这个吕端倒是个忠臣,只是这次赵匡胤特地带了三分之一的朝臣跟随,并带了一些死硬护着晋王的人上路,让一部分忠于自己的人留守,吕端就是其中之一。他突然说这话,让大家都震惊得很。赵匡胤很恼火,觉得吕端实在是不懂

第二卷 陈桥双辉

人情世故。

他大笑三声,对吕端说:"爱卿,只不过是小别,又何必如此担心?"

到了洛阳,赵匡胤祭奠太上皇和太后的时候,泪如雨下,然而这哭却让人有不好的预感。赵匡胤哭得忘记了自己的身份和场合,竟然说道:"父皇啊,母后啊,孩儿这次看你们,这辈子就再没机会来了。"

张霁想,这话哪像是一个皇上说的。皇上打算一是把和晋王结成死党的朝臣带出来一网打尽,二是在洛阳巡查期间,以检视禁军为名,让自己亲近的禁军一起来拱卫,同时调各路节度使前来朝见,和各路节度使达成默契。等完成这些部署,解决了晋王集团,然后再回京,如果解决不了,就动议迁都洛阳,让晋王失去根基。

然而,到洛阳已经一个月,赵匡胤邀请的那些节度使却都没有来,石守信、高怀德、王审琦、张令铎、赵彦徽等人一个也没有来。这些人真不来,张霁倒可以理解,张令铎的女儿嫁给了赵匡胤的弟弟赵光美,不愿意掺和皇上的事,其他人更多的是被剥夺军权多年,就像高怀德早就没了参与政治和军事的志向。但是李处耘、楚昭辅、王彦升没来,这就让张霁不理解了,这些人都是赵匡胤身边的悍将,现在,赵匡胤直接招呼他们,他们竟然没有一个赶来。

张霁被一种突然降临的恐惧感压得透不过气来。这是一堵真实的墙,是赵光义已经安排好的墙。皇上不应该不知道,只是皇上为什么没有动作?这个时候的皇上,完全可以直接诱捕晋王,擒贼先擒王,只要拿下晋王,其他什么都解决了。

夜已经深了,洛阳的行宫不大,然而却显得寂寥空旷,赵匡胤

五、终成定局

摸着长剑,沉思着,王公公站在边上。

身后的一张桌子上,张齐贤一个人在吃牛肉,一个宫女端着十盘等在边上,他吃完一份,接着递上一份。张齐贤一连吃了九盘,大殿里,只有张齐贤吃肉的声音。赵匡胤看着张齐贤,王公公知道,赵匡胤等不得了,对张齐贤道:"张先生,不知您对皇上有何禀报?"

张齐贤摇摇头,道:"我有什么可以禀告的?是皇上有事想向我请教。"

王公公有点儿不高兴了,正要发作,赵匡胤摇摇头,阻止了他。赵匡胤道:"既然你能掐会算,那就请你算算,我有什么事要请教你?"

张齐贤抹抹嘴,站起来,踱了两步,道:"皇上在思考要不要回京,回去就出不来了,不回去,大臣又不愿意跟来。"

赵匡胤举起剑,对着一尊木偶,瞄来瞄去,似乎没有听。

张齐贤又道:"皇上,你要等的人是不会来了,你等来的不过是我这样的谋士而已。"

赵匡胤手起剑落,木偶的人头落地。

太监们纷纷惊叫,张齐贤却不为所动,王公公皱着眉头,对太监们叫道:"有什么好叫唤的?都给我站直了!"

张齐贤抬高了嗓音道:"虽然你等来的只是一个谋臣,然而一个谋臣却要当十万甲兵。"

王公公奸笑起来,道:"你以为你是谁?我们皇上麾下十万甲兵,铺天盖地,遮天蔽日,就是天兵天将来了,也不是对手。"

赵匡胤没有阻止王公公,觉得这个张齐贤太狂了。

这时,张霁走了进来,道:"皇上,末将有话要问张先生。"

第二卷 陈桥双辉

赵匡胤点点头,道:"有话你就问吧。"

张霁走到张齐贤身边,直接问道:"请问先生,目下皇上手头并无兵马,当初跟着皇上打天下的那些老将们大多已经老了,而且手头并无兵权,皇上招他们,他们也不敢来,请问这十万兵马从哪里来?"张霁语气咄咄逼人,他很焦急,也顾不得什么礼仪了。

张齐贤却不慌不忙道:"皇上,臣有一计,可让十万雄兵马上到来。"

张霁道:"张先生,到这个时候就不要卖关子了,请快说吧。"

张齐贤走到赵匡胤跟前,道:"皇上,为大宋千秋万代计,请皇上迁都,汴梁有漕运之便,又经过我朝经营,如今的确物阜民丰。但是它北无屏障,东无天险,居于开阔平原,夷狄一夜可探我城门,两日可攻我城墙,如若以汴梁为都城,八十万禁军不可守,不出百年,大宋国力将被消耗殆尽!"

赵匡胤点点头。张霁看赵匡胤点头,联想到赵匡胤曾经说过的迁都之说,觉得这个张先生有点儿玄妙,放缓了语调,问道:"先生说的是百年大计,而我要问的则是当下急务,请问这十万雄兵如何找来?洛阳现在就要十万雄兵!"

张霁苦的是皇上久居洛阳,进不能永居,退不能回汴梁,进退不得,久而久之必有祸患。眼前,晋王已经起了反意,如果其先动手,在汴梁自立,或者带兵逼皇上退位,该如何?关键是皇上现在还没有下定决心,不舍得对赵光义下手,皇上想兵不血刃,让自己弟弟知道进退。可是赵光义会理解皇上的苦心吗?就算赵光义理解,他手下的那些人,如史珪、石汉卿之流已经露出了马脚,在皇上面前明目张胆地结党营私,赵光义如果不动手,这些人又怎么会放过他呢?

五、终成定局

也许,大宋内部,另一场"陈桥兵变"就在眼前。

"皇上,只要您动议迁都,同意迁都者在洛阳可以得高广大宅,官升三级,反对迁都者,留守汴梁,永不升职,俸禄降三级,并以新都筹建的名义,征集三十万天下精壮前来筑城,我洛阳新都,何愁十万雄兵?"

张霁听了茅塞顿开。

夜更深了,王公公匆匆地回到屋里,照顾他的小太监正坐着打瞌睡,王公公进屋,小太监立即站了起来道:"公公,你吃过了吗?我给你炖着鸡汤呢。"

王公公不耐烦地摆摆手道:"去去,没心思吃饭,你去吧。"

小太监施了个礼,道:"公公,您也别累着,有什么事明儿再说,或者交给小的去做就是了。"

王公公点点头道:"倒是乖巧,将来赏你个位子。去吧。"

小太监转身出门,正要帮王公公关门,却发现王公公跟着到了门口。王公公对他又摆摆手,示意让他走,小太监这才放心地走了。王公公看小太监走远了,探头里外看看,把门给关了。一会儿,他从里屋捧出一只鸽子来,在鸽子腿上绑了一根管子,然后打开后窗,把鸽子放了出去。

张霁收到晋王手札的时候,正在吃早饭,马弁进来通报说晋王有书信来。张霁让马弁放晋王的人进来,自己连忙放了碗,擦了手等着。张霁一看,来人是个马弁,看来军阶不高。马弁并不下跪,而是弯腰行礼,双手举着给张霁递上手札。张霁心里有点儿不高兴,但是他并没有计较,这个时候晋王来信,应该是有重要的事。

第二卷　陈桥双辉

他张开信札一看,原来晋王要来觐见皇上,而且已经动身上路,不日就要到洛阳了。

张霁心里突然大乐,想什么来什么,赵光义自己送上门来了。

虎牢关的城墙上寒风冽冽,张霁手握剑柄,剑头插在城墙的砖缝里,他向着关外看着,在等他的家将张立中回来。张立中已经出去三天,在虎牢关外的余山岭设伏,准备一举擒杀赵光义。

那些家将,他训练了十年,一个个都是不成功则成仁的死士,三天了,却一点儿音讯都没有。

这时,远处的大路上升起一溜烟尘,按照《孙子兵法》的理论,那样的烟尘说明是大队人马,张霁的心彻底凉了,他的人不回来,而现在来了大队人马,这说明赵光义已经过了余山岭。

果然,不一会儿那队人马的前锋到了虎牢关下,张霁一看,大旗上写着"楚"字。张霁想来想去,敢这个时候无论是自己来,还是跟着赵光义来的,只能是楚昭辅。果然,从人群里走出一骑,上面是楚昭辅。

楚昭辅在城下拱手道:"城上哪位将军守关?我乃大宋朝枢密副使、权宣徽南院事楚拱辰是也,奉皇上之命,赴洛阳觐见。"

张霁咽了一口唾沫,大声喊道:"楚大人,怎么是你?你此来何事?路上是否见到晋王?"

张霁一开口,不由自主地就提到晋王,话音刚落,就恨起自己来。只听楚昭辅在城下答道:"张大人,我直接从任上赶来,并没有和晋王沟通,因此也不知道晋王的消息。"

张霁冷笑三声,心里想:你楚昭辅这样说,倒是让我看不起你了,你们早就会晤过,还能不知道他也在路上。但他想了想,不如

五、终成定局

放他进来,详细探问。楚昭辅本是个粗人,也许口风并不严实,就算问不出晋王的消息,也许能问出其他人的消息,楚昭辅和王彦升等人都是刎颈之交。

张霁让人开了城门,楚昭辅的人马往城里走,张霁在城楼上看着这些人一字排开,前后呈一条笔直的线。那些盾牌手都是右手挽盾牌,挽盾牌的手势和角度,竟然像一个模子里刻出来的。楚昭辅虽然只带着几百人,但那几百人迈着整齐的步伐,脚步声里充满了神秘的威吓之气。

张霁听着楚昭辅的队伍进城的脚步声,对身边的人说:"不要小瞧了这几百人,我们几千人也不是他们的对手。"

张霁知道自己找楚昭辅不合适,但他已经没有其他办法可想,他必须和楚昭辅过过招。

张霁看着楚昭辅把一只蹄髈吃完,举起酒杯,示意了一下,仰头喝光了杯子里的酒。"皇上的意思是要迁都,汴梁不利于防守,如今契丹越来越强,金人也虎视眈眈。"

张霁有些犹豫要不要把话都说明白,没想到楚昭辅到底是军人,性子直,也喝光了杯子里的酒,把空酒杯交给边上的军士继续斟酒,说:"张将军,你找我恐怕不是为了推杯换盏,也不是为了摸我老底。实话说吧,你在皇上和晋王之间站队,无论站在哪一边都是错的。"

张霁听着,没说话。

"如果要迁都,那就是兄弟相残。我们这些人都不应该站队。"

张霁这回听明白了,如果仅仅是皇位继承的问题,那是他们赵家兄弟之间的事,这些将军们都不愿意参与。

第二卷　陈桥双辉

楚昭辅继续饮酒,然后摸了一下嘴唇,道:"我知道你有点儿看不起我,觉得我投靠了晋王。可我跟你说,谁当皇上不重要,重要的是我们能不能团结,能不能守护家园,造福百姓。我们不单单是为了自己,也不单单是为了皇上一个人,而是为了天下黎民苍生,这样,我们战斗或者死亡才有意义。皇上念及我们这些老臣,愿意重招旧部,我们必然前来效死,死不足惜。只是,如果仅仅是因为皇权争位,我们的死会让后人和外邦嘲笑。如果皇上要我们北伐太原,一统中原,我们则万死不辞。"

张霁听了楚昭辅的话,想起哥哥的冤死,如果哥哥是在和契丹人打仗时阵亡了,他会觉得委屈吗?不会。他甚至还会觉得那是光荣,他会把自己的儿子、侄子也送上战场。张霁握紧拳头,狠狠地敲了一下桌子,道:"楚将军豪爽,说得末将醍醐灌顶,大宋就缺您这种顶梁柱石!"

楚昭辅摇摇头,道:"我已经垂垂老矣,也许是老了,心变得软了,不愿意看到血,更加不愿看到兄弟相残。然而,事不是由我们的心决定的,也许要来的终究会来,而血要流的也终究会流。"

张霁缓缓地走到楚昭辅的跟前,在桌边单膝下跪,哽咽着说:"楚将军,您今天领来八百精壮,楚家军的精锐都在这里了吧,就请直说吧,您是不是已经知道晋王要发动政变?"

楚昭辅摇摇头,道:"有我楚家军在,有我八百精壮在,谁也不能用流血的方式夺位。"他扶起张霁,然后正对着张霁说,"张将军不用担心,有我们这些老臣在,大宋不会变成两个大宋,大宋的军人不会自相残杀。我这八百健儿就是奔这个来的。"

张霁端着酒杯的手,缓缓地放了下来,楚昭辅注意到了张霁的这个动作。

五、终成定局

楚昭辅叹口气,闭上眼睛道:"张将军,你门外埋伏了多少人?你在我楚家军的周边又埋伏了多少人?"

张霁尴尬地笑笑。

楚昭辅又说:"如果是皇上的意思,不需要别人的刀剑,我楚昭辅和楚家军会自裁,但如果不是皇上的意思,张将军你这些人都不是对手。"

张霁点点头,道:"楚将军,我知道我们不是你的对手,楚家军世世代代从戎,你的队伍虽然和我们的一样年轻,但是他们却都是父子相随,生死相依。听说他们中的父辈,大多已经追随你数十年,年轻的虽无作战经验,但是又犹如身经百战,乃虎狼之师,而我的军队,是大宋的第二代禁军,让人担忧啊。可如果你楚将军是为了晋王而来,那我只能和你拼了。"

"我已经劝晋王回汴梁,晋王不会来了。"

张霁慨然长叹,像是轻松了,又像是更加沉重了。"如果是这样,您楚将军又何故还带着军队再来?"

楚昭辅端起酒,喝了一碗,边上的人很快又给他斟上。他不再喝了,站起来道:"我就是想告诉天下人,皇上永远是我们的皇上,没有皇上就没有我们大宋江山,楚家军为保卫大宋江山而来。"

张霁拱手对楚昭辅深深一礼,道:"卑职一直不相信皇上的自信,如今您的到来让我相信皇上是对的,大宋的人不能打大宋的人,楚将军您来得正是时候。"

楚昭辅摇摇头,扶住张霁道:"张将军,大宋不能内乱,需要一致对外,我是来劝皇上发动北伐,亲征北汉,一统中原,让我大宋子孙永享太平!"

张霁听了,点点头说:"我同意楚将军的意见,我跟您一起给皇

第二卷 陈桥双辉

上联名建言。"

这时张齐贤从帐后走出,道:"两位将军未免太仁慈了,岂不知树欲静而风不止!"

楚昭辅看看张齐贤,冷笑道:"您就是大名鼎鼎的张齐贤先生?听说您在洛阳拦轿数次,终于和皇上见面,看来张先生也不过是浪得虚名,教给皇上的只是如何争权夺利的末流计策而已。"

张齐贤也不计较楚昭辅的冷嘲热讽,道:"楚将军,您说只要我们一致对外,就能消解内部纷争? 我看将军您实在是太乐观了。既然今日将军进了埋伏圈,将军的命摆在我的手里,我就跟将军说个明白话,我根本不相信晋王能退回去,就是这次退回去,晋王也会重来,到那一天,我们这些人都将死无葬身之地。"

楚昭辅道:"你们这些文人,考虑的不过是自己的生死而已。"

张齐贤声音高了起来,有点儿失态,而后说:"不是我要这样考虑,而是晋王的人也会这样考虑,他们会觉得我们已经动手,就犹如放出的箭,无法收回,必要置他们于死地才会善罢甘休。如果他们这样想,那么我们将来的命运如何? 这个时候,谁先手软,谁败。楚将军,我看到时候,你我的性命都将不保。"

楚昭辅道:"我和你对这个问题的看法是相同的,但我和你的不同在于,我不怕死,我愿意用我的死赌一把大宋的命运,而你不可能。如果晋王那边的人都是你这个想法,你我不会支持晋王,晋王也不会得到天道的支持,大宋就不会有晋王的地盘! 换句话说,我不仅不怕死,我还相信天道,小肚鸡肠,只为苟活,又如何能和天道合拍,得到天道的青睐? 大宋的天子,是得天道而得天下的,我相信这一点。至于那些人的花花道道,我不信就能胜了天去!"

五、终成定局

5. 洛阳簪花节

阳春三月,洛阳正是簪花时节,大街上的行人头上都戴着簪花,远看洛阳的大街,行人过处,处处是花海。皇上巡幸洛阳,在洛阳居住,洛阳百姓更是高兴,人人都出来踏春、赏春,家家户户都不约而同地把自家的花草,特别是那些种得好的摆到了大街上。皇上在洛阳,那是洛阳天大的喜事,大家都喜气着。

应天门外,张霁、张齐贤、楚昭辅身穿朝服,静静地伫立着。远处首先出现了一队人马,前面是一黄色旗,上用金色丝线绣着大大的"高"字,张霁早就接到了提报,高怀德的儿子高君宝带队前来觐见。高君宝骑着一匹高大白马,身穿白色铠甲,外披红色战袍,头盔上戴着簪花。高君宝来到张霁、张齐贤和楚昭辅面前,骗腿下马,给张霁、张齐贤下跪行礼,又走到楚昭辅面前,撩开战裙要下跪,楚昭辅立即扶住了他。楚昭辅上上下下地打量着高君宝,看得心里翻江倒海。他的眼睛湿润了,想起当初和他父亲一起打天下,不就是为了让这些儿孙能长大成人,让他们能享受太平盛世吗?

"侄儿,此来一路辛苦了。"楚昭辅道。

高君宝昂着头,大声道:"叔父,不辛苦。父亲叫我来为国尽忠。"

楚昭辅拉着他的手,道:"那你可知,如何尽忠?"

高君宝笑了,从脸上的神情看他还是个孩子。"父亲说了,要听皇上的话,听长辈的话,皇上要怎样咱们就怎样。"

楚昭辅点点头,说道:"嗯,这就对了!"

第二卷　陈桥双辉

正在这时,一辆四马战车缓缓驶来,车上四围挂着帐幔,绛色的帷幔被风吹开了一角。里面,老丞相王溥斜躺在椅子上,身体随着车子的晃动而摇晃着。这当朝耆老、数朝重臣,突然也赶来洛阳,让张霁有点儿吃不准了。他急走几步,上前施礼道:"大人,您也来了?"

王溥看看张霁,指指天,道:"天,让我来,劝皇上息兵,你没有料到我来,又当如何?我自己也没有料到我会来。"说着,他蔫蔫地往下躺了躺,不看张霁。王溥的确资历太老,老到他在皇上面前都不用行礼,在张霁面前,他更不用忌讳任何礼仪,他把对张霁的不满都摆在了脸上。

楚昭辅也跟着过来行礼,道:"魏相!"

王溥抬起右手,指着楚昭辅,嗓音干涩,问道:"你还认得我这个丞相?我恐怕你不认得我了。"

说着他长叹一口气,望着车顶,眼神仿佛越过了车顶,在眺望远处的苍穹。

这时,高君宝道:"丞相大人,家父有书信给您。"

张霁心里感到一股寒意,不禁打个冷战,心里想:这些人私下联系太紧密了,高怀德又怎么知道王溥要来?亏得高君宝还是个孩子,不知道掩饰,当着我的面递信,这要是在私底下,还不知道有多少私信往来呢。

王溥摆摆手说:"孩子,不用行礼了,信也不用看了,你交给皇上吧。"

王溥到底是王溥,政治上老道,不会给任何人留下把柄。其实,他不看信也能知道高怀德到底想说什么。高怀德一颗忠心,想让晋王蛰伏、让皇上息兵,谈何容易,像他这样到处通信,恐怕要

五、终成定局

坏事。

正在这时,远处传来呼喊声:"皇上驾到!"

有人抬着王公公飞快地跑来,王公公在轿子上大声喊道:"魏相,皇上来接您了!"

张霁想不明白,王溥来洛阳,怎么谁都知道。皇上知道,高君宝知道,就是他不知道。他这个禁军都虞候当的不够格啊。想到这儿,他的寒战不禁打得更加厉害。这些人私底下的往来联络,那是一张秘密的网,是他们用生命和血亲联系起来的网络,而这个网络,张霁不在其内,他就像水面上的猫,看不到水底下鱼儿的世界。他永远是一只猫,永远不能下水。

大宋的水,有多深?

皇上的御辇到了。

赵匡胤站起身,抬脚从御辇上下来,有个太监上前搀扶,被赵匡胤挡了回去。他没有踩在垫脚上,而是直接就跨大步,双脚落了地,大踏步向王溥走来。大家急忙迎候皇上,纷纷施礼,这时王溥才缓缓下了车,一个家臣过去托着他来到赵匡胤跟前,他作势要施礼,嘴里说道:"臣下有何德能,让皇上来迎,折煞臣下了!"

赵匡胤赶忙扶住他,哈哈大笑道:"老丞相,朕想你了,迫不及待来接你。"

赵匡胤说的是实话,在洛阳已经待了三个月,他憋闷得慌,想找人说话,而王溥是他思念的人之一,有什么事跟王溥说说,心里就敞亮了。不过,今天王溥却不买账,道:"皇上,您知道我反对讨伐北汉,而您却来迎接老臣,恐怕不是因为想我吧,而是想让我这个反对北伐的人看着您怎么成功吧。"

赵匡胤也不计较,拉着王溥道:"老丞相,你来见证我们成功的

第二卷　陈桥双辉

那一刻,难道不高兴吗?"

王溥摇摇头,道:"我恐怕见不到那一刻了,我来日无多。"

赵匡胤知道这老头是跟他倔上了。"老丞相,你想气朕,没门。朕就是想你了,无论你怎么说,朕都不发火,反正你得跟着朕北伐。"

王溥道:"打仗,我不如赵普有计谋,退守,我不如卢多逊有思路,老臣还是只有一个建言——息兵罢征。"

"唉,今天你刚刚到,路上困乏了,不如咱们先喝酒去,解解乏,事回头再议。"

京城汴梁,晋王府后院。

赵光义带着几个马弁在玩蹴鞠,王府里的一群丫鬟在边上为他们助阵,忽然一阵大风吹来,院子西北角的一棵大松树倒了下来,树杈径直向着赵光义砸去,马韶惊得叫起来:"晋王,危险!"边上和赵光义一起蹴鞠的那些马弁看着大树杈向着晋王砸去,来不及救,大家吓傻了,呆立在原地。这时只见赵光义忽然跳起,双脚一蹲,然后人硬生生地弹起,在空中打了个旋儿,站在了倒地的树杈上。晋王府的人都鼓起掌来,有人喊道:"晋王,好身手!"

马韶看着晋王,苦笑着摇头。卢多逊手里攥着两只核桃,他把核桃狠狠地扔在地上,转身走了。

马韶跟着卢多逊,在他身后轻声道:"卢大人,你不应该感到庆幸吗?您跟随的晋王堪称天下第一勇士啊。"

"当今皇上马上取天下,不同样是天下第一勇士?你这个第一和皇上那个第一,怎么排序?"卢多逊讽刺马韶,看不惯他神神叨叨的样子。

五、终成定局

马韶紧走两步,把两只核桃交到卢多逊的手里,道:"你刚才把两只核桃都扔了,这可不是办法,你可以扔一只,但是不能扔两只。你挑一下吧。"

"你明明知道,我是支持晋王的,现在的问题是,你们都没有意识到问题的严重性,皇上和晋王,两个只能有一个。"卢多逊心情烦躁,跺跺脚,道,"你看看今天的那棵树,怎么就那么巧,向着晋王的方向倒下去,差一点就砸着晋王,再这样下去,哪一天你我都会没命。"

马韶突然断喝道:"卢大人,你站住!这样大逆不道的话,是你这个朝廷命官该说的吗?"

卢多逊突然站住,愣了一会儿,终于想通了。"我就是大逆不道了,又如何?"

马韶笑了,恶狠狠地扔了手里的核桃,道:"说开了吧,卢大人,你想的是必须要杀,而我想的是何时杀。"

卢多逊跺跺脚,道:"事就是被你们这种人搞坏了,用刀无非要快,快刀斩乱麻。你们犹豫来犹豫去,事全被你们搅黄了。"

马韶冷冷地笑道:"那么,你倒是说说什么时候动手?"

卢多逊用手一劈,道:"就在今天!缓一天,都有危险!"

马韶摇摇头,道:"天时未到,地利不在我方,人和也不具备,贸然出手,不是自寻死路吗?那人身在洛阳,身边聚集了八十万禁军,你如何杀得?"

"如此这般,不如我们就在这里等死得了!"卢多逊一把抓住马韶,瞪着眼睛,死死地盯着他看了许久,然后道,"只要你跟晋王说,天时地利人和都在我们这方,时间就在明晚,其他的就交给我!"

第二卷　陈桥双辉

6. 定局

开宝九年(976)十一月十三日。

王公公送完赵光义,悄悄走进宫来,手里的拂尘不知为何,就是不听使唤,上面的马尾须,像是着了风,左右飘着。他一把抱住拂尘,把马尾须全部收了抱在怀里,蹑手蹑脚地往里走。赵匡胤站在大殿的窗口,冷风吹了进来,把他的衣领子吹开了。

"皇上,您不要着凉了,外面太冷了。"外面大雪纷飞,御马台上的积雪有一尺厚。"皇上,潘美来报,他们已经攻占北汉的河汾北,缴获马匹数千,郭进部攻占代路,俘获北汉诸民三万七千余口……"

赵匡胤没有搭理他,冷冷地问:"你刚才送晋王,伺候得不错啊。"

王公公脑门上冒出豆大的汗珠,下跪道:"老奴注意到了,晋王他直接从御马台上马,老奴觉得晋王他有失臣子的礼节,应该训斥。御马台自古只有皇上可以……"

"那么,你训斥他了吗?"赵匡胤喘着粗气,大声呵斥。

"老奴不敢。"

"因何不敢?是你们都拿了晋王的好处,得到了晋王的许诺,拿人的手短,吃人的嘴软吧?"

"皇上,晋王是您的弟弟,您又把他安排在开封府尹的位子上,自古谁做了开封府尹谁就是皇储,很多人都以为晋王将来就是要接替皇上的啊,如今虽然他不再是开封府尹了,可是……"

"可是什么?朕让他做开封府尹,他才是开封府尹,开封府尹将来就一定是皇上吗?或者,你们现在就把他看成是皇上了,你们

五、终成定局

眼里已经没有朕这个皇上了吧?"

王公公身子抖动了一下,不敢说话,他知道皇上在气头上。

"你为什么不说话,是朕说到你们这些人的骨子里去了吧。你为什么不说话?"赵匡胤一脚踹在王公公的肩膀上,王公公耳朵"嗡嗡"地响,眼前起了雾,他的眼泪在眼眶里打转。

王公公颤声道:"您就是打死老奴,老奴也没有办法去训斥晋王,老奴不敢啊!"

"你哪里是不敢?你是心里只有晋王,没有朕这个皇上。现在,朕就让你看看,谁是皇上。你去叫晋王,让他现在就过来,朕要你当着朕的面教训他,你敢不敢?"赵匡胤一脚一脚不断地踹着他,王公公几乎是瘫倒在地上了。赵匡胤又吼叫道,"你起来,去叫晋王来,你去叫晋王来!"

王公公在地上爬了两步,离开了赵匡胤腿脚的范围,这才起来。他快步跑到大殿之外,怕再挨赵匡胤踢。赵匡胤毕竟是武将出身,抬脚就是武功,放脚就是力道,踢在他的身上,是真疼。

当然,更疼的是在王公公的心里,他这么多年的诚心伺候,最后换来的是这样的结局,他心里不服,在赵匡胤的心里,他怎么就永远做不得一个受尊敬的人呢?

王公公刚到门外,就听赵匡胤在里面喊:"叫张霁来,让他带上刀斧手!"

王公公嘴里"嗯"了一声,脚下不敢停步,径直往外奔去。

轿子上,王公公听到下面开道的小太监禀报道:"公公,张霁大人府上到了,请公公下轿。"

王公公犹豫着,叫上张霁,恐怕晋王今晚要人头落地,此事如

第二卷　陈桥双辉

何是好？他想来想去,暂时不能叫张霁。张霁把私仇家恨都算在晋王身上,只要有机会是一定要杀晋王的,今天一定要先给晋王报个信。

他清清嗓子,对着小太监道:"不下了,去晋王府。都给我快着点儿!"

天已经黑了,宵禁的时辰到了,街角除了有巡逻的禁军队伍不时走过外,路上没有任何行人。那些巡逻的看着他们的样子,知道是宫里出来的,也不查他们。

王公公让轿子远远地停在离晋王府一两里地的地方,自己下了轿子,一个人往巷子里走。几个太监要跟着他,都被他挡住了。

街上一个人影都没有,王公公放慢了脚步,边走边思忖。

王公公走到晋王府门口的时候,马韶正他孤零零地蹲在门口的暗影里,犹如鬼魅。

王公公踮着脚从他身边走过,走了几步远后才发现边上蹲着一个人,认出是马韶。"马先生,你怎么在这儿？你不进去吗？你是来找晋王的？"

马韶咳了一声道:"王公公,我不敢进去。"

王公公道:"你怎么就不敢进去了？晋王会吃了你？"

马韶俯身在王公公的耳边道:"我看天象,看到晋王当立,就在今日。我觉得应该来告诉晋王,可是我到了这里,又怕我看错了,在这里等了半天,也没见什么异象,这不您就来了。"

王公公想了想,对马韶说:"你这可是要杀头的。"

马韶摇摇头,远远地看见王公公带来的那些太监,那些人静静地站着,听不见他俩说话,便放心了。马韶道:"王公公,跟您说吧,

五、终成定局

要不是您来了,我还真不敢进晋王府。现在,您出现了,应验了我观天象的说法,您是来给晋王送皇位的人,来来来,我们可以一起进去了。我等的就是您!"

马韶拉着王公公的手,不待他说话,就往里走。王公公说:"你当真?可是我到了这里,应验了你的星象?"

马韶点点头。

王公公思忖了一下,也点点头,跟着马韶往里走,心里似乎下定了某个决心:今天,他们兄弟俩不是你死就是我活,看来我还真是来送皇位的。

赵光义回到府上,心里非常不爽,曹王妃给他端上参汤,被他一手挡掉,参汤洒了一地。曹王妃有点儿愠色,正要说什么,他大吼一声:"滚!"曹王妃手里的参汤全泼到地上了,她哪里受过这种委屈,一下子哭了出来。他没心思安慰曹王妃,摆摆手,让下人把曹王妃请走。

他心神不宁,心里装着和皇上的不快。下午他和皇兄下棋,他一着将军,把皇兄的老将给将死了。"将军!"他喝一口水,跷起腿,看着棋局,心里有点儿得意扬扬。没想到,赵匡胤却借题发挥:"你以为将军就能胜?"赵匡胤把棋局一推,整个棋盘散了,棋局没了,"你是不是迫不及待要登上这个皇位?"他突然感到皇兄话音里的寒意,那是一种带着杀气的寒意,一时间有些慌乱,不知如何是好,接着他就听到皇兄说:"你走吧,回去吧。"

他跟着王公公走出大殿,马弁牵马上来,跟在他身后,他想都没想,抓住马鞍,骗腿上马。拉着马缰绳,马转了一圈,往外走时,他才发现那是御马台,是只有皇上才能上下马的地方,心里吓得半

第二卷 陈桥双辉

死。可来不及了,马已经走出来了,王公公也已经走回去了,他总不能再回头到御马台重新表演一下吧。

他回到书房,在罗汉榻上躺着,思前想后,没个主张。

众人见他心情不好,也不敢来找他麻烦。就这样,他一个人在罗汉榻上竟然就睡着了,一下子睡到了深夜里,直到程德玄进来喊他:"晋王,晋王!"

他醒过来,道:"程德玄,你喊我做甚?"

"晋王,王公公和马韶来了,他们有话说。"

他忙一骨碌爬起来,对程德玄吩咐道:"快快有请,真是想谁谁来。"

他的热情让程德玄不明所以,便问:"晋王,你正在等他们?"

他不答话,一边整理衣冠,一边起身往外迎,鞋子都顾不得穿,赤着脚就出来了。程德玄拎着他的鞋子,跟他在后面。赵光义边走边说:"王公公,你来得正好,我正要找你。"

王公公奔过去,"扑通"一声跪地叩头,赵光义看王公公这个架势,吓了一跳,立即过去搀他。王公公大声道:"皇上,老奴特来迎驾!"

赵光义听了王公公的话,双腿一软,"扑通"一声,也跪了下来。"王公公,救我!"他知道今天在御马台擅自走马,事发了。

马韶看在眼里,伸手拉他俩起来,道:"两位,这个时候哪有时间做作,你们快起来议事。"

王公公道:"皇上病危,特命老奴前来,请晋王进宫见驾。"

赵光义一愣,顿了一会儿,忽然明白过来,对着程德玄道:"你带上晋王府所有家将,先去张霁府上,通报皇上病情,请他进宫议事,路上将此人处置。处置之后,你们速来宫中觐见!"

五、终成定局

程德玄举手行礼,重重地应了一声:"诺!"转身出门去了。

赵光义又对马韶道:"马先生,麻烦你去找卢多逊,请他起草文书,联络各部大臣。"赵光义整理了一下衣服,起身对着王公公道,"我跟你进宫。"

王公公再拜,道:"皇上,老奴对张霁有点儿不放心,老奴先领德玄去斩杀张霁,然后再来伴驾。"

赵光义点点头:"也好。我先进宫也无妨。"

这时,马韶递过来一个小瓶,道:"晋王,这是您要的麻药,放在酒里饮下,两个时辰后发作,喝药之人犹如睡着一般,无任何症状。"

赵光义接过放在怀里,拢了拢衣服,沉声道:"诸位,就此别过,明日早晨一见分晓,要不是我等在阴间相见,要不就是我等在金銮殿上齐唱凯歌!"

十一月的雪下得纷纷扬扬,风起了,那些雪花就像飞絮,在漫天飘着。赵光义骑在马上,并不觉得冷,却不住地打寒战。身后是几个仆从,有的手里端着酒缸,有的手里拿着暖炉,有的手里端着菜篮,大家都有些纳闷,晋王怎么又进宫喝酒,下午不是刚刚喝过吗?他们只知道晋王要进宫喝酒,哪里知道前面等着他们的是生死未卜的命运。

一个仆从把暖手炉递给赵光义,赵光义把手炉抱在怀里,顿时他不再打寒战了。

远近的树上都是雪,远近的房顶上也都是雪,世界一片银白,煞是好看。赵光义心里产生了无尽的留恋,这世界多好啊,只要能安安静静地活着,就是福气,可他偏偏生在大宋帝王之家,是皇帝

第二卷　陈桥双辉

的亲弟弟,想过这种生活也不得了。

看着远近的房舍,看着那些房舍里亮着的小灯,每一盏灯就是一个家庭的故事,就是一个家庭温馨的梦吧。

他们来到赵匡胤寝宫的时候,那些太监和宫女都觉得奇怪,这么晚了,晋王怎么还来?赵光义走上台阶,值班的太监急忙起身行礼,大家都有些错愕,领头的太监道:"晋王,皇上已经歇息了,您来有要事吗?不如明天再来。"

赵光义道:"皇上喊我来会面,请各位公公通报一声。就说我带了酒菜来,陪皇上饮酒赏雪。"

那太监进去通报了,不一会儿,里面传出赵匡胤的声音:"让他进来。"

赵光义捧着酒缸走进去,那些太监们立即从赵光义的仆从手里接了各式菜篮,也往里送。

赵光义进到宫里,见赵匡胤身上穿着棉服,那样子不像是真睡了。他让人摆了酒菜,道:"皇兄,夜雪弥天,不如饮酒。您让王公公找我来,我就知道皇兄是想喝酒了,我特地带了苏合香酒,来和您痛饮一晚。"

赵匡胤道:"来得好,我们兄弟好好痛饮一场,说说心里话。"

王公公赶回来的时候,已经是午夜时分,他一脚踢醒了值班的太监,道:"你们这些混蛋,就知道睡觉,不好好伺候皇上和晋王!"

那些太监委屈地揉着眼睛,诉苦道:"晋王吩咐了,不用我们进去,他和皇上要单独喝酒。"

王公公走上台阶,烛光映在窗户纸上。他看见赵匡胤站起来,摇了两下,举起玉斧对着晋王的身影砸去。晋王的身影佝偻着,往

五、终成定局

后退。这时,王公公听见赵匡胤嘶哑着嗓子,似乎使出了浑身气力,"你做的好事!你做的好事!"说完,赵匡胤倒了下去!

赵匡胤的声音太响了,尤其在静得连雪落到地上都能听见的夜晚。王公公想,身后的太监也一定都听见了。

王公公转身,问身边的太监:"诸位,你们听见什么了吗?我耳朵背,什么也没听见。"

大家被他问得莫名其妙,有个小太监不懂事,壮着胆子回禀道:"王公公,我好像听到皇上,他在说……"

王公公打断了他的话,大声断喝道:"你要小心点,你真听到什么了吗?我们怎么都听不见?为什么你听得见,我们却听不见?"

那小太监不敢说话了。

这时,赵光义从里面走出来,对王公公道:"皇上睡了,你们退下吧,不要搅扰了皇上。"

公元976年十一月十四日,赵匡胤驾崩,赵光义继位。